JAVIER CASTAÑO

El profesor

(Thriller financiero)

JAVIER CASTAÑO

El profesor
(Thriller financiero)

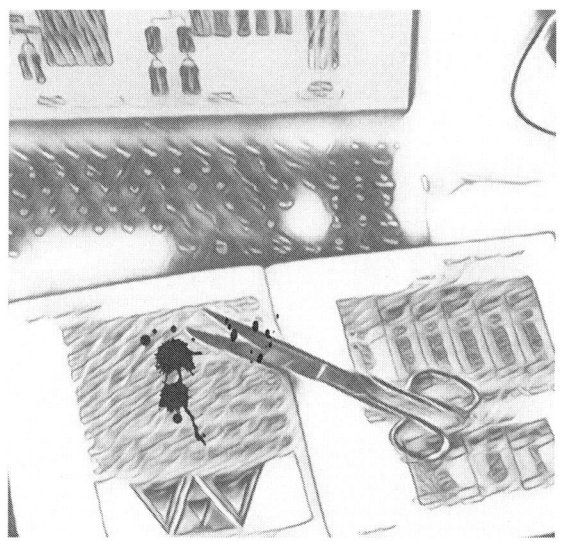

Universidad de León
Servicio de Publicaciones
LEÓN, 2024

Castaño Gutiérrez, Francisco Javier

El profesor : (thriller financiero) / Javier Castaño. - León : Universidad de León. Servicio de Publicaciones, 2024

310 p. ; 22 cm. – (Creaciones literarias ; 4)

   ISBN 978-84-19682-62-8

   I.Universidad de León. Servicio de Publicaciones. II.Título.

821.134.2-31"19"

SERVICIO
DE PUBLICACIONES
UNIVERSIDAD DE LEÓN

ISBN: 978-84-19682-62-8
Depósito legal: DL LE 283-2024

Diseño y maquetación digitales:
    David Aller Llamera

Ilustración de portada:
    Javier Castaño

Imprime: Lozano impresores

Impreso en España / *Printed in Spain*
León, 2024.

Esta editorial es miembro de UNE, lo que garantiza la difusión y comercialización de sus publicaciones a nivel nacional e internacional.

A todos los que me lean.

Capítulo 1. Educación financiera

El día que la conoció le pareció una chica muy guapa, y ahora estaba muerta.

La primera noticia que tuvo sobre su muerte fue a través de la radio, mientras se estaba afeitando, poniendo esa mueca con la boca abierta que hace estirar la piel para que la maquinilla pueda rasurar todos los pelos. Era un gesto de lo más ridículo. La emisora no dio su nombre, solo que habían asesinado a una joven de veinticuatro años en su apartamento en las inmediaciones del campus universitario. Según el locutor, la joven, al parecer, había fallecido durante la noche desangrada por las heridas de un arma blanca.

En ese momento Ezequiel se miró al espejo con un rictus serio, dejó de afeitarse, y agarrándose con ambas manos a los bordes del lavabo lentamente bajó los ojos negando con la cabeza.

Después de elegir la ropa que se iba a poner, tarea que siempre le suponía un trastorno al no tener gusto en la combinación de los colores, acabó poniéndose un pantalón negro, una camisa gris oscuro y una chaqueta de corte también gris, cogió la cartera con los libros y artículos en los que había estado trabajando la noche anterior y decidió ir andando al campus. Echó una mirada al cielo plomizo que oscurecía el comienzo del día para comprobar si tenía que llevar paraguas. Aunque las nubes ocultaban el sol, solo se aprovisionó de una delgada gabardina. El frío todavía no se había asentado en la ciudad en la que habitualmente se alcanzan temperaturas bajo cero. Cuando llegue será un frío seco, cortante, helador debido a la proximidad de las montañas con neveros y cumbres permanentemente blancas. Tenía por delante una caminata de veinte o veinticinco minutos, era el único ejercicio que hacía al día y no siempre. Así tenía esa panza que le rellenaba el abdomen o, como decía su compadre mexicano, "la llantita". Todos los días, al pasar por la tienda de marquetería que estaba cerca de su apartamento, se miraba en el espejo que había en el escaparate y pensaba lo mismo, tengo los cinco ninis; ni soy guapo, ni tengo dinero, ni soy joven, ni soy delgado, ni estoy sano, "un partidazo" es lo que soy, y mostraba una sonrisa triste de resignación estoica.

Ezequiel Mansilla es un profesor de la Facultad de Económicas que imparte docencia en el área de Finanzas. Ya no cumple los cincuenta años, tiene poco pelo y una abultada barriga consecuencia del buen comer y la mucha cerveza, su cara transmite bonhomía, aunque cuando se enfada y se le arruga la abundante frente, puede parecer malvado por el rictus que le surge en la cara en torno a la boca y las arrugas que se le forman en el entrecejo dibujando tres líneas muy pronunciadas. Es la envidia entre los profesores de su quinta al no necesitar gafas, ni siquiera de cerca, no le ha afectado, aún, la presbicia. Su buena vista y su excelente oído son la pesadilla de sus alumnos en cuanto se pone a vigilar los exámenes. Por el contrario, su paladar es más grueso que la piel de un elefante y su olfato ha ido diluyéndose a lo largo de su vida. Su estatura no sobrepasa el metro setenta, como él siempre dice, no le pilló el plan de desarrollo adecuado y eso que de joven llegó a jugar en el equipo de baloncesto de la universidad –prueba de que en esa época cualquiera podía llegar al equipo y que no había tanta afición por ese deporte–. Ahora ni lo ve, ni lo sigue, ni lo practica.

Siempre deseó ser maestro. De pequeño soñaba con estar encima de una tarima y escribir en un encerado con tizas de colores explicando a los amigos cómo tenían que hacer las cosas, pero las circunstancias personales de su familia le llevaron a estudiar ciencias económicas y a doctorarse en Finanzas. Decía que había más oportunidades en las finanzas que en otras áreas más concurridas como contabilidad, marketing u organización de empresas. La perseverancia, el pensamiento racional y matemático siempre le han gustado y eso, en las finanzas, ayuda mucho. Puede tirarse días o semanas con un problema, una idea, una justificación o un cálculo. No desfallece fácilmente e insiste en perseverar en las ideas, las actitudes, los comportamientos hasta que considera que ya lo ha dado todo. En ese momento abandona y no vuelve a tocar el tema, el cálculo o la discusión. Cuando dice basta no hay vuelta atrás. Es muy cabezota.

Ahora vive solo en un pequeño apartamento del centro de la ciudad, no porque le guste la soledad o sea su deseo, sino porque su compañera de los últimos siete años lo dejó por otro partido más joven y con más ganas de divertirse. No es que sea aburrido, pero su mayor entretenimiento es la lectura y escuchar música de todo tipo, desde hip hop hasta ópera. Ya lo anticipaba él, las relaciones duran ciclos de siete años según algunas teorías pseudocientíficas que ha hecho suyas y que siempre comparte con el que le quiera escuchar. Si al finalizar ese periodo la pareja no encuentra un nuevo incentivo, se apaga la pasión, se extingue el deseo y se diluye la novedad, haciendo volar y desaparecer a las mariposas del estómago. En ese momento, sin otro estímulo que avive la relación, la pareja se acaba rompiendo. Aunque asumía el planteamiento teórico de esta premisa, no esperaba que le fuera a pasar a él.

Entre los alumnos tiene fama de duro, exigente y apremiante, les somete a presión en la resolución de los ejercicios por lo que muchos se quejan de estrés, pero, en cambio, reconocen que sus notas finales son más altas de las que ellos se merecen, aunque nunca regala nada, te lo tienes que ganar. Normalmente les da clases durante, al menos, un curso completo por lo que, alumnos y profesor, se acaban conociendo bastante bien.

El empinado camino que lleva hasta la Facultad está dibujado por estrechas calles de tiempo histórico con pequeños balcones, algunos de ellos cubiertos con las ya marchitas flores del principio del otoño, que apenas dejan ver el cielo, donde, de vez en cuando, cruzan raudos los estorninos con su plumaje negro y su piar agudo. Para Ezequiel, la presencia de estas aves volando deprisa no le augura un buen día. En cambio, la catedral, con su majestuoso porte, sus torres elevadas al cielo que parecen pincharlo con sus labradas agujas, su nave central en forma de cruz, sus transparentes vidrieras y las cigüeñas que anidan en ella le devuelven a la tranquilidad. El crotoro de las aves le recuerda a su madre machacando el ajo cuando preparaba la comida en la casa del pueblo.

Al pasar por delante de una sucursal bancaria se da cuenta de que la entrada está ocupada por una persona envuelta en abrigos, mantas y cartones que está durmiendo tumbada delante del cajero automático interior. La sede del dinero está custodiada por un indigente que, seguramente, no disponga de ahorros, ni de efectivo y viva sin traspasar la puerta que vigila. Es una forma de que la entidad financiera inconscientemente proteja los depósitos de sus clientes y que ni ellos mismos puedan acceder a retirarlos. Como experto en finanzas es consciente de las consecuencias traumáticas que ha traído la última crisis, donde las entidades financieras han jugado con el dinero, los sueños, el trabajo y el futuro de muchas personas y, al contrario de lo que sería de sentido común, quien ha perdido en este juego no han sido los apostantes, sino los mirones; trabajadores, personas con pocos recursos y todos aquellos que confiaron en el criterio de la entidad de toda la vida pensando que sus empleados estaban cuidando de sus intereses cuando, en realidad, estaban mirando por los intereses de la entidad en general y los suyos propios en particular. No es justo, menos mal, piensa Ezequiel, que aquí no hay permisividad en la posesión de armas de fuego como en Estados Unidos, porque si no, con el carácter nacional, y nuestra sangre caliente, podría haber una masacre semanal. Este último pensamiento le devuelve a la realidad, a la noticia de la muerte de la alumna de la universidad y, en ese momento, sintió una opresión en el pecho que le hizo detenerse y se le secó la boca. Después de tomar aire, siguió caminando.

Al llegar a la puerta de la Facultad observó un remolino de cuatro o cinco profesores con el conserje alrededor del periódico del día.

— Buenos días, ¿qué hacéis? –preguntó–.

— Mirando a ver si viene algo del asesinato de la chica en el periódico de hoy –le dijo una profesora de derecho mercantil levantando la vista del diario–.

— ¡Pero cómo va a venir algo si en la radio dijeron que fue anoche!, como pronto vendrá en el de mañana. Hoy solo estará en la edición electrónica.

— Usted la conocía, ¿verdad? –dijo el conserje–.

La cara de asombro que puso no tenía desperdicio. Algo intermedio entre espanto, meditación, duda y enfado.

— ¿De qué la iba a conocer yo?, –se intentó justificar Ezequiel dando un paso atrás–.

— Pero si es alumna tuya de trabajo fin de carrera –dijo el vicedecano responsable de la actividad académica–.

En eso momento, Ezequiel recordó, en forma de flases, la cara de su alumna Lucía García y se le encogió el estómago. Tuvo la sensación de que le habían pillado en falta, de que quedaba al descubierto y no tenía salida. Un rictus duro asomó en su cara y las mandíbulas se apretaron, ensanchándole el rostro.

La decana llegó en ese momento y se unió a los comentarios del resto de profesores. Ordenó al conserje que consiguiera la esquela y que pusiera copias en todas las entradas de la Facultad. A mediodía, harían una parada de cinco minutos en la actividad docente como repulsa por el asesinato, así que había que avisar a todos los profesores para que se reunieran en el *hall* de la Facultad a esa hora y que animaran a que sus alumnos participaran en la concentración. Una de las profesoras más reivindicativas comentó que seguro que era otra víctima de la violencia de género contra las mujeres soltando una diatriba en contra del sexo masculino.

En ese momento Ezequiel recordó claramente la imagen de Lucía; simetría facial que la hacía guapa sin serlo, morena a veces con tonos caoba, la media melena que le llegaba hasta los hombros, aunque como le decía él —cambiáis más de peinado que el tiempo de temperatura—, delgada sin llegar a extremos alarmantes, y eso que era de buen comer, un poco más alta que él, con un *piercing* discreto en la aleta nasal izquierda y la mayoría de las veces sonriente. Esa sonrisa que había visto ayer por última vez y que ya no volvería a ver más. Pensativo y cabizbajo, dejó el grupo de profesores. Todos los presentes se le quedaron mirando mientras se dirigía a las escaleras extrañados por su comportamiento.

Sentado en su despacho de profesor, Ezequiel pensó en Lucía. La primera vez que la vio, haría cosa de cuatro años aproximadamente, fue en la presentación de la asignatura de primer curso Introducción a las Finanzas, ya que justo ese año se había hecho cargo él de la responsabilidad docente de la misma. Destacaba del resto de alumnos. Estaba sentada a su derecha, en la quinta o sexta fila de bancos junto con una compañera muy alta a su izquierda y otra estrafalaria en la manera de vestir y en el tinte del pelo a su derecha. La recordaba bien, tuvo que llamarle la atención porque no paraba de hacer comentarios a lo que él decía. Estaba explicando a quién le interesaba estudiar finanzas y había ideado unos ejemplos para que los alumnos fueran conscientes de que las finanzas son necesarias, adecuadas, convenientes e interesantes para todas las personas.

"Los más interesados en el estudio de las finanzas seréis aquellos de vosotros que pretendáis trabajar en una entidad financiera, como cajeros, asesores financieros, directores de oficina, analistas de riesgos, etc. Está claro que tendréis que conocer y aplicar perfectamente todos los términos financieros y desarrollar las competencias necesarias para su desarrollo profesional. También servirá para aquellos de vosotros que les atraiga el mundo del seguro como actuarios, gestores comerciales, que antes se llamaban vendedores, o en cualquier otro tipo de intermediario financiero como una agencia o sociedad de valores o una institución de inversión colectiva para gestionar el patrimonio de muchos inversores. Vamos, que tenéis unas cuantas opciones dentro del sistema financiero. El siguiente grupo interesado en estudiar finanzas serían aquellos que quieran desarrollar su actividad profesional en el ámbito de la empresa privada como empleados por cuenta ajena, en el departamento financiero, contable o administrativo, tendrán que relacionarse con las entidades que componen el sistema financiero; con bancos cuando pidan un préstamo o descuenten letras de cambio o negocien las comisiones para un datáfono, con compañías aseguradoras para contratar seguros o planes de pensiones y con sociedades o agencias de valores para rentabilizar algún capital. Otro grupo de personas que tienen, sí o sí, que estudiar finanzas son aquellos que se quieran dedicar a los servicios de inversión por cuenta propia o ajena y tengan que operar en los mercados financieros, bolsa, derivados, futuros, etc., tendrán que conocer las técnicas financieras básicas, medias y avanzadas y, además, tener intuición y saber adivinar las tendencias de los mercados financieros. Aquellos de vosotros interesados en crear vuestra propia empresa también necesitaréis de las finanzas para realizar los cálculos del proyecto de empresa en cuanto a la inversión y a la financiación para no depender de asesores externos y poder tomar decisiones informadas. Otro grupo social interesados en las finanzas serían aquellos que no necesitan trabajar para vivir, es decir, los ricos y los que sin serlo emparentan con los ricos para no trabajar, es decir, aquellos que hayan dado un braguetazo. Este grupo tiene que rentabilizar sus recursos y, por lo tanto, para que no les engañen deberían de estudiar finanzas y así, sacar el mayor rendimiento posible a sus rentas. Finalmente, el resto de las personas que no están incluidas entre las anteriormente citadas, como trabajadores, amos y amas de casa, jubilados, jóvenes, parados o inactivos, también deberían entender y comprender los términos y las operaciones financieras para que alguno de vosotros desde una institución financiera no les engañe o les recomiende productos que no son adecuados para ellos. En definitiva, las finanzas deberían estudiarlas todo el mundo. Si hubiera más educación financiera no habría pasado lo que pasó antes, durante y después de la crisis financiera".

El comentario del braguetazo hizo sonreír a los alumnos que al ser su primer día de clase en la universidad estaban cohibidos, Lucía fue uno de ellos y al comentarlo con sus compañeras fue cuando Ezequiel se fijó en ella. Qué diferencia, pensó, con este curso donde ella le había elegido para que fuera su tutor en el trabajo de fin de carrera. No era una alumna brillante y con ella se saltó su norma de no dirigir a alumnos que no tuvieran una nota media del expediente superior al notable, con ella había hecho una excepción, con ella estaba a gusto en su compañía.

Volvió a pensar en su muerte, qué injusta, tan joven, con toda la vida por delante. Cayó en la cuenta de que estaba utilizando los tópicos que tantas veces había oído en los tanatorios, y eso que él no era de los que frecuentan mucho esos contenedores de muerte, dolor y lágrimas. Por costumbre encendió el ordenador para ver la agenda y revisar sus correos y los compromisos y actividades docentes de ese día. En ese momento entró en su despacho Sofía, su compañera del área de Finanzas con la que siempre había tenido y todavía tenía, muy buena relación.

— ¿Te has enterado del asesinato de tu alumna?

— Sí, lo oí esta mañana en la radio, pero entonces no dijeron su nombre, ha sido al llegar cuando me lo han dicho en conserjería. ¡No me lo puedo creer!

— ¿Tú que crees que ha pasado?

— No tengo ni idea. Carmen, la de econometría, dice que puede ser violencia de género. La verdad es que tiene... tenía un novio un poco celoso, pero de ahí a cometer un asesinato.

— ¿Conocías al novio?

— Le había visto un par de veces con ella y la primera impresión no fue nada buena, pero no le he tratado. También puede ser un robo, un "colgao", vete tú a saber. La verdad es que no estamos preparados para noticias como esta. Ahora que parecía que se iba a quedar a trabajar en la entidad donde estaba haciendo las prácticas que empezó al inicio del verano... Para los padres va a ser un trago muy duro. ¡Qué le vamos a hacer, la vida sigue! Tengo que preparar ejercicios para la clase de esta tarde.

— Yo tengo un par de reuniones de coordinación del título. ¿Te quedas a comer en el campus?

— No lo sé, debería ir a casa y descansar un poco, pero como tengo clase a primera hora de la tarde quizás me quede. Si me quedo, te aviso y comemos juntos.

— Vale, —dijo Sofía—.

Sofía es una profesora más joven que él, había sido alumna suya hace ya muchos años, era muy buena estudiante, aplicada y con un sentido crítico muy acusado. Cuando se quedó para hacer la tesis, Ezequiel se alegró mucho. Era muy fácil empatizar con ella, además no era de las que siempre le dan la razón a un profesor con una categoría superior, era combativa y tenía una gran capacidad de análisis y de establecer relaciones causales incluso en los temas menos importantes. A Ezequiel le gustaba mucho hablar con ella, aunque solo la trataba para temas profesionales, los sentimientos, tanto de él como de ella, nunca se incluían en la conversación. Físicamente era ... fea, con poca estatura, muy delgada, con una nariz aguileña muy prominente y con diastema en los incisivos superiores. Nunca pasaba desapercibida, pero su inteligencia era superior a la media. A veces, Ezequiel pensaba ¿qué hace esta lumbrera en un sitio como este?, podría estar en una universidad mejor o incluso en el extranjero, pero egoístamente nunca le había dicho nada de esto.

Al abrir la aplicación del correo electrónico le aparecieron dieciséis mensajes, de los cuales siete eran de publicidad — bancos, editoriales, congresos de otras áreas y noticias de prensa económica —, otros tres eran anuncios de la Facultad sobre conferencias que se iban a impartir, cuatro de la propia universidad anunciando actividades sociales y dos de alumnos. Se centró en el primer correo de un alumno que pedía una tutoría en el despacho para tratar de sus posibles salidas profesionales y el otro era de Lucía que le enviaba un primer borrador de su trabajo fin de carrera para que la orientara sobre si el esquema y el planteamiento de trabajo estaban bien realizados o tenía que cambiar algo. Sin abrir el documento adjunto, a Ezequiel, se le llenaron los ojos de lágrimas y sintió una pequeña opresión en la garganta y en el bajo vientre, como si él fuera el responsable de su muerte. Era como si su alumna le estuviera escribiendo desde el más allá. Algo que iba en contra de sus propias creencias. Según él, con la muerte se acababa todo, y en momentos como ese donde se hacía evidente la desaparición de un ser humano, tomaba conciencia de que la vida había que aprovecharla para disfrutar todo lo posible y dejar atrás los "malos rollos" –como decían sus alumnos–. No merecía la pena. Siguió pensando en la levedad de la existencia y de lo injusta que había sido la muerte de su alumna, pero ¡si hacía menos de veinticuatro horas que había estado con ella!, todavía veía su cara, sus ojos de desesperación del día anterior. Sin darse cuenta, estaba en la primera etapa del duelo que la psiquiatra Elisabeth Kübler-Ross había establecido a finales de los años sesenta del siglo pasado: la negación.

El resto de la mañana no pudo concentrarse, intentó buscar el teléfono de los padres de Lucía para darles el pésame y prestarles su apoyo en todas las gestiones que tendrían que hacer a partir de ese momento, sobre todo temas financieros y fiscales. Como no encontró el número para llamarles, pensó en hablar con ellos después del funeral. Ahora estarían muy afectados y no asimilarían lo que les dijera. No entendía por qué tenía remordimientos de conciencia. Pasó la mañana revisando la carpeta de imágenes en las que aparecía Lucía, en algunas, incluso él estaba con ella. En las fotografías ella siempre aparecía sonriente, como posando. Él, siempre serio, siempre mal, sin saber qué hacer con las manos ni dónde poner los pies.

Ezequiel bajó a la cafetería de la universidad a comer sin avisar a Sofía, no es que se le hubiera olvidado avisarla, es que prefería estar solo. Al contrario que los profesores de otras áreas que se movían en manada y juntos tomaban cafés, juntos iban a comer y juntos abandonaban el campus y, así, se difundían los rumores y todo el mundo sabía de todo el mundo. En cambio, Ezequiel nunca se interesaba en otras facultades o departamentos. Casi no se enteraba de los cotilleos, rumores, chismorreos, habladurías y comadreos que ocurrían en el suyo. La cafetería del campus ya tenía gente comiendo, la verdad es que siempre había gente, o desayunando, nada más abrir, o tomando café de media mañana, o tomando el aperitivo antes de la hora de la comida, o en el almuerzo, o en los cafés de la sobremesa junto con las partidas de cartas, el café o el refresco de media tarde o incluso alguna copa antes de cerrar. Una cafetería en el campus era un buen negocio si se sabía llevar, se daba una calidad aceptable y empatizabas con los diferentes grupos sociales que formaban tu clientela.

El bar y el restaurante estaban cerca de la Facultad de Económicas, se comunicaban entre sí a través de un arco que no se correspondía con la construcción funcional del edificio, tenían un ambiente agradable, aunque no muy limpio. A Ezequiel esa falta de limpieza le parecía normal, no era muy escrupuloso, ya que por allí pasaba mucha gente; alumnos, profesores, personal de administración e incluso algún vecino de la zona que se aprovechaba de los precios bajos. La barra del bar estaba repleta de platillos con cucharillas y azucarillos, preparadas para las peticiones de café y de tapas dulces o saladas que los adjudicatarios de la contrata ofrecían gratis a los clientes. Detrás de los camareros y de las botellas de licor había un gran espejo que ampliaba la vista y daba la sensación de que el local era más grande de lo que realmente era. Había dos televisores; uno en el bar y otro en la zona de restaurante. La presentadora del informativo de mediodía estaba dando detalles del asesinato de Lucía ofreciendo imágenes del campus y de la Facultad. A Ezequiel le gustaba cómo informaba, le atraía, incluso físicamente, por eso la miraba, pero no ponía atención en lo que decía. Se extrañó de que la noticia tuviera alcance nacional.

La comida estaba bien, era abundante, aunque sin exquisiteces. Siempre ofrecían un menú de tres entrantes, tres platos principales que anunciaban en un cartel a la entrada, platos combinados y bocadillos. Ezequiel siempre que iba pedía platos "de cuchara", que tuvieran caldo y, sin pasarse, algo de grasa. De ahí le venían "las llantitas" y la ausencia de ejercicio las mantenía. Sin pensarlo mucho pidió, junto con la cerveza, uno de los menús y, antes de que se lo sirvieran, llegó Sofía.

— ¿Has asistido al homenaje que la decana ha organizado a tu alumna?, −preguntó Sofía−.

— No −dijo Ezequiel como queriendo justificar que se había olvidado de asistir a la concentración−, solo lo ha hecho por salir en el periódico, es una cínica. Ni conocía a Lucía ni se había interesado nunca por ella. ¿Sabías que, en su asignatura, la suspendió injustamente? Y ahora viene con homenajes. ¡Anda y que la den!

— Si la suspendió, sí que la conocía. De todas formas, todo el mundo ha comentado tu ausencia. Deberías de haber ido.

— ¿Quién es todo el mundo?, —preguntó visiblemente molesto, haciendo el gesto de las comillas con los dedos índice y corazón de las dos manos—.

— Pues los profesores, algún alumno y el personal de administración que han hablado conmigo. Alguno incluso comentó que parecíais padre e hija por la cantidad de tiempo que pasabais juntos, otros incluso han ido más allá y pensaban que estabais juntos, que teníais una relación sentimental o sexual.

— Mira, maja, yo paso el tiempo con personas interesantes.

Este comentario le dolió a Sofía que tenía la sensación de que últimamente Ezequiel se alejaba de ella. Con gesto de enfado, le replicó.

— Si no te parezco interesante, me voy.

— No, Sofía, no te lo tomes de forma personal. Contigo estoy muy a gusto. Pero noto que últimamente, queriéndolo o no, las personas más cercanas se alejan. Nuria me dejó, mi padre ha muerto, mis hermanos viven fuera y ya casi ni nos llamamos, ahora a Lucía la matan, ...

— ¿No será que tú no haces nada para retener a la gente a tu lado?, —le reprochó Sofía—, porque en lo de tu padre y Lucía no has podido hacer nada, pero en lo de Nuria y lo de tus hermanos, puedes ser tú el que dé el primer paso de acercamiento.

— Déjalo, no estoy de humor.

— Imagino, —contestó Sofía—. Cambiando de tema, ¿por qué no me has llamado para venir a comer?

— No me acordé de que había quedado contigo, perdona. ¿Qué quieres pedir?

— Ya nada, —dijo Sofía levantándose de la mesa y dejando la cafetería. En el andar se la notaba furiosa—.

Ezequiel la miró y se arrepintió en ese mismo instante, no sabía por qué la trataba así cuando era casi su único apoyo en la Facultad y, últimamente, también en su vida privada. Algunas veces había pensado en tener un acercamiento sentimental a ella, pero siempre lo había desechado, quizás por el miedo a que, si salía mal, se quedara solo también en el trabajo. Siempre se había portado igual, antes de romper una relación intentaba asegurar otra, en algún sitio había leído que eso se llamaba hombre-liana. El problema había estado en su última relación, Nuria le había dejado a él y además cuando creía que estaban en su mejor momento. Estaba claro que no se entendía con las mujeres, pero es que las mujeres tampoco le entendían a él. De todas formas, Sofía no le atraía físicamente, aunque, por su forma de ser, reconocía que era encantadora.

A primera hora de la tarde tenía que empezar a impartir un seminario sobre educación financiera. El aula que le habían asignado era pequeña, luminosa, estrecha y alta, no tendría más de diez asientos en la primera fila, sin embargo, la última fila, la que hacía el número seis, tenía más de veinte asientos. Era un aula buena para dar clase porque los alumnos no coincidían uno justo encima de otro, pero muy mala para los exámenes ya que, al estar los alumnos sentados en diagonal, lo que hacía el de abajo lo veía perfectamente el que estaba en la fila superior.

Al llegar al aula se hizo el silencio. Las charlas de los alumnos finalizaron al ver entrar al profesor con gesto serio, el ceño fruncido, los labios apretados y la mirada en el suelo. Ezequiel siempre había empatizado con los alumnos, aunque sin llegar a ser su "colega" como intentaban otros compañeros. Él siempre mantenía una cierta distancia y lo hacía desde una posición de autoridad. Le gustaba que le respetaran como él respetó a sus profesores, pero ahora, eso se había diluido.

Mientras cargaba la presentación en el ordenador del aula, algunos comentarios se reavivaron e incluso llegó a oír la palabra "muerta" fuera de contexto. En ese momento el gesto de Ezequiel se endureció aún más, volvió a ser consciente de que ese día quedaría marcado en su memoria como el día de la muerte de Lucía.

Se empezó a fijar en el grupo de alumnos que se había apuntado al seminario. El número no superaba los veinte, había que reconocer que para una universidad de provincias y para un tema tan concreto, no estaba mal. La mayoría, al igual que en sus clases últimamente, eran chicas. Muchos estaban ya dispuestos a tomar apuntes o anotaciones, pero otros parecía que se habían dejado caer por allí de casualidad o porque no tenían otra cosa mejor que hacer. Vaya diferencia de interés en comparación con los primeros años en que Ezequiel empezó a impartir clases.

Después del habitual saludo cortés de buenas tardes, mirando a los alumnos, preguntó:

– ¿Qué es la educación financiera?

Al no tener ninguna respuesta, volvió a preguntar:

– ¿Quién de vosotros cree que tiene cultura financiera?

Un alumno de las últimas filas, con cara de espabilado y gesto de creer haberle pillado en un renuncio, preguntó:

– ¿No es lo mismo?, ¿qué diferencia hay?

Alguna pregunta parecida había previsto cuando preparaba el seminario y tenía la respuesta a punto. Así que esto dio pie a Ezequiel a iniciar la explicación.

"La educación se asemeja a la técnica que puede tener una persona para pintar o dibujar, poder saber y conocer la perspectiva, el manejo de los colores, los claro-oscuros, dominar el retrato, incluso las caricaturas, en cambio, una persona que tiene cultura es aquel que, además de todo eso sabe la historia de la pintura, conoce a los artistas, las diferentes época pictóricas, los diferentes estilos, diferencia entre el barroco y el impresionismo o entre el cubismo y el surrealismo, en resumen, tener educación financiera es conocer la técnica, la operativa o los riesgos de una operación, es un aprendizaje, mientras que tener cultura financiera supone saber afrontar las diferentes situaciones y acertar al tomar las decisiones que ha de realizar una persona conociendo cómo tiene que hacerlo, qué consecuencias pueden ocasionar esas decisiones a corto y largo plazo y asumir los riesgos que conllevan. Conoce la historia, la operativa y el comportamiento que siguen o han ocasionado los diferentes activos financieros".

"En el caso de las finanzas no se puede alcanzar la cultura financiera sin conocer sobradamente el proceso de la educación financiera, pero se puede tener educación financiera sin tener cultura financiera".

Continuó la clase desarrollando diferentes ejemplos teóricos y situaciones prácticas de la realidad, donde los alumnos tenían que diferenciar si determinados comportamientos personales eran educación o cultura financiera.

Para pulsar el nivel de conocimientos financieros que tenían los alumnos que estaban enfrente, Ezequiel les planteó una batería de preguntas.

− ¿Cuáles son las tres características principales de los activos financieros?

Después de varios intentos de alguno de los alumnos, llegaron a la solución de que dichas características eran el riesgo, la rentabilidad y la liquidez.

El profesor les puntualizó que todos los activos financieros tienen riesgo si entendemos que un activo financiero es un contrato en el que una de las partes, el comprador, tiene derecho a percibir unos ingresos en el futuro, bien sea de forma periódica o todo al finalizar el contrato. El riesgo, les explicó, será mayor o menor en función de la solvencia del vendedor del activo y del plazo de vencimiento, además de otras variables.

Sobre la rentabilidad de los activos financieros les dijo que es directamente proporcional al riesgo. Así, teóricamente, un activo con mayor riesgo debe de tener una mayor rentabilidad y viceversa. En el caso de que esto no fuera así, habría que desconfiar de ese activo financiero.

La liquidez se la definió como la capacidad de transformar un activo financiero, un contrato, en dinero y suele ser inversamente proporcional al riesgo y a la rentabilidad. Así un activo con mucho riesgo, normalmente, tendrá poca liquidez y otro con poco riesgo tendrá muchas posibilidades de convertirse en dinero. Con varios ejemplos lo entendieron mejor: su cuenta corriente, poco riesgo, poca rentabilidad y mucha liquidez. Un préstamo a una persona con pocos ingresos, mucho riesgo, mucha rentabilidad, poca liquidez.

Para representar en el encerado estos tres conceptos, dibujó tres triángulos; dos con la base arriba, riesgo y rentabilidad, y uno con la base abajo, la liquidez.

Otra de las preguntas que planteó a los alumnos fue si sabían qué cantidad de dinero estaba garantizada en una cuenta corriente si el banco donde estaba quebraba.

Aquí, la mayoría de los alumnos, sabían que dicha cantidad era de cien mil euros, lo que no tenían claro era si era por persona, por cuenta o por entidad. Ezequiel les aclaró que esa cantidad era por titular y por entidad independientemente del número de cuentas que se tuviera. Así, si en una cuenta de una entidad hay dos titulares la cantidad garantizada máxima será de hasta doscientos mil euros o el saldo que hubiera en la cuenta.

Una de las últimas preguntas que les planteó fue sobre los derechos de los accionistas. Las respuestas se quedaron en el derecho a votar en las juntas de socios y a cobrar los dividendos, Ezequiel les amplió que, además de esos derechos, el accionista tiene otros dos: el derecho a recibir información financiera y contable de la empresa, lo que normalmente se llama la memoria de la sociedad y el derecho a la suscripción preferente de nuevas acciones por delante de las personas que no son socios.

La última parte de la clase la dedicó a explicar a sus alumnos la importancia de conocer, comprender y difundir las finanzas, sobre todo, en el entorno más cercano y, además, adaptar las explicaciones a los diferentes grupos de edad y a las necesidades financieras de cada persona.

"No tiene sentido – les dijo Ezequiel – que expliquemos productos de inversión complejos a un grupo de parados, cuya principal preocupación puede ser el llegar a final de mes. Estas personas, agradecerán que se les den ideas de cómo ahorrar, de dónde obtener ingresos extra para hacer frente a imprevistos que, tarde o temprano, siempre llegan. A los niños de nueve o diez años hay que concienciarles de que el dinero hay que ganarlo, que no viene del cielo y de que el ahorro durante un periodo de tiempo permite conseguir algún deseo (juegos, ropa, móviles, etc.). Las personas de la tercera edad suelen ser muy vulnerables al engaño, además de ser víctimas de fraudes y de dejarse convencer para que realicen inversiones que no son adecuadas para ellos. En la mayoría de los casos, el nivel de educación financiera es muy básico, de lo que se aprovechan las entidades financieras.

Un buen consejo para este grupo de personas es que no firmen ningún documento sin tener una segunda opinión sobre lo adecuada o conveniente que pueda ser esa inversión. Digo inversión, ya que, habitualmente, a esas edades, no se les suele conceder financiación".

Después de un turno de preguntas, respuestas y alguna opinión encontrada con alguno de los alumnos, se dio por terminada la sesión.

A la salida de clase, Ezequiel pensó en ir al tanatorio a dar el pésame a los padres de Lucía. Después de pensarlo mucho, decidió no ir. Estaba demasiado cercana la noticia de la muerte de su alumna y pensó que, quizás, el forense, que, seguro que tenía que hacer la autopsia, no habría terminado.

Al llegar a casa, se sentía enfadado por la muerte de Lucía, la rabia le hacía apretar los dientes y quería desahogarse con alguien o con algo. Lo pagó la cartera que tiró contra el sillón del despacho y el manotazo que dio a la mesa. Había llegado a la etapa de la ira del proceso del duelo.

Capítulo 2. Cultura financiera

Había dormido mal. Ezequiel se levantó antes de la salida del sol, al afeitarse se cortó levemente a la altura de la nuez, taponó la salida de la sangre con un poco de papel higiénico. No era un buen comienzo del día. Estuvo pensado un rato cómo podía revertir esa sensación de que el día no le iba a ir bien. Tomó un zumo y se sentó en el sillón de su despacho. No es que el apartamento diera para tener una habitación destinada a despacho, es que Ezequiel había convertido el salón-comedor que hay en la mayoría de los pisos, en salón-despacho. La habitación tenía, como dicen los decoradores de interior, dos ambientes; uno en el que se distribuían un sofá, un sillón y una mesita baja, que, junto con el mueble que incorporaba un hueco para la televisión lleno de libros, hacía las veces de salón. A la izquierda de la entrada se situaba una mesa de despacho, un sillón de dirección y unas estanterías abarrotadas de libros, revistas y artículos sin seguir orden alguno, incluso había documentos encima del radiador y por el suelo. Completaban la decoración del salón-despacho, dos plantas; la oreja de elefante y, por supuesto, la planta del dinero. Además, tenía a la izquierda un gran ventanal con acceso a una pequeña terraza. A pocos metros de la ventana, porque la calle es estrecha, estaba mirándole siempre su vecina de enfrente, una anciana sentada en una silla de ruedas a la que atendían su hija y una señora que hacía la limpieza y la aseaba. Ezequiel se sorprendió de que la anciana ya estuviera en la ventana con la luz encendida a esas horas de la mañana. Parecía que le estaba vigilando y se acordó de la película "La ventana indiscreta" de Alfred Hitchcock con James Stewart y Grace Kelly. Él empezó a corregir un artículo en el que estaba colaborando con Sofía sobre la influencia de los tipos de interés en las decisiones de los altos ejecutivos de las empresas que cotizaban en Bolsa. Su cabeza iba y venía constantemente con las imágenes de Lucía; cuando ella le consultaba dudas en el despacho de la Facultad. Durante el primer curso, entraba pidiendo permiso, casi con miedo y le preguntaba si podía atenderla, o cuando, en tercero, en ese tiempo ya entraba en el despacho sin pedir permiso, según le había dicho Ezequiel, le pedía consejo para elegir las asignaturas optativas que debía cursar para completar un buen expediente, o cuando le consultó sobre en qué empresas hacer las prácticas y Ezequiel le dijo que lo mejor era una entidad financiera para que, de esa forma, si es que quería dedicarse a esa profesión en el futuro, tuviera algo de contacto con la realidad. Aunque él bien sabía que, en esas prácticas, si tenías suerte, las oficinas solo dedicaban los alumnos a tareas rutinarias. Pero, si ella era capaz de poder interesarse por otros temas como la concesión de créditos o las inversiones quizás, tuviera alguna posibilidad de, al terminar el periodo de prácticas, tener una oportunidad de que le ofrecieran un contrato ya que lo que le faltaba a Lucía de conocimientos lo suplía con un amplio don de gentes. Ganaba mucho en el trato personal. Ahora se arrepentía de su consejo, si pudiera volver atrás, no le hubiera aconsejado esas prácticas que suponían estar cerca de él, seguramente ella hubiera elegido una empresa fuera de la ciudad, quizás en el pueblo de sus padres y, quizás, no hubiera pasado nada. Lo que había hecho le remordía la conciencia. Lo que daría, lo que cambiaría si pudiera volver atrás. Si supiera con quién, negociaría con él para regresar a la decisión de la empresa y, a cambio, Ezequiel vendería su alma eterna. Total, no creía en la eternidad. En ese momento, se dio cuenta de que estaba negociando. Estaba superando la tercera etapa del duelo: la negociación.

Abandonó el artículo, se recostó en el sillón y repasó mentalmente el último encuentro con Lucía. Había sido la tarde de su asesinato. Había ido a su casa a entregarle unos cuantos artículos para que los revisara y decidiera si incluirlos o no en su trabajo fin de carrera. Habían discutido. Lucía se quejaba por el esfuerzo que suponía ese trabajo a mayores de lo que ya estaba haciendo, las prácticas en el banco la ocupaban casi todo el día y los fines de semana tenía que dedicarlos a estudiar y a redactar el trabajo fin de carrera. Se quejaba de que no tenía tiempo para divertirse. Ezequiel la recriminó su falta de entusiasmo para rematar, lo antes posible, la titulación argumentando que era un último sacrificio para terminar sus estudios, que unos pocos meses de dedicación iban a tener una compensación grande en su nota media final. Que se centrara, que la veía despistada, aunque, ahora se daba cuenta de que también se la veía cansada. ¿quizás la había exigido demasiado? Después de la bronca, Lucía se echó a llorar y se abrazó a Ezequiel. Ahora lo recordaba y sentía una contracción en el estómago que le impedía llorar. No podía llorar. Se intento mentalizar de que solo es... era una alumna, pero, al final, reconoció que sentía algo especial por ella. ¡Cómo le apenaba que no estuviera viva!, ¡cómo sentía no volver a verla!, no volver a hablar con ella, no contarle sus experiencias, sus "batallitas" – como decía riéndose–. Y todo, quizás, por su culpa.

Después de intentar desayunar como de costumbre y de no conseguirlo, se arregló y se fue caminando hasta la Facultad. La climatología de ese día se presentaba mejor que la del anterior. Se veían grandes claros entre algunas nubes, aunque la temperatura no había variado mucho, la brisa fresca de la montaña se dejaba sentir en la piel. Seguramente a mediodía haría mejor. Por el camino fue dándole vueltas a las causas de la muerte de Lucía, pero no era capaz de concentrarse. El agua de la calzada, consecuencia de la noche de lluvia, todavía reflejaba la luz de las farolas mientras caminaba con la vista perdida. La dormida ciudad se iba desperezando, estirándose y cogiendo ritmo. Volvía una y otra vez a intentar entender las causas de esa estúpida muerte. ¿Por qué tuvo que morir? Se sintió triste, apenado, distraído, sin ganas de caminar, indeciso, con sentimiento de culpa y tremendamente cansado. Cuando creía que podía entenderlo, volvía al punto de partida. Entre esta y otras divagaciones se dio cuenta de que acababa de llegar a la entrada de la Facultad. Se sorprendió de que la puerta estuviera cerrada y, en ese momento, se fijó en la esquela de Lucía. En medio de la cristalera, con un borde morado aparecía su nombre, sus familiares cercanos, cayó en la cuenta de que tenía una hermana de la que nunca había hablado con él y de la ridiculez de pedir una oración por su alma cuando ella no era nada religiosa. La religión era uno de los temas de los que habían comentado entre ellos ajeno a la docencia. Ella iba a misa no por convencimiento, sino por costumbre. Seguramente, aparecía la petición de la oración en la esquela por sus padres. ¿Por qué estaba la puerta cerrada? Miró el reloj y se dio cuenta de que aún faltaba media hora para que el conserje abriera. Había llegado demasiado pronto, así que empezó a caminar otra vez sin rumbo fijo. Sus ganas de llorar, su tristeza, hacían como si el mundo se le viniera encima. Cuando fue consciente de dónde estaba se sorprendió. Era la calle donde vivía Lucía. A la entrada del portal había un coche de policía, pensó que quizás todavía estarían recogiendo pruebas de la escena del crimen. Sin más, dio media vuelta y, un poco asustado, se fue al campus a instalarse en su despacho.

Sentado ante su mesa, fue incapaz de trabajar, no podía concentrarse, volvía a preguntarse por las razones del crimen. Intentaba buscar, de forma razonable, una explicación lógica que no encontraba. En el momento en que tenía la vista perdida en la ventana oyó golpes en la puerta y vio aparecer la figura de Sofía, con un traje oscuro y el pelo recogido en una coleta. Acababa de llegar porque Ezequiel se fijó en que traía su bolso y el maletín del ordenador en la mano.

– ¿Qué tal has pasado la noche?, –le preguntó Sofía–.

– Buenos días para ti también, –dijo Ezequiel con un tono de amargura–. He dormido como un lirón.

– No me mientas, se te nota en la cara que has dormido poco y en el carácter que esto te está afectando mucho.

– "Esto" se llama crimen. Y no me afecta. La vida sigue. Esta tarde tengo el seminario y necesito preparar ejemplos para los alumnos, así que, si te parece, nos vemos luego para coordinar mi parte con la tuya.

–De acuerdo, –dijo Sofía de mala gana por cómo la había hablado–. Si necesitas algo no tienes más que llamarme.

– Gracias, descuida, así lo haré.

Antes de las diez de la mañana una alerta de la agenda del ordenador le recordó que estaba convocado a una reunión del departamento. Después de pensárselo mucho decidió acudir, aunque no tenía ganas de estar con gente. Como le había dicho a Sofía, la vida sigue. Entre los puntos del orden del día se iba a tratar la aprobación, o no, de un nuevo curso de cultura financiera avanzada que había propuesto él mismo y que tendría que defender su impartición ante algunos compañeros que se habían manifestado en contra.

La reunión comenzó pasados diez minutos de la hora prevista, con la aprobación del acta de la sesión anterior. El director, Paco Almendra, presentó la solicitud de Ezequiel para realizar el curso de cultura financiera avanzada destinado a aquellos alumnos que hubieran realizado el seminario que se estaba impartiendo ahora de educación financiera a cultura financiera. Tomó la palabra Noelia, profesora también del área de Finanzas con la misma categoría que Ezequiel, pero con más antigüedad. Criticó este segundo curso con el argumento de que se planteaba totalmente gratis para los alumnos y proponía que se cobrara una cuota. Ezequiel no tenía una buena relación con Noelia, aunque reconocía que era muy inteligente y trabajadora, le parecía una pesetera y una envidiosa. Siempre trataba de poner dificultades a sus propuestas alegando todo tipo de disculpas. Desde que, los cursos que planteaba Ezequiel tenían poco nivel académico, como que suponían un esfuerzo para el departamento que no se veía recompensado o, como ahora, que eran gratis. En esta oportunidad, el argumento de Noelia era que, como el curso era gratuito, los alumnos se apuntaban y luego no acudían. Además, suponía un esfuerzo económico para el departamento en cuanto a la organización, el control de la presencia de los alumnos y la emisión de los diplomas. Y para concluir, se utilizaban recursos humanos que no estarían disponibles para otras ocupaciones docentes o de investigación más importantes.

Cuando Noelia terminó su argumentario en contra de la propuesta, pidió la palabra Ezequiel.

— Supongo, Noelia, que, para empezar por tu último argumento, los recursos humanos a los que te refieres para tareas más importantes en docencia e investigación son los ayudantes a los que explotas obligándoles a dar tus clases mientras tú impartes seminarios a precios desorbitados a los que solo acuden cuatro gatos que lo único que hacen es mirarse el ombligo propio y donde tratáis temas inaplicables e inasumibles por la sociedad en general que, en principio, a mí no me parece mal. Lo que no me gusta, es que mientras tú cobras una pasta, los pobres becarios y ayudantes tienen que impartir tus clases gratis y además no se les puede reconocer esa docencia ya que, se supone, que tú eres la responsable de la asignatura.

– ¡Eso es mentira!, –chilló Noelia, levantándose y poniéndose roja como un tomate maduro–.

Con un tono pausado y mostrando un leve rictus semejante a una sonrisa, Ezequiel continuó hablando.

– Haz el favor de tener un respeto por la persona que tiene la palabra, yo no te he interrumpido cuando has planteado tus estúpidos argumentos.

"Los recursos humanos, siguiendo con tu definición de profesores, que participarán en este curso son, en principio, los becarios y ayudantes a los que se les acreditará su participación, y todos aquellos profesores de finanzas que, ya sabéis –dirigió la mirada al resto de participantes en la reunión–, queráis participar de forma gratuita. Tú también, Noelia. Si quieres participar de forma altruista puedes hacerlo, yo no niego la posibilidad de transmitir nuestros conocimientos en este curso a nadie, pero eso sí, bajo mi dirección que para eso el curso lo he planteado y propuesto yo.

"En cuanto al argumento de que como es gratis los alumnos se apuntan y luego no asisten, me extraña tu capacidad de adivinar el futuro. Has perdido una gran oportunidad de hacerte de oro, si adivinaras el precio futuro de las acciones o los números de la lotería o, incluso, como consultora sentimental en los programas nocturnos de echadoras de cartas. Los alumnos no acuden cuando es un curso cuyo contenido no entienden o los profesores son un peñazo o son demasiado largos o les coincide con otras asignaturas. Por lo tanto, como de momento, creo que nadie de nosotros puede saber lo que harán o no harán los alumnos, creo que tu argumento para rechazar el curso por falta de alumnos lo vamos a posponer. Desde luego, si llegado el inicio del curso no hay un número mínimo de matriculados, se suspendería. Pero, de momento, tiempo al tiempo. Otro de tus argumentos es la utilización de recursos del departamento en una actividad de la que no se obtiene ningún ingreso. Sobre este punto, te recuerdo, Noelia, que estamos en una universidad pública y uno de nuestros fines es realizar la transferencia del conocimiento que tenemos a la sociedad, de devolver algo por lo que la sociedad está pagando a través de sus impuestos. No todo va a ser beneficio y rentabilidad. Nadie obliga a los profesores que quieran colaborar con este curso el año que viene. En cuanto a los costes administrativos, lo que no pueda hacer el personal administrativo en sus horas de trabajo, lo haré yo y si se incurriera en algún gasto, que el departamento me lo descuente del presupuesto de mi actividad académica. Además, espero contar con la ayuda de algún alumno que quiera colaborar en la organización."

— Para que luego le pase como a Lucía, —dijo Noelia lo suficientemente bajo para que todos se enteraran—.

Ezequiel clavó su mirada en Noelia y, mirándola fijamente, con un tono calmado lleno de energía, le dijo:

— Si lo que quieres es hacerme daño con la muerte de una alumna, tendrás que mejorar tu estrategia. Aunque con el comentario que acabas de hacer, has dejado muy clara tu catadura moral. Para otra ocasión, en vez de dejarlo caer, si tienes valor, deberías de decírmelo a la cara.

— Todos sabemos cómo colaboraba Lucía contigo y mira cómo ha terminado.

Antes de que Ezequiel contestara Paco Almendra, pidió serenidad y que no se continuara lanzando acusaciones sin fundamento entre los miembros del departamento. Propuso votar si se aprobaba o no el curso y, por una abultada mayoría, se aprobó. Ezequiel salió de la reunión sin esperar a que terminara. Se encerró en su despacho para repasar lo que había ocurrido en la reunión y se dio cuenta de que Noelia le había provocado y él había entrado a la provocación y se había puesto en evidencia. Estaba en estas reflexiones cuando llamaron a su puerta.

— Adelante —dijo Ezequiel—.

— Somos de la policía. El inspector Fernández y la subinspectora Escribano, ¿podemos hablar con usted un momento?

— Por supuesto, pasen, siéntense. —Les invitó Ezequiel después de estrecharles la mano—.

— Supongo que sabe a qué hemos venido. —Dijo la subinspectora—. Queríamos hablar con usted sobre Lucía García. Era alumna suya, ¿verdad?

— Sí, pero eso ustedes ya lo saben, es público que soy el tutor de su trabajo fin de carrera. Con que hayan echado un vistazo a la página web de la Facultad tienen suficiente.

— ¿Qué relación mantenía usted con su alumna? —Preguntó el inspector Fernández—.

— La habitual entre un profesor y su alumna de trabajo fin de carrera. Teníamos tutorías personalizadas para evaluar el desarrollo del trabajo. La orientaba sobre la bibliografía que tenía que manejar, la búsqueda de artículos relacionados con el tema de su trabajo, el acceso y tratamiento de la base de datos y le corregía el desarrollo formal del texto que finalmente tendría que defender frente al tribunal. Todo lo que se hace o, mejor dicho, lo que yo hago con los alumnos a los que tutorizo en su última asignatura en la titulación.

— Entiendo que, en esas tutorías personalizadas, ni participan más alumnos, ni otros profesores. —Quiso aclarar la subinspectora—.

— Así es. Al principio, cuando yo empecé a tutorizar los trabajos fin de carrera, intenté que esas tutorías fueran comunes al conjunto de alumnos que iban a defender el trabajo. Pero, poco a poco, me di cuenta de que no funcionaba. Unos alumnos trabajaban más deprisa que otros o bien obtenían buenos resultados más rápidamente, lo que provocaba que, entre ellos, surgieran piques y rencillas que enturbiaban sus relaciones, por lo que decidí que cada uno trabajara a su ritmo y yo supervisaría su trabajo. Aunque eso supusiera un mayor esfuerzo por mi parte.

— Entonces, según nos dice, Lucía era una alumna más para usted, sin ninguna preferencia o ventaja manifestada por su parte, ¿correcto? —preguntó el inspector Fernández—.

— No sé a qué viene esa pregunta. Lucía era una alumna más.

Ezequiel se dio cuenta en ese momento de que estaba mintiendo a la policía, que, quizás, esa contestación podría traerle problemas. Sabía perfectamente que ella no era una alumna más de trabajo fin de carrera. Que, además de una atracción especial, él la trataba de forma diferente, que sus sentimientos hacia ella eran más fuertes que sobre cualquier otro alumno. Que físicamente le gustaba.

— ¿Visita a todos sus alumnos de esta última asignatura en su casa?

La pregunta del inspector Fernández descolocó a Ezequiel. ¿Cómo sabían que había estado en su casa?, ¿qué tenía que contestar?, ¿mantenía su posición o corregía su declaración?, ¿qué le traería menos problemas? Fue consciente de que seguramente habían analizado las huellas del piso de Lucía y él había estado allí el día del asesinato. Optó por decir la verdad.

— Es cierto, aunque he querido tratar a Lucía como otra alumna más, he tenido una predilección con ella. La he tratado de forma especial, discriminando al resto de alumnos. Desde que conocí a Lucía en primer curso, he tenido una actitud más condescendiente, más cercana que con otros alumnos, aunque no podría decir la razón de ese comportamiento. Por eso, alguna vez, he estado en su piso para proporcionarle material de estudio.

— Algunos testigos con los que hemos hablado nos han comentado que su actitud es más que cercana, usted tenía una relación íntima con la fallecida, ¿es cierto?, —le preguntó la subinspectora Escribano girando levemente su cabeza al lado izquierdo sin dejar de mirarle a los ojos—.

— No. —Contestó tajante Ezequiel—.

— No es eso lo que nos han dicho.

— Que digan lo que quieran. Ya les he reconocido una relación más estrecha con ella que con el resto de los alumnos. Pero ni la he beneficiado en sus calificaciones, ni manteníamos una relación de aventura o noviazgo como sugieren ahora.

— Quizás ella no quería esa aventura, —dijo el inspector Fernández—, pero usted, sí.

— Mire, inspector, en más de treinta años de trato con alumnos, nunca, repito, nunca he admitido favores de ningún tipo, ni siquiera los famosos jamones, ni he solicitado favores a los alumnos. Me parece denigrante ese tipo de alusiones. Y ustedes podrán entender que, en este mundo universitario, como en cualquier otro, las envidias de los compañeros de profesión se prestan a ese tipo de comentarios. De todas formas, no se pueden rebatir los rumores más que con la verdad. Supongo que profesoras de mi área les hayan orientado en ese camino. Pídanles pruebas.

— Las tenemos, —dijo la subinspectora—. Usted ha estado, y lo ha reconocido, en el piso de la fallecida en fechas recientes a su muerte, si no el mismo día. Varios testigos, no una persona sola, han manifestado que usted y la fallecida…

— Lucía, se llamaba Lucía, —puntualizó Ezequiel—.

—… y Lucía abandonaban juntos la Facultad, incluso a última hora de la noche y que llegaban juntos a primera hora de la mañana. Que Lucía pasaba muchas horas en este despacho con la puerta cerrada, algo que usted no hacía con ningún alumno. ¿Necesitamos más pruebas o datos para probar que ustedes dos tenían una relación?

La mirada dura de enfado de Ezequiel a los dos policías hacía presagiar una reacción airada del profesor que era lo que buscaban con sus comentarios los funcionarios policiales.

Después de un breve silencio.

— Es cierto, —dijo Ezequiel—. Entre Lucía y yo había una relación.

Los dos policías se recostaron en sus sillas relajándose, sabiendo que si el profesor admitía la relación con la fallecida tenían más cerca resolver quién había sido el autor del asesinato.

— Teníamos una relación profesor-alumna, puramente académica, ¿más cercana que con otros alumnos?, sí. Pero hasta ahí. Ni aventuras, ni favores sexuales. ¿Me caía bien?, sí. ¿Le facilitaba más artículos que a otros alumnos?, no, ¿le dedicaba más tiempo?, sí, pero porque ella me lo pedía. Si cualquier otro alumno me lo hubiera pedido, le hubiera dispensado el mismo trato que a Lucía. ¿Salía con ella cuando cerraba la Facultad?, sí. Pero ¿no se han parado a pensar que era porque estábamos trabajando hasta esa hora, que ella estaba haciendo prácticas en una entidad financiera y solo podía venir a última hora? Y únicamente llegábamos juntos por la mañana el curso pasado por que coincidía que ambos teníamos clase a primera hora y su domicilio queda de camino desde el mío a la Facultad. Así que sí, entrabamos juntos por las mañanas en la Facultad.

— Y ¿qué nos dice de sus huellas en el piso?, ¿cuándo estuvo con ella por última vez?

La mirada de Ezequiel al inspector Fernández reflejaba lo incómoda que le había parecido la pregunta. Es cierto que había estado la tarde del día del asesinato en casa de Lucía, pero ¿cómo podía convencer a estos policías que solo había ido allí a llevarle unos artículos para que fuera mejorando su trabajo fin de carrera?

— La última vez que la vi, fue ayer por la tarde. El día que falleció estuve en su casa para entregarle unos artículos.

— Y para entregarle unos artículos, ¿tuvo que pasar al baño?, —preguntó la subinspectora Escribano—.

— A determinadas edades las necesidades fisiológicas son inexcusables e inaplazables —dijo Ezequiel en tono de enfado—.

— Y ¿también es necesario pasar por la cocina, el salón y el dormitorio?

Capítulo 3. Dinero físico

Mientras Ezequiel salía de la Facultad acompañado por los dos policías empezó a correr el rumor entre la comunidad universitaria de que habían detenido a un profesor como autor del asesinato de la alumna. Todo comenzó por el conserje de la Facultad que, al ver salir al profesor acompañado, rápidamente se lo dijo a otro compañero del centro y, entre los dos, propagaron la noticia. Primero fue el típico "has visto eso", en referencia a que Ezequiel, en medio del inspector y la subinspectora, salía sin ningún tipo de grillete ni ejercer fuerza alguna, hacia los aparcamientos. Después se pasó a "me han dicho que llevaban esposado a un profesor" y terminó en "iba con la cara tapada, esposado y a la fuerza y lo metieron en un furgón policial". Algunos exagerados habían inventado hasta que un cuerpo de las fuerzas especiales había asaltado el despacho del profesor para detenerlo, por supuesto, todo aliñado con imágenes falsas donde no se veía la cara de ninguno de los protagonistas de esta actuación.

Esta sucesión de noticias falsas, exageraciones, medias verdades o directamente mentiras infundadas son muy comunes en una comunidad universitaria de una ciudad pequeña donde casi todo el mundo conoce a todo el mundo o, al menos ha oído hablar de él. A los profesores, el personal administrativo, el personal de limpieza o a los de servicios auxiliares externos les gusta sentirse importantes dando al interlocutor un mensaje que el otro no conocía o que, si conocía, él lo conocía mejor, con más detalles, aunque tenga que ver muy poco con la realidad.

Desde luego, el primer centro donde la noticia corrió como la pólvora fue la Facultad de Económicas. Los teléfonos fijos en una minoría y los móviles en su mayoría se llenaron de informaciones, en muchos de los casos, falsas o falseadas. La reputación de Ezequiel cayó al nivel más bajo que él pudiera imaginar. Muchos decían que no se lo esperaban, en cambio, otros manifestaban que ya habían intuido ellos que el profesor no era de fiar.

Lo que en realidad pasó fue que Ezequiel, a petición de los dos policías los acompañó a la comisaría, de forma voluntaria, a prestar declaración, ya que, según los funcionarios policiales, había indicios de su posible implicación, o, al menos, podía ser una de las últimas personas que había visto con vida a Lucía. De todas formas, el rumor y el cotilleo de esta situación se extendió por toda la universidad y por toda la ciudad en muy poco tiempo. Ya había tema de conversación interesante para los cafés, los corrillos y los encuentros. Inmediatamente surgieron dos bandos, los que aseguraron que Ezequiel era culpable sin ningún género de dudas y los que aseguraban que era culpable con alguna duda. Únicamente sus incondicionales Sofía y Germán, un ayudante doctor que impartía clases con Ezequiel, se negaban a creer que fuera culpable, aunque el hecho de que hubiera salido "esposado" según la versión del conserje, y acompañado por la policía no ayudaba mucho a argumentar la presunción de inocencia.

Al llegar a comisaría y después de los trámites reglamentarios, Ezequiel, con los dos policías empezó a reconstruir lo que había hecho el día anterior desde primera hora de la tarde hasta que se acostó a la una de la madrugada, no se dejó nada, contó que había ido a ver a Lucía, que había tenido una pequeña discusión por el retraso en su trabajo fin de carrera, que ella se había quejado de la presión a la que la sometía y que se había ido enfadado de su casa, pero que ella había quedado con vida, que no tenía testigos de cuándo dejó el piso, que ningún vecino le había visto llegar a casa y que en el trayecto no se había encontrado con ningún conocido. En su fuero interno, Ezequiel reconocía, al terminar de dictar su declaración y leerla, que lo tenía mal, que no podía justificar su inocencia, aunque, de siempre se decía que los que tenían que probar su culpabilidad eran los que acusaban, los policías. Después de grabar en vídeo su declaración, el inspector Fernández y la subinspectora Escribano estaban casi convencidos de que el profesor no daba el perfil de un asesino temperamental o pasional como parecía que había sido el asesinato, pero los indicios le culpaban. Tendrían que verificar su versión.

Al cabo de tres lentas horas de espera en la misma sala donde, de vez en cuando, un policía uniformado se interesaba por Ezequiel para ofrecerle algo de beber que siempre rechazó, entró la subinspectora Escribano para decirle que podía irse, que habían pedido las imágenes de las cámaras de seguridad de algunos comercios y entidades financieras y que por las horas que allí quedaban reflejadas era imposible que Ezequiel pudiera haber asesinado a Lucía y daban toda la credibilidad a su declaración. Ezequiel exhaló y se tranquilizó y, ahora sí, pidió, si era posible, un té rojo. Mientras tomaba el té, la subinspectora Aurora Escribano le fue contando todas las pesquisas y actuaciones que la policía había realizado en este caso y se ofreció a acercarle hasta donde quisiera. Ezequiel pidió que le llevaran a su casa, la propia Aurora se ofreció a hacerlo. Durante el trayecto se fue relajando la tensión que había entre los dos. Después de aparcar en su calle, Ezequiel invitó a Aurora a tomar algo en su apartamento.

— En tu apartamento no, pero en la cafetería que acabamos de pasar, sí que me tomaría algo contigo. No nos conocemos lo suficiente para una primera cita —dijo con media sonrisa y alzando la ceja izquierda—.

Ezequiel que con su ofrecimiento lo único que quería era devolver el detalle del té al que le había invitado en la comisaría y las molestias de acercarle a casa sin ninguna otra intención, se sorprendió por la interpretación de la policía a su propuesta.

— Vamos, ahora pago yo.

A esa hora de la siesta tardía la cafetería Teide tenía pocos clientes, la mayoría manoseaba una taza y solo uno tenía delante alguna bebida espirituosa. El ambiente era tranquilo y tanto las sillas como el banco acolchado corrido que estaba pegado a la pared daban la impresión de ser muy cómodos. La decoración se asemejaba a un almacén de café, con sacos de arpillera serigrafiados con marcas conocidas, cajas de madera y antiguos molinillos de café. En el centro de la barra había una vieja cafetera industrial en desuso que databa, según figuraba en una placa a su pie, del siglo XVIII. El profesor visitaba poco esta cafetería y esgrimía como argumento que en el té ponían poca agua y que era muy caro. Además, con la consumición no regalaban una pasta o una galleta de cortesía cuando era lo habitual en otras cafeterías cercanas.

La conversación derivó en hablar de cómo y por qué se habían hecho profesor y policía. Empezaron a caerse bien, incluso hubo momentos de risa abierta como cuando Aurora contó que durante la estancia en la Academia de Policía había tenido una crisis de fe policial y casi se sale para ir a un convento, menos mal que se dio cuenta a tiempo de que su vocación espiritual era mucho más pequeña que su vocación de servicio público. Además, le gustaban más los hombres carnales que los espirituales.

Estuvieron hablando del caso. Aurora le pidió perdón por las molestias ocasionadas, algo que Ezequiel agradeció. La subinspectora aprovechó para preguntar por Lucía, cómo era, qué opinión tenía él de ella, cómo se comportaba, qué amistades tenía, qué pensaba. Notó que el profesor era bastante reticente a manifestar opiniones personales de su alumna, en cambio, todos los datos objetivos se los contó sin ningún inconveniente. El profesor preguntó a su vez por los detalles de la muerte de Lucía, pero la subinspectora los únicos datos que le facilitó fueron los que la prensa ya había difundido.

Ezequiel estaba tan a gusto con Aurora que perdió la noción del tiempo, de repente, recordó que tenía el curso de introducción a la educación financiera en la Facultad. Al comentárselo a la policía esta le preguntó si tenía coche para ir al campus. Ezequiel le dijo que tenía amaxofobia así que Aurora se ofreció a llevarle si no le pedía que pusiera la sirena. Al aparcar en el campus, Ezequiel le pidió el teléfono.

– ¿Va a invitarme a salir? –dijo alzando otra vez la ceja y forzando media sonrisa–.

– Mi intención inicial era llamar si se me ocurría algo nuevo en relación con el asesinato, pero, ahora que lo dice, no estaría mal invitarle a cenar o a comer algún día, si es que le apetece.

– Y a desayunar ¿no puede ser? Es broma. No se preocupe, ya le llamo yo.

Aurora arrancó y marchó.

Al ver entrar a Ezequiel por la puerta, el conserje casi se cae de la silla. Desde luego, no esperaba que en el mismo día que le había visto salir acompañado por la policía podía presentarse de nuevo en el centro. Esto suponía más trabajo para él, pero también más protagonismo. Tenía que volver a difundir la nueva información. "El profesor está libre", "seguramente bajo fianza", "tendrá que volver a dormir a la cárcel", "seguro que tiene algún amigo policía que le ha dejado salir", ... de todo. Nadie se manifestó a favor de la inocencia. Era más jugoso y daba para mucho más recorrido cualquier otra explicación por muy alejada de la realidad que estuviera.

Al acercarse al despacho se encontró con Germán que, además de la sorpresa de verle por allí y de alegrarse, le comentó que iba a encargarse él del curso. Ezequiel, parco en explicaciones, le dijo que la sesión la tenía ya preparada.

En el curso, ese día decidió utilizar el método socrático a través de preguntas con los alumnos. Así, después de los saludos iniciales, empezó:

– ¿Por qué últimamente hay tantas demandas judiciales contra las entidades financieras?

Las respuestas fueron de lo más variado, desde, porque quieren ganar mucho dinero, porque son unos cabrones y, la más común, porque engañan a los clientes.

– ¿Qué razones tienen las entidades financieras para que quieran engañar a la gente?

Algunas contestaciones se repitieron: porque son unos cabrones, porque quieren ganar más dinero.

– ¿Por qué quieren ganar más dinero las entidades financieras?

Para tener más poder, para subir en el *ranking* de entidades y solo una alumna comentó que así repartían más dinero a los accionistas y tener un mayor valor en la bolsa.

– Si vosotros fuerais accionistas de una entidad financiera, quizás alguno ya lo sea, ¿os gustaría que ganara mucho dinero para que repartiera más dividendos y así ganar más o tener un mayor valor?

Las contestaciones más comunes fueron: por supuesto, claro, natural, …

– Entonces, no os parecería mal que vuestra entidad financiera, de la que sois propietarios en la parte alícuota de vuestra inversión, engañara a sus clientes, aunque algunos plantearan demandas judiciales, ¿correcto?

Se hizo el silencio en la clase.

Pensad sobre estas cuestiones y la próxima semana me entregáis un trabajo de un máximo de mil palabras sobre este tema de las consecuencias de la presión de los accionistas por ganar más en las inversiones, desde el punto de vista que queráis tratarlo.

— Otro tema: ¿hay algún producto financiero que sea malo?

Aquí las contestaciones tampoco se hicieron esperar: las participaciones preferentes, los préstamos multidivisa, las tarjetas *revolving*, ... incluso un alumno dijo que las cuentas corrientes. Al preguntarle Ezequiel por qué las cuentas corrientes eran malas, el alumno contestó que porque cobran muchas comisiones y los bancos son unos cabrones. Ezequiel se asombró irónicamente de la facilidad de palabra, de la variedad de los argumentos y del amplio diccionario de sus alumnos. Dirigiéndose al alumno le preguntó si él tenía una cuenta corriente, éste le contestó que no le quedaba otro remedio ya que, para pagar la matrícula de la universidad, para comprar por internet o en algunos comercios sólo admitían el pago por transferencia o por tarjeta. Por eso la tenía.

Aunque se desviaba un poco del tema que había planteado Ezequiel, preguntó:

— ¿Cuál creéis que será el futuro del dinero físico?

Algunos contestaron que desaparecería, otros que el *bitcoin* o alguna otra criptomoneda se impondría y muy pocos pensaban que permanecería.

Ante estas contestaciones Ezequiel hizo dos grupos, los que estaban a favor del dinero electrónico y los que estaban en contra, pero cada grupo tenía que argumentar en beneficio del grupo contrario. Así aquellos que estaban en contra del dinero electrónico tenían que buscar las ventajas de que únicamente hubiera dinero electrónico y el otro grupo que estaba a favor del dinero electrónico tenía que buscar inconvenientes al dinero electrónico. Con los argumentos y contraargumentos que se suscitaron en la discusión se terminó la sesión.

Recogió la presentación que en esta sesión no había utilizado y, tras pasar por el despacho para recoger la cartera, decidió que ya era hora de dar el pésame a los padres de Lucía. Tenía un cierto interés en conocer a su hermana de la que no tenía ninguna noticia de su existencia. Quería ver si su novio seguía tan machito y prepotente como cuando le conoció y, en definitiva, quería despedirse de su alumna.

Ezequiel pidió un taxi y fue al tanatorio. La sala estaba llena. El lugar donde se encontraba el féretro, tras una cristalera, estaba llena de coronas y centros de flores con las bandas de los recuerdos y cariños de padres, familiares (tíos, primos, ...) y compañeros de clase, le sorprendió una que ponía de tu novio y sus padres y estaba buscando una de la Universidad o de la Facultad cuando se le acercó la madre de Lucía. Como no supo qué decirla, la abrazó y los ojos se le llenaron de lágrimas. La madre, con los ojos secos de tanto llorar, le agradeció todo lo que había hecho por su hija, le dijo que su hija le tenía en una gran estima.

— Yo la quería mucho, —dijo Ezequiel—. Lo siento en el alma.

La mujer se agarró del brazo y le fue presentando a distintos familiares: la abuela de Lucía, un tío ingeniero en una central térmica y el padre de Lucía que estaba sentado con las manos tapándole la cara y sollozando.

— … y ahora qué vamos a hacer sin ella —dijo el padre cuando la madre de Lucía le presentó al profesor—.

El profesor seguía sin saber qué decir, no sabía cómo consolar a esos padres que habían perdido a su hija en la flor de su vida, con unas posibilidades de desarrollo profesional y personal en las que podía alcanzar grandes metas. Él no había tenido hijos, así que no podía ni imaginar cómo se sentían sus padres. Le pareció inadecuado en ese momento ofrecer su apoyo y ayuda para los trámites de la herencia. Lo único que sabia decir era "lo siento".

Ezequiel se acercó a la cristalera para ver por última vez a Lucía. Estaba muy guapa, maquillada con los labios pintados de un tono que, sin destacar, les hacía resaltar, se fijó en que tenía un poco de colorete en los pómulos y algo de color en los párpados. Arreglada pero discreta. Sin darse cuenta le corrían las lágrimas por cada lado de la nariz y sintió una congoja que nunca antes había experimentado, los brazos y las piernas le pesaban como si fueran de plomo, no podía dejar de sorber los mocos que le empezaron a salir. En ese momento sintió que una mano le cogía del codo haciéndole girar para ver quién se interesaba por él.

— Soy Borja, Borja Pedregosa el novio de Lucía, ¿recuerda? Nos presentó Lucía hace algunos meses.

— ¡Ah!, sí, te recuerdo. Estabas estudiando historia del arte ¿verdad?

— Sí, pero lo he dejado. Estoy preparando oposiciones para ser funcionario de prisiones.

— Me alegro, encantado. —Dijo Ezequiel tratando de separarse—.

— Lucía me dijo, el día que la mataron, que había estado en su piso ¿por qué tanto interés en el trabajo fin de carrera de Lucía?, ¿hace lo mismo con todos sus alumnos y alumnas?

El tono de Borja era agudo y agresivo para que toda la sala le pudiera escuchar, muchos de los presentes levantaron o giraron la cabeza para ver el porqué de esa conversación en un tono poco adecuado para el lugar en el que se encontraban. Ezequiel se sintió atacado y con mal cuerpo. Con un tono bajo para no llamar la atención y calmado para no provocar un enfrentamiento, Ezequiel le respondió.

— Sí, Lucía para mí era especial, le tenía mucho cariño y respeto desde el primer día que asistió a mis clases. Sí, estuve en su casa el día de su asesinato para facilitarle la tarea del trabajo fin de carrera y sí, también hago esto con otros alumnos y otras alumnas dispuestos a trabajar duro para terminar la carrera y no dejarla a medias. Y tú, ¿la tratabas bien?, ¿eras amable con ella?, porque alguna vez sí que me fijé en que ella tenía moratones en los brazos.

En ese momento Borja, con su más de metro ochenta y sus noventa kilos, hizo intención de ir hacia Ezequiel con la idea de golpearle, pero, en el momento de la arrancada, Fernando Pedregosa, el padre de Borja le sujetó por el brazo.

— Ni es el momento, ni es lugar, ni tienes razones para hablar de este modo al profesor de Lucía.

— Tú qué sabrás, —dijo Borja dando media vuelta y saliendo de la sala—.

— Perdone a mi hijo. Soy Fernando Pedregosa, el padre de ese descerebrado y director de la oficina donde hacía las prácticas Lucía. Ella me hablaba mucho de usted, le tenía una gran admiración, más de una vez me dijo que usted había sido el profesor del que más y mejor había aprendido en la carrera. Yo estaba muy contento con su trabajo, es más, había propuesto a recursos humanos de la entidad que la hicieran fija, que Lucía tenía mucho futuro en la banca. Desde luego, es una gran pérdida.

— Algo me comentó Lucía, poco, la verdad, de las tareas que desempeñaba en la sucursal y también que usted le había facilitado datos y protocolos de algunas operaciones financieras que podían ayudarla en el trabajo fin de carrera.

— Sí, alguna información le pasé. Es una pena que no haya podido servirle de nada.

Con una inclinación de cabeza se despidió de Fernando y cabizbajo, meditabundo y apesadumbrado salió del tanatorio y como si estuviera andando sin rumbo se dirigió a su casa. Al llegar, no tenía ganas de hacer nada, se dejó caer en el sofá y rompió a llorar como hacía mucho tiempo que no lo hacía. Tenía la sensación de que había perdido esa facultad por no haberla ejercitado, los mocos volvieron a aparecer. Se tumbó en el sofá y se quedó dormido. Estaba en la fase de la depresión de las etapas del duelo.

Capítulo 4. Equivalencia financiera

Ezequiel esa noche durmió peor que la noche anterior y, además, cosa extraña en él, tampoco tenía ganas de levantarse. Al sonar el despertador se quedó mirando hacia el techo como queriendo descubrir alguna grieta o imaginado alguna mancha de humedad que no existía. La tristeza, la añoranza y el dolor profundo que había sentido la noche anterior seguían invadiendo su estado de ánimo. Era consciente que estaba deprimido, pero no conseguía desperezarse ni descargar el peso de la relativa culpa que sentía por la muerte de Lucía. No dejaba de recordar escenas que había compartido con su alumna lo que le provocaba una mayor angustia. El incidente del tanatorio del día anterior con el novio lo revivió culpándose por no haber sabido actuar, no podía amilanarse ante el tal Borja y más en el lugar en el que se encontraba y ante la presencia de los padres de Lucía. Qué pensarían ahora de él. ¿Creerían que realmente había tenido algo que ver con su muerte? En cambio, Ezequiel, si antes del incidente sospechaba que el novio era un maltratador, ahora tenía la seguridad. Cómo era posible que Lucía estuviera saliendo o se hubiera enamorado de ese personaje, qué mecanismos mentales internos funcionaban defectuosamente en las mujeres maltratadas, cómo es posible que no se den cuenta de la realidad. Llegó a la conclusión de que el amor por el maltratador ciega al maltratado y le inhibe para tomar decisiones de forma adecuada y para ver la realidad.

Dando vueltas a estas ideas le llevó a pensar en su relación con Nuria. Todavía no entendía por qué le había dejado, se dio cuenta de que tampoco había sabido actuar cuando le dijo que se marchaba, se había quedado tan impresionado que no había dicho nada. No argumentó nada para que se quedara cuando era lo que él realmente quería. No le preguntó nada, ni dónde iba a vivir, ni con quién, ni en qué condiciones. No reaccionó cuando recogió sus cosas y se llevó incluso lo que era común, sin reclamar su parte. Ahora se daba cuenta de que se había quedado con los cedés de música que, con tanta ilusión, habían comprado entre los dos, incluso se llevó el ajedrez de marfil carísimo que había comprado él en un viaje a Italia donde había asistido a un congreso y que, según ella, era feo, anacrónico y, además, ocupaba mucho sitio. Tuvo que reconocer que él era la parte débil de la relación, quizás de manera parecida, salvando las distancias, que Lucía era la parte frágil en su relación con Borja. Le empezó a doler la cabeza.

A duras penas consiguió salir de la cama e intentó ponerse a trabajar en el artículo que tenía pendiente de enviar. Fue inútil. No se podía concentrar. Su vecina de enfrente seguía en la ventana. Se duchó, se preparó un té y se fue a la Facultad. No tenía ganas, pero su sentido de la responsabilidad al tener que dar clase ese día se impuso a la desgana. Por el camino se encontró con Germán, el joven ayudante que se había incorporado este año a finanzas. Ezequiel solo levantó la cabeza en señal de saludo.

— Hola jefe, ¿qué tal estás? Vaya día ayer ¿eh? En la Facultad no se habló de otra cosa que de tu detención por la policía. Algunos aseguraban que te habían llevado a la cárcel, que la policía no detenía a nadie sin pruebas y que, desde luego, habías asesinado a la alumna. Pero yo, no, que lo sepas. Yo les comentaba que era imposible que hubieras hecho eso, que tu temperamento no te lo permitía y que, seguramente, saldrías enseguida. Que la policía no podía tener ninguna prueba en tu contra y que solo confesarías si te torturaban. Muchos ya te habían condenado sin haber juicio, incluso se llegó a plantear que habría que convocar una plaza de profesor para sustituirte mientras estuvieras preso. Que lo importante eran los alumnos y todas esas memeces.

Ezequiel se paró, lo miró y, en el tono más seco y cortante que encontró, dijo:

— Sois imbéciles.

Germán se quedó parado mientras Ezequiel siguió caminando y cuando quiso darse cuenta ya le sacaba cincuenta metros. Lo único que pudo contestar fue un "perdón" que no sentía de verdad ya que consideraba que no había hecho ni dicho nada reprobable.

Al entrar en la Facultad, Ezequiel observó las caras de los que estaban en el *hall*, algún alumno, pocos profesores y el conserje que le miraba como si estuviera viendo un fantasma. Alguno con la boca abierta y sin entender cómo era posible que un asesino estuviera suelto.

Al pasar por delante del despacho de Sofía esta le llamó.

— Ezequiel, ¿cómo estás?

— Buenos días para ti también, Sofía. Creo que esta conversación ya la hemos tenido. Yo estoy bien, ¿y tú?

— Ezequiel, no te hagas el duro. Hoy tienes una cara que es para enmarcar.

— ¿Qué le pasa a mi cara?

— Para empezar hoy no te has afeitado, tienes unas ojeras como flotadores alrededor de los ojos, no te has peinado y tienes un color entre blanco y amarillo que no te favorece nada.

— Muchas gracias por los piropos. Hoy no tenéis más que hacer todos que darme la mañana ¿verdad?

— ¿Quiénes somos todos? Pero ¿tú hablas con alguien más que conmigo en esta Facultad? Me sorprendes. ¿Cómo te fue ayer en la comisaría?

— Bien. Solo fui a firmar mi declaración.

— Muchas horas para una firma ¿no?

— La burocracia policial, ya sabes.

— No, no sé. Nunca he entrado en una comisaría, ni he tenido relación con ningún policía que me haya acusado de matar a una alumna. Si no me lo quieres contar estás en tu derecho. También me han contado algún rifirrafe en el tanatorio con los familiares de Lucía.

— ¡Joder!, eres peor que la CIA. Lo del tanatorio fue un malentendido con el novio de Lucía, no con sus familiares. Y ahora a trabajar que hay investigación y clases de las que ocuparse.

Ezequiel tenía clases con los alumnos de primero del grado de la asignatura de Introducción a las Finanzas. Con todos los acontecimientos de los días anteriores no había tenido mucho tiempo de preparar las clases ni había tenido muchas ganas. Así que se mentalizó para tirar de experiencia didáctica en el tema. Al llegar al aula había pocos alumnos, menos de la mitad de los que estaban matriculados.

— Buenos días, —dijo Ezequiel—. ¿Hoy es fiesta, tenéis exámenes o ayer hubo botellón para que estéis tan pocos en clase?

Después de un breve silencio, una alumna, la delegada del curso, levantó la mano.

— Nos habían dicho que seguramente hoy no vendría.

Sin darles más explicaciones ni importancia a lo que sugería la alumna, Ezequiel empezó con la explicación de, según sus propias palabras, la fórmula mágica de las finanzas, aquella que resolvía muchos de los problemas planteados y en lo que se basa la equivalencia financiera: "Lo que se entrega se iguala a lo que se recibe". Los alumnos esperaban una ecuación complicada, con muchos términos y difícil de aprender, así que cuando vieron escrito en la pizarra ENTREGA = RECIBE se quedaron mirando unos a otros, alguno incluso llegó a pensar que el profesor les estaba tomando el pelo.

Ezequiel, después de una breve pausa prevista para dar énfasis a la fórmula, siguió con la explicación.

— Esta fórmula recoge la esencia de la equivalencia financiera de capitales, esta fórmula explica por qué cuando alguien solicita una cantidad como préstamo, luego tiene que devolver una cantidad diferente. El problema de esta fórmula es que, alguno o los dos lados de la igualdad están afectados por el tiempo, por el riesgo, la necesidad de liquidez o las expectativas de rentabilidad.

"Así, la justificación de que una persona preste dinero a otra y la segunda le tenga que devolver una cantidad superior, supone que esta última le está aplicando un tipo de interés que calculado sobre el capital inicial prestado se añade al mismo. Las razones por la que el prestamista le aplica ese tipo de interés se estiman en tres: primero, cubrir el riesgo de que el prestatario no le devuelva la cantidad inicial, así, si el prestamista conoce al prestatario y sabe que es una persona que cumple con sus compromisos, que tiene ingresos regulares y además un patrimonio para responder de posibles impagos, el interés que le aplicará el prestamista será más bajo que si es un desconocido, no tiene ingresos ni bienes para responder o tiene otros préstamos pendientes. Si os fijáis en los anuncios que hacen los bancos para dar préstamos para la compra de una vivienda, las hipotecas, el tipo de interés es más bajo que cuando ofrecen préstamos para viajes o para compras. Esto es debido a que, en la hipoteca, la vivienda que se pretende comprar sirve de garantía para el pago del préstamo.

"La segunda razón que justifica el tipo de interés es el tiempo. Un préstamo a un plazo mayor, normalmente, implicará un mayor tipo por la incertidumbre que acarrea alargar el plazo de devolución del principal del préstamo, o sea el capital prestado inicialmente. Si entre vosotros os prestarais dinero con la condición de devolverlo en un mes, el tipo de interés, teóricamente, si el resto de las condiciones son estables, será más bajo que si el préstamo es a cinco años ya que la vida da muchas vueltas y a saber dónde estará el prestatario de esa operación, en qué condiciones y con qué posibilidades de devolver la cantidad prestada. Además, hay que tener en cuenta la pérdida de valor del dinero por el transcurso del tiempo: la inflación. Si presto una cantidad hoy con la que podría comprar determinados productos y me devuelven la misma cantidad pasados diez años, al finalizar el plazo, podré adquirir menos productos, he perdido dinero.

"La tercera justificación del tipo de interés se refiere al prestamista y es la renuncia que hace este de adquirir bienes en este momento o de satisfacer sus necesidades para que cuando reciba la devolución, al finalizar el plazo, pueda adquirir más o mejores bienes o satisfacer más necesidades. Esto se refiere a la pérdida de oportunidad que se produce al desprenderse el prestamista de una cierta cantidad de dinero en el momento actual esperando una cantidad mayor en el futuro. Así, si yo dispongo ahora de una cantidad con la que puedo hacer un viaje de vacaciones por el país y sé que si presto el dinero a un plazo de cinco años podré hacer un viaje soñado a otro continente que me gusta más, renunciaría a ese beneficio inmediato por un posible beneficio mayor en el futuro.

"Como veis, en todas las justificaciones de la aplicación del tipo de interés: el incumplimiento de la devolución, el tiempo y la renuncia de una satisfacción inmediata, está presente el riesgo y, al depender de varias variables y cada prestamista tener sus propias circunstancias, los tipos de interés aplicados a operaciones financieras similares, son diferentes, pero, al final, siempre tendremos que encontrar los términos que nos igualen las cantidades recibidas a las cantidades entregadas o viceversa".

La clase terminó poniendo varios ejemplos de préstamos sencillos que tenían que resolver los alumnos.

Al pasar por delante de la conserjería, la conserje de turno le dijo que le estaba buscando la policía, se lo dijo con un cierto retintín, como diciendo "cabrón qué habrás hecho para buscarte la policía". Luego le aclaró que no estaban en la Facultad, que le habían llamado por teléfono. Al preguntar Ezequiel si habían dejado un número, le dijo que no, que volverían a llamarle.

Al llegar a su despacho le estaban esperando Sofía y Germán, la actitud del ayudante era casi de cordero degollado, con la vista en el suelo, seguro que Sofía le había leído la cartilla por lo que le dijo a Ezequiel de camino a la Facultad. Así, antes de saludarle, Germán le pidió perdón.

— No pasa nada, —dijo Ezequiel—. ¿Qué hacéis aquí?

— Te recuerdo que habíamos puesto una reunión para ver cómo plantear las conclusiones del artículo sobre los tipos de interés y los ejecutivos de la Bolsa.

— Se me había olvidado, además estos días no he podido trabajar mucho en él, aunque lo que he visto de vuestro trabajo, me gusta. Me gusta el planteamiento teórico, me gustan las hipótesis que planteáis, pero no me convencen los resultados de la metodología aplicada, quizás sería bueno probar con otro modelo a ver si los resultados nos acompañan. Buen trabajo Germán en la parte teórica, pero mira a ver si puedes encontrar más evidencias de otros autores, creo que hay un sueco que junto con un investigador chino han publicado algo de ese tema, revísalo.

— Gracias Ezequiel, me pongo con ello ahora mismo, —dijo Germán saliendo del despacho—.

Se quedaron solos Ezequiel y Sofía.

— ¿Cómo te encuentras?

— ¿No íbamos a hablar del artículo?

— Estamos hablando del artículo. Tu situación personal afecta a tu rendimiento, a tu capacidad racional y a tu facilidad de síntesis. Así que sí, estamos hablando del artículo cuando quiero saber cómo te encuentras.

— Bien, sabes que los rumores no los tengo en cuenta y todo lo que se haya dicho sobre la policía y sobre mí ya está olvidado.

— Pero hoy te siguen buscando ¿no?

— ¡Cáspita y recórcholis! Cómo corren las noticas en este centro. Solo sé que me han llamado por teléfono.

— Pero cuando te fuiste de la comisaría ¿no quedó claro que no tenías nada que ver con el asesinato de Lucía?

— Eso creía yo. No adelantemos acontecimientos. Sobre el artículo, cambia el modelo, incluye, si puedes, más variables macroeconómicas exógenas a las empresas.

— De acuerdo, en cuanto lo tenga te lo paso, — dijo Sofía saliendo del despacho de Ezequiel—.

Mientras estaba corrigiendo trabajos enviados por los alumnos sonó el teléfono del despacho de Ezequiel.

— Dígame.

— No me puedo creer que alguien en el siglo veintiuno no disponga de teléfono móvil.

— Buenos días, subinspectora.

— He perdido dos horas intentando localizarle. Buenos días para usted también.

— Ya me dijeron que me buscaba la policía, pero no me dijeron qué policía me buscaba. Lo siento estaba en clase y, aunque hubiera tenido teléfono móvil, tampoco se lo hubiera cogido.

— Bueno, al grano, ¿sigue en pie su invitación de comer o cenar? Quería comentar con usted algunos puntos del caso de Lucía García.

— Por supuesto que sigue en pie, como si lo que quiere es desayunar.

— De momento comer o cenar. ¿A qué hora le viene bien?

— Yo preferiría cenar porque tengo clase a las cuatro, pero estoy a las órdenes de la autoridad.

— Vale, a las nueve en el restaurante La Parrilla ¿sabe dónde está?, ¿le parece bien?

— Sí, sí, sin problema.

— Pues hasta las nueve.

Después de oír la señal de que la subinspectora Aurora Escribano había colgado, Ezequiel se quedó pensativo mirando el teléfono. Se planteaba varias preguntas: ¿por qué la policía quería comentar con él asuntos del caso?, ¿por qué la subinspectora no había ido a visitarle para comentar esos asuntos o le había citado en la comisaría?, ¿por qué tenía que verle a las nueve de la noche y cenando? En ese momento se planteó si quizás la subinspectora, además de hablar del caso, quería tener o iniciar una relación con él. Una leve sonrisa de agrado apareció en su rostro y empezó a ver a la policía desde otra perspectiva. La verdad es que, hasta ahora, no la había mirado como una mujer, sino como una funcionaria sin sexo. Recordó la anécdota de la crisis de vocación policial, la breve conversación que tuvieron y se dio cuenta de que, aunque Aurora no era una belleza, sí que tenía un rostro interesante, su cara redondeada, sus ojos castaños del color de la coca cola, como dice la canción, su pelo, ...su pelo no le gustaba, aunque solo recordaba que lo llevaba recogido en una coleta. En cuanto a la edad la echaba más de cuarenta y menos de cincuenta, se notaba ágil, que hacía ejercicio y, en cuanto al vestir, sí que no despuntaba, solo la había visto en vaqueros, camisa y una cazadora. Pensó en que tenía que fijarse mejor en ella. Pensó que la cena con Aurora podría ser interesante y volvió a la corrección de las tareas de los alumnos.

Su compañera Noelia llamó a su despacho y entró.

— Quería hablar contigo.

— Aquí nadie saluda. Buenos días, Noelia.

— Buenos días, Ezequiel, tienes razón, perdona.

— Tú dirás.

— Como sabes, dentro de poco se celebrarán elecciones a Rector y me han propuesto ir en una candidatura alternativa al equipo actual. Quería saber si podía contar contigo y los tuyos.

73

Sorprendido por el anuncio de que su compañera fuera en una candidatura al gobierno de la Universidad y recordando el último encontronazo en la reunión del consejo de departamento, el cerebro de Ezequiel despejó la modorra, la añoranza y el dolor con el que se había despertado y, antes de contestar, empezó a evaluar la conversación que le estaba proponiendo Noelia. Desechó inmediatamente que le fuera a pedir el voto sin ninguna contraprestación, desechó también que quisiera que él fuera con ella en la candidatura ya que él no arrastraba votos suficientes. Lo único que se le ocurrió fue que le garantizaría una plaza fija para Germán. Era lo único en lo que podía estar interesado Ezequiel para que la apoyara. Decidió ser cauto y esperar.

— Nunca he influido en las decisiones de las personas que trabajan conmigo en temas políticos y, lo de contar conmigo, ¿en qué sentido?

— Tú y yo no es que nos caigamos muy bien, pero somos compañeros de la misma área de conocimiento y del mismo departamento, creo que sería bueno, para todos en general, que alguien de nosotros esté representado en el órgano de dirección de la Universidad, ¿no te parece?

— Depende. Si, como dices, uno de nosotros está en el órgano de dirección, pero no defiende los intereses del área ni del departamento, más que ser bueno, sería perjudicial, ¿no te parece a ti?

— Lógicamente, si me presento y salgo elegida intentaría beneficiar al área y al departamento en todo lo que pudiera.

— Es decir, que tomarías decisiones a nuestro favor y en contra de otras área y departamentos a sabiendas de que no nos corresponderían, eso creo que se llama prevaricación, aunque yo no entiendo de leyes.

— A ver Ezequiel, no sería para prevaricar, sería más bien avisar de convocatorias, proyectos, plazas de profesor, etc.

— Entonces eso se llama información privilegiada, que tampoco está muy bien visto.

— Desde luego no os informaría antes de que se diera a conocer al resto de la comunidad universitaria, ya sabes, además, que las deliberaciones del órgano de dirección de la Universidad son secretas.

— Entonces Noelia, si no vamos a conseguir más proyectos, ni más plazas de profesor, ni vamos a tener mejor información, ¿en qué nos beneficia que estés en el órgano de dirección de la Universidad?

— De verdad Ezequiel, contigo no se puede hablar.

— Estamos hablando Noelia. Sé a qué te refieres y sé cómo funciona esta empresa. ¿Qué es lo que quieres de mí?

— En primer lugar, me gustaría contar con tu voto, y si puedes hacer campaña con tu equipo y con tus alumnos sería estupendo.

— Parece mentira Noelia que, después de tantos años trabajando juntos aún no me conozcas. Mi voto va a depender de vuestro programa electoral. Yo me leo todos los programas, hasta los de las elecciones generales. Si vuestro programa me convence os votaré. Respecto a los que tú llamas "mi equipo" supongo que te refieres a Sofía y a

Germán nunca les diré a quién tienen que votar y mucho menos haría campaña con los alumnos y, aunque sé que son muy influenciables, son mayores de edad, tienen que tomar decisiones y tienen que asumir los resultados que salgan. Lo único a lo que sí me comprometo es, llegado el momento, recomendarles que vayan a votar.

— Puedo ofrecerte un puesto para Sofía en el Vicerrectorado donde yo esté, ¿qué te parece?

— ¡Lo estás arreglando! Me parece que tienes que ofrecérselo a ella y, si le apetece un cargo de gestión, por mí, perfecto.

— En ese caso, ¿nos votarías?

— Ya te he dicho que mi voto depende del programa que llevéis.

— Y ¿qué se te ocurre que podríamos llevar en el programa para que nos votaras?

— No lo sé. Tendréis que analizar qué es lo que se está haciendo ahora, ver lo que se puede mejorar y, sobre todo, tener una estrategia de futuro para la Universidad. Somos una universidad pequeña, en una ciudad pequeña que se está despoblando. No podéis mirar solo para adentro, tendréis que contar con el resto de la sociedad, deberíais pensar en implantar titulaciones no presenciales, establecer más y mejores relaciones con las pocas empresas que quedan. Pero, todo esto, imagino, que ya lo llevaréis en el programa.

Noelia tomaba nota en su móvil de las sugerencias de Ezequiel.

— ¿Se te ocurre alguna cosa más?

— No, ahora no se me ocurre nada más.

— Gracias, Ezequiel

— Adiós, Noelia.

La clase de esa tarde con los alumnos de segundo del grado la planteó Ezequiel para que los alumnos tomaran conciencia ética de las actividades financieras. Sabía que se metía en los contenidos de otra asignatura del plan de estudios, pero estaba convencido de que en ella no trataban adecuadamente el tema, según su opinión.

Al abrir la puerta del aula se sorprendió de que el nivel de asistencia fuera tan elevado, le parecía que estaban todos los alumnos, incluso le daba la sensación de que algún asistente no estaba matriculado. Imaginaba que la alta concurrencia se debía al morbo de ver a un profesor después de pasar por la cárcel, según algunos rumores.

— Buenas tardes, no se imaginan lo agradable que es contar con la presencia de todos ustedes interesados en los contenidos del programa de esta asignatura.

El tema que planteó Ezequiel en la sesión a sus alumnos se refería a la responsabilidad. Si dos personas con plena capacidad de contratar acuerdan que una entregue cien y que la otra le tenga que devolver ciento veinte, ¿es lícito?, ¿es ético? Algunos alumnos empezaron a contestar que no, que ese contrato sería nulo al no haber igualdad en los términos del mismo. Otros, opinaban que sí era lícito al haberlo firmado siendo conscientes de lo que firmaban y lo firmaban libremente y otros opinaban que había engaño, así que su respuesta era no.

— Entonces, —dijo Ezequiel—, todos los contratos de préstamos serían ilegales ya que lo que se pacta es devolver el capital prestado más una cantidad extra en concepto de intereses.

Un grupo de alumnas, que estaban sentadas juntas y que era la primera vez que las veía, empezaron a cuchichear entre ellas. Cuando les preguntó de qué hablaban, una de ellas contestó que les había engañado en la pregunta que ellas habían dicho que era ilegal porque pensaban que la entrega de cien y la devolución de ciento veinte eran en el mismo momento.

— En la pregunta que os planteé no hablé del tiempo, habéis sido vosotros los que, en vuestra mente lo habéis considerado o no. De todas formas, aunque fuera en el mismo momento, también sería lícito. Si alguien juega a la lotería y le toca un premio menor se lo dan en el acto, luego entrega una cantidad y recibe otra diferente. Pero vamos a centrarnos en las operaciones financieras. ¿Es lícito que se acuerde entre dos personas con plena capacidad de contratar una operación de compra de acciones en la bolsa y que después esas acciones pierdan valor lo que ocasiona pérdidas considerables a una de las partes?

A esta pregunta prácticamente todos los alumnos fueron contestando que sí era lícito, de hecho, esta situación ocurría en múltiples ocasiones. Solo alguno planteó el caso de que hubiera habido engaño por alguna de las partes del contrato, argumento que rebatieron el resto de los alumnos sin ningún problema.

Ezequiel amplió la pregunta.

— ¿Y si la parte del contrato que representa a una entidad financiera supiera que esta operación de compra de acciones no fuera adecuada para su cliente o incluso inconveniente en este momento para él?

Aquí hubo múltiples intervenciones con diferentes argumentos; desde los que preguntaban qué significaban los términos adecuada y conveniente en finanzas, hasta los que decían que, por supuesto, en esas condiciones sería ilegal, pasando por los que opinaban que el cliente debería de conocer su situación financiera y, si no era el momento oportuno, que no hubiera firmado.

Ezequiel paró las discusiones para explicar que, en la normativa se establece que, en las operaciones financieras complejas de inversión, la entidad que las propone tiene que analizar a su cliente mediante un test que verifique que dicha operación es adecuada para su nivel de riesgo y conocimientos financieros y conveniente para su situación financiera. La jurisprudencia, les dijo, ya ha dejado claro que la compra de acciones en bolsa no es una operación compleja, aunque es obligatorio realizar los test, más cuando la compra se refiera a productos complejos como derivados, fondos de inversión indexados, etc. El problema surge en qué preguntas se han de plantear en dichas pruebas y, sobre todo, y más importante, cómo se contestan dichas preguntas.

Es responsabilidad del cliente no firmar nada con lo que no esté conforme o que no hayan sido sus contestaciones o no entienda las preguntas. Hay algunas oficinas, de algunas entidades, que, con la excusa de no hacer perder el tiempo al cliente, sin plantear las preguntas, le ofrecen las contestaciones que le interesan a la entidad. En la mayoría de los casos el cliente firma estas contestaciones en base a la confianza que tiene depositada en la entidad, bien porque crea que el banco mira por sus intereses financieros, bien porque crea que el empleado está a su conveniencia, en vez de a la del banco.

— Tenéis que pensar, —les dijo Ezequiel—, que las entidades financieras son entidades con fines lucrativos y, por lo tanto, en la mayoría de los casos, van a intentar vender a sus clientes aquellos productos financieros que más beneficios les reporten a sus accionistas y esto se lo van a inculcar a los empleados, o como ahora les llaman, gestores de cuentas, para que con el correspondiente argumento de ventas lo trasladen a los clientes.

La portavoz del grupo de alumnas que venía por primera vez levantó la mano para preguntar

— ¿Por qué últimamente la justicia fallaba a favor de los clientes y en contra de los bancos en asuntos como las participaciones preferentes o los préstamos multidivisas?

Ezequiel se sorprendió de los términos jurídicos que había empleado la alumna y, como era la primera vez que veía a ese grupo, pensó que quizás fueran alumnas de la Facultad de Derecho.

— Me alegro de que alguien utilice correctamente los términos jurídicos y que esté al tanto de la mayoría de las decisiones judiciales en asuntos bancarios. Dicho esto, tengo que advertiros que los jueces casi nunca declaran un contrato nulo por sí mismo, lo declaran porque ha habido un abuso por una de las partes. Así, según se establece en la normativa, tanto para las operaciones de activo, aquellas en las que el banco corre riesgo por préstamos o créditos, como en las operaciones de pasivo, aquellas en las que el banco recibe dinero de sus clientes, por ejemplo depósitos, en cualquiera de estas operaciones tiene la obligación de informar correctamente de todas las consecuencias del contrato y, es en esa falta o información defectuosa en la que se basan los jueces para fundamentar sus fallos a favor de los clientes.

La misma portavoz volvió a preguntar.

— ¿Por qué unos jueces fallan a favor y otros en contra sobre el mismo asunto?

— Aquí —contestó Ezequiel— hay muchos conceptos que hay que tener en cuenta. Primero, los jueces solo pueden fallar sobre aquellos temas que se plantean en el desarrollo del juicio. Si el abogado del cliente no plantea defecto de información es muy posible que el juez falle a favor del banco. En segundo lugar, cada juez tiene su propio criterio que puede ser perfectamente válido. Puede existir un juez que considere que si un cliente ha firmado un contrato de compra de participaciones preferentes es porque conoce el producto y le interesa a sus finanzas ya que, en caso contrario, no lo habría firmado, esto es, este juez considera que una persona mayor de edad y sin ninguna discapacidad intelectual para contratar se responsabiliza de las consecuencias que ocasiona la firma de un contrato. En ese caso, fallará a favor de la entidad financiera. Pero si considera que no hubo suficiente información por parte de la entidad financiera, en ese caso, el contrato es nulo. Se considera como que no se ha firmado y se retrotraen todas las consecuencias económicas al momento de la firma. Para evitar esta posible disparidad de criterios, en los asuntos judiciales, existen los recursos a instancias superiores y la unificación de criterios mediante jurisprudencia.

Antes de terminar la sesión, Ezequiel les resumió.

— Para evitar problemas, moraleja, no firméis nada que no entendáis cuáles pueden ser sus consecuencias económicas y, si es posible, pedid una segunda opinión a alguien ajeno al que os está ofreciendo un producto del que tenéis alguna duda. Hasta el próximo día.

Al llegar a su despacho y reflexionar sobre el desarrollo que había tenido la sesión, Ezequiel se sintió satisfecho, consideró que los alumnos habían captado el mensaje que quería transmitirles y se sintió orgulloso de su labor docente. Anotó en la agenda que podía poner una pregunta en la siguiente evaluación sobre este tema. Al marchar, pasó por los despachos de Sofía y Germán, pero no estaban, así que se fue a casa para dejar la cartera y arreglarse un poco con vistas a estar decente en la cena con la subinspectora.

Al salir de la Facultad el sol, que no había brillado en todo el día, se había ocultado definitivamente y había abierto la puerta a la oscuridad rota por el tenue encendido de las farolas de la calle. Los comercios estaban iniciando el cierre y había un trasvase de clientes de las tiendas a los bares, las cafeterías y los restaurantes. La economía seguía funcionando, el dinero, aunque de una forma no excesivamente fluida, seguía circulando. Las últimas crisis y la situación laboral en que habían quedado muchos trabajadores habían retraído el consumo y, mientras caminaba, le dio vueltas al círculo vicioso de las recesiones. Sin consumo las empresas no producen, si no producen, no contratan trabajadores, si no contratan trabajadores, no hay salarios altos y si no hay salarios altos la gente no consume. ¿Dónde se podía romper el círculo?, en los salarios. Al contrario que muchos economistas, e incluso instituciones económicas de supuesto prestigio, Ezequiel pensaba que una moderada subida de los salarios, sin que afectaran excesivamente a los costes de producción, sería beneficioso para la economía. No entendía la obcecación de políticos conservadores y empresarios poco formados en limitar o reducir los salarios. Esa era una visión cortoplacista del beneficio inmediato y de la quiebra a largo plazo.

Capítulo 5. Riesgo financiero

Unos minutos antes de las nueve, Ezequiel ya estaba esperando en la barra del restaurante La Parrilla. El local se encontraba en una calle poco iluminada y, por el aspecto exterior, nadie diría que se trataba de uno de los restaurantes más concurridos. La puerta de acceso era de madera maciza de grandes tablones con remaches de clavos del tamaño de una pelota de pimpón. Nada más entrar te topabas con una pequeña barra de bar que servía de zona de espera a próximos comensales. Al fondo se situaba, por el ruido y el olor, el comedor y la cocina. Olía sabroso a carne a la parrilla haciendo honor al nombre del establecimiento. Desde donde estaba Ezequiel podía observar el trajín del ir y venir de los camareros y sentía los gritos demandando platos a la entrada de la cocina. El volumen era alto, quizás demasiado. Las conversaciones de los comensales llegaban a la barra lo que denotaba que el restaurante tiraba más a mesón que a comedero de lujo. La decoración del comedor era de estilo rústico, mucha madera, mucho hierro y con una iluminación cálida de no muchos vatios.

Siempre que podía y dependía de él era muy puntual. Este era uno de los motivos de conflicto con su excompañera Nuria. Ella, siempre, por definición, tenía que llegar tarde a las citas, muy tarde en realidad, con más de media hora de retraso. A Ezequiel esta actitud le ponía muy tenso y nervioso y si alguna vez él, sabiendo que Nuria llegaba tarde, también se retrasaba y, por casualidad, ella llegaba antes, le abroncaba. No lo podía soportar. Según él era de los pocos conflictos que había entre ellos. Aunque por la situación en la que ahora se encontraba estaba claro que había más roces y problemas que no supo ver.

A las nueve y siete minutos, Aurora entraba en el local pidiendo disculpas por el retraso y justificándose por el tráfico. Después de los saludos de rigor, formales y distantes, Aurora le propuso tutearse. Ezequiel aceptó.

— ¿Nos sentamos?

— De acuerdo, —dijo Ezequiel llevando a la mesa la cerveza que ya había pedido y empezado a tomar—.

Enseguida les atendió un camarero que les dejó la carta. Después de pedir se produjo un silencio tenso y atronador entre los dos. Pasados unos segundos empezaron los dos a hablar.

— Tú primero que eres la autoridad, —le propuso Ezequiel—.

— Como persona intelectualmente preparada, activa y que estás involucrada en el caso de Lucía García, quieras o no, quería saber tu opinión del mismo.

Ezequiel abrió mucho los ojos en señal de sorpresa y se pensó unos segundos la contestación.

— Me sorprende tu interés por mi opinión, da la sensación de que no sabéis por dónde tirar, que vuestro principal sospechoso, que era yo, al quedar descartado, os ha descolocado y no tenéis sospechoso al que investigar, ¿voy bien?

— Todo lo contrario, tenemos demasiados sospechosos y poca información de ellos y si a ti te parece bien, podrías decirnos lo que piensas al conocer tan bien a Lucía.

— Bueno, entonces dime ¿de quién sospecháis?

— Eso no te lo puedo decir.

— ¡Pues estamos buenos! Entonces, ¿te tengo que hablar de todos los posibles sospechosos?

— Esa es la idea, más o menos.

— Tendremos para un rato.

— Yo no tengo prisa.

— Bien, pues podemos descartar a mil cuatrocientos millones de chinos.

— No te creas, hay un chino que le llevaba comida preparada a casa y, en concreto, el día del asesinato, le sirvió arroz y pollo.

— ¡Pues estamos apañados! Bueno, lo primero, creo yo, sería catalogar el tipo de asesinato. Por lo que sé, corrígeme si me equivoco, no fue un asesinato premeditado, no hubo una preparación previa, el asesino no calculó qué día era el mejor, sino que surgió inesperadamente ese mismo día, podíamos decir que fue un asesinato pasional o espontáneo. Se produce una discusión, el asesino ve las tijeras y en un arrebato, la mata.

— Así lo entendemos nosotros también, —dijo Aurora—. Continúa.

— Sin saber nada de criminalística, ni de este tipo de hechos, yo buscaría al asesino de entre su círculo más estrecho; familiares, novios, amigos, compañeros de clase, ...

— Profesores, —completó Aurora—.

— Efectivamente, aunque a mí ya me habéis descartado definitivamente, ¿no?

En ese momento llegó el camarero con la comanda y dejaron de hablar.

— Esa carne tiene muy buena pinta.

— ¿Quieres probarla?, —le ofreció Ezequiel—.

— Quizás luego, continúa con tu razonamiento.

— Bien. Sobre la familia yo se poco, sus padres me los presentó hace unos meses y ni siquiera sabía que tenía una hermana. De sus padres tal y como los vi en el tanatorio ayer no me creo que fueran ninguno de los dos, se les veía muy afectados, aunque no tengo argumentos ni pruebas para descartarlos como sospechosos.

— Están totalmente descartados. Los dos estaban en el pueblo, lo hemos comprobado con vecinos y con la geolocalización de sus móviles. Ves, para eso también sirve tener un móvil.

— A su hermana no la vi en el tanatorio, nadie me la presentó y no puedo opinar de ella. Imagino que no tendrían mucha relación entre ellas. Nunca me habló de ella.

— Parece que no se llevaban bien. Es mayor que Lucía y según sus padres, les ha salido un poco díscola. Nosotros la tenemos fichada por algún trapicheo de drogas de poca importancia, parece ser que trabaja o trabajaba en un club nocturno poniendo copas y atendiendo, de forma muy personal, a los clientes. Según sus padres, siempre estaba falta de dinero, era habitual que les visitara para sacarles pasta.

— Entonces esta encajaría como posible sospechosa. Fue a ver a su hermana a pedirle dinero, Lucía no se lo dio y la mató.

— Ya, podría ser, pero no hay ninguna evidencia de que estuviera en el piso de Lucía y, en la primera conversación que hemos tenido con ella, alega, como coartada, que estaba atendiendo a un cliente en la habitación de un hotel. De las cámaras de dicho hotel hemos visto que efectivamente entra a las nueve y treinta y cuatro y que sale a las once cincuenta y siete, pero se ha negado a darnos el nombre del cliente que pueda confirmar que estuvo con ella entre esas dos horas en las que se cometió el asesinato. Sin esa declaración, bien pudo salir por detrás del hotel donde no hay cámaras, matar a su hermana sobre las diez y media, y volver a entrar por el mismo sitio. Además, en las imágenes de la recepción, que son las únicas que tenemos, en el momento de la salida, se la ve en una actitud extraña, bastante desaliñada y buscando las cámaras para que quedara grabada.

— Y ¿no podéis pedirle a la dirección del hotel la relación de todos los clientes que se hospedaron en sus habitaciones ese día?

— Ya lo hemos hecho, se han negado por las buenas y hemos pedido una orden al juez. Aunque no tenemos muchas esperanzas ya que parece ser que ese hotel es muy frecuentado por personajes muy conocidos en la ciudad, políticos, empresarios, futbolistas, donde desahogan sus bajas pasiones. Esperamos que mañana nos proporcionen esa lista.

— Y ¿algún otro familiar?, tíos, primos, … que, por algún problema de herencias, lindes o cualquier otra tontería se hubiera ofuscado y la hubiera matado, ¿habéis buscado?

— Sí que hemos buscado, pero, de momento, no tenemos nada y, en ese caso, con quien estarían ofuscados esos familiares, como tú dices, sería con sus padres.

— Es cierto.

Llegó el camarero para retirar los platos y preguntar si tomarían postre. Aurora pidió un helado y Ezequiel una tarta de queso, además de un descafeinado con leche y un té rojo respectivamente.

Mientras esperaban al camarero, Ezequiel se fijó más en la fisonomía de Aurora. Hoy llevaba el pelo suelto, le quedaba mejor que recogido en una coleta, la melena le llegaba a los hombros y se notaba que, o había ido a la peluquería o le había dado en casa algún tipo de tratamiento. También se fijó en que llevaba algo de maquillaje, en los ojos, los labios ¿quizás algo de colorete?, pero era muy suave. Desde luego, su aspecto le atraía mucho más que la última vez que estuvo con ella.

Instintivamente Aurora se empezó a limpiar con la servilleta.

— ¿Tengo algo en la cara?

— No.

— Es que como te estás fijando tanto.

— Estás distinta a la última vez que nos vimos.

— Claro, cuando nos vimos por primera vez estaba trabajando y ahora no.

— ¡Ah, no! Yo diría que sí, estamos repasando a los sospechosos de tu caso.

— No es mi caso, solo soy la subinspectora, el caso es del inspector Fernández, yo solo ayudo.

— Perdona, no sé cómo funciona eso en la policía, quien se lleva los honores y esas cosas.

Llegaron los postres y, mientras los comían, Ezequiel se fijó en cómo venía vestida. Le gustaba el estilo y el color de la blusa que llevaba, aunque la chaqueta que tenía colgada en el respaldo de la silla no la favorecía mucho.

Con el café y el té continuaron analizando el caso.

— Ampliando el objetivo de los sospechosos, el siguiente sería su novio, Borja Pedregosa —dijo Ezequiel—.

— Sí, empezamos ahora a comprobar su coartada y a analizar sus movimientos, pero parece ser que, según su primera declaración, el día del asesinato no habló ni fue a ver a Lucía porque dos días antes habían discutido.

— ¡Cómo que no habló ni la fue a ver! Eso no es cierto. Ayer, en el tanatorio este Borjita me montó un cisco acusándome de que la había matado yo y se le escapó que había hablado con ella, lo que no sé es si habló por teléfono o en persona.

— Pues a nosotros nos ha dicho que no sabía de ella en los últimos dos días, que estaban enfadados.

— Eso es una contradicción. A mí, independientemente de lo que me dijo delante de sus padres y toda la gente que estaba en la sala del tanatorio, el novio de Lucía no me gusta nada.

— ¿Y eso?

— Solo hablé con él hará unos ocho o diez meses, sé que era el invierno pasado. Me encontré con los dos y Lucía me lo presentó. Creo que me dijo que estaba estudiando un grado de Historia. Yo me fio mucho de la primera impresión, lo que me transmite la primera vez que hablo con una persona y con este me dio la sensación de que es un consentido, un hijo de papá que viste con ropa cara, de una que parece de pordiosero pero que vale un dineral, manejaba un móvil de última generación y creo recordar que llevaba unas llaves de un coche de alta gama. Al hablar con él denotaba un deje de una persona autoritaria, más que autoritaria, dictatorial, con un punto machista que no me gustó nada, incluso en ese primer encuentro con él y no teniendo ninguna relación conmigo dio a entender que Lucía siempre hacía lo que él decía. Vamos el típico cachorro de ultraderecha. Me cayó fatal.

— Vaya, no sabía que eras un experto en moda, en tecnología de las comunicaciones y eso que no tienes móvil y, además, psicólogo de las personas.

— No me hace falta ser todo eso, con fijarse un poco ya vale.

— Y de mí, qué conclusiones has sacado de la primera impresión, si puede saberse.

— Si no te vas a enfadar, te lo cuento

— Cuenta, cuenta.

— Aurora, la primera impresión no fue muy agradable, recuerda que llegaste con el inspector Fernández para acusarme de que había matado a Lucía, así que llevabais una especie de escudo, pero sí que me di cuenta de quién realmente lleva la investigación, por mucho que digas, eres tú. Creo que te afecta al ser una mujer. Así que diría que, si no lo eres, estás cerca del movimiento feminista, que te gusta llevar las riendas. No sé si tienes novio, pero, casi seguro que, de ser así, tú eres la que toma la mayoría de las decisiones. ¡Ah! Y te gusta hablar con personas mayores como yo. ¿He acertado en algo?

— No vas mal encaminado, —dijo Aurora sonriendo levemente—. ¿Pedimos la cuenta y de camino seguimos con el caso?

— De acuerdo, —dijo Ezequiel que también sonreía al confirmarse su impresión de que le gustaba llevar las riendas de los temas que trataban—.

Al final acabaron pagando a medias, aunque, según Ezequiel él la había invitado a cenar. Al salir del restaurante Aurora dijo que le acompañaba hasta su casa dando un paseo.

— Sabes que el novio de Lucía es el hijo del director de la oficina bancaria donde trabajaba ¿verdad?

— Eso no es del todo correcto. Lucía hacía prácticas en la oficina de Fernando Pedregosa. Las prácticas en la titulación que estaba cursando Lucía es una asignatura más del currículum, tiene calificación y competencias que tienen que adquirir. No es una relación laboral, sino académica. Por parte del banco debe tener un tutor que vaya enseñando la parte práctica de las materias que nosotros impartimos en teoría, aunque muchas empresas lo que hacen en realidad es sustituir con alumnos a trabajadores que cogen vacaciones o están de baja. Esto es ilegal, espero que los sindicatos controlen estos comportamientos.

— Y ¿cómo es que Lucía acabó en la oficina del padre de su novio?

— Lucía no tenía una idea clara de en qué tipo de empresa podía cursar la asignatura de prácticas. Fui yo quien la convenció de que tenía que hacerlas en una entidad financiera ya que, de esa forma, iba a aprovechar más sus conocimientos teóricos.

Una vez que se decidió por hacerlas en un banco, fue fácil que el padre de su novio moviera algunos hilos para que Lucía fuera a su oficina. La Universidad ya tenía firmado un convenio con el banco. No hubo mucho problema. El tutor de las prácticas era Fernando. A mí me pareció bien, había más posibilidades de que aprendiera algo más, de que viera las operaciones financieras desde dentro y de que no la tuvieran únicamente en la caja atendiendo solo a jubilados poniendo las cuentas al día y dando dinero. Supongo que Fernando la dejó participar en operaciones de préstamo e inversiones o, por lo menos, así me lo manifestó alguna vez de pasada Lucía cuando hablábamos de sus prácticas.

— ¿Qué tal se llevaba Lucía con sus compañeros de clase?

— En este asunto tengo que decirte que me ha sorprendido que Lucía desde hace un año aproximadamente cortó sus relaciones con el grupo de compañeras con las que habitualmente se relacionaba.

— ¿Y eso?

— En primero y segundo estaba en un grupo de cuatro o cinco chicas que iban siempre juntas, hasta reclamaban juntas la revisión de los exámenes. Parecía que estudiaban juntas, salían de fiesta juntas, etc. Al principio de tercero esa relación se rompió. Lucía dejó de hacer trabajos con ellas, de ir juntas a la cafetería, de estudiar juntas. Ahora que lo pienso, algo tuvo que ocurrir entre ellas porque su comportamiento cambió radicalmente.

— Lo investigaré, —dijo Aurora cuando ya llegaban al portal de Ezequiel—.

— ¿Quieres subir a tomar algo?

— No, gracias. Hoy tengo que irme. Otro día. Ya te llamaré

— De acuerdo, hasta luego.

Ezequiel la vio alejarse y al doblar la esquina la perdió de vista. Se tomó unos segundos para subir a casa analizando lo raro que había sido este encuentro con Aurora.

Al llegar a casa, puso algo de música y, como no tenía sueño, se puso con el artículo que tenía a medias con Germán y Sofía. Le habían mandado al correo electrónico las últimas modificaciones teóricas y los últimos análisis econométricos.

Sin importarle lo avanzado de la hora, Ezequiel se puso a redactar y dar forma al artículo que, sobre la influencia de los tipos de interés, afectaban a las decisiones de los grandes ejecutivos de la Bolsa. Se planteó si este tipo de investigaciones servían para algo y, después de darle muchas vueltas al tema, llegó a la conclusión de que no. El mundo universitario, teórico, abstracto, utópico y muchas veces hipotético no acababa de encajar con el mundo práctico, real, concreto, preciso y definido perfectamente de las empresas. Pero es la única manera de publicar en revistas que tengan un alto impacto en el ámbito intelectual, aunque los que tendrían que aplicar e implementar dichas investigaciones no lean esas revistas. Sí que este tipo de publicaciones es necesario para progresar en la carrera universitaria, pero se estaba dando la paradoja de que se avanzaba en el campo de la investigación y se estaba dejando atrás la docencia y la transferencia del conocimiento de la universidad a la sociedad. Estos dos últimos ámbitos apenas hacían progresar a los profesores universitarios. Por esa razón, la mayoría de los docentes que se incorporaban a la carrera universitaria lo primero que hacían era calcular cuáles eran los requisitos mínimos de docencia para destinar la mayoría de sus esfuerzos a la investigación teórica. A Ezequiel, le gustaba la investigación, pero le gustaba mucho más la docencia, el contacto con los alumnos, el transmitir lo mejor posible sus conocimientos, el hacerse entender, el ver la cara de sus alumnos cuando hacía coincidir la teoría con la realidad cotidiana, dialogar, despertar e incitar sobre los temas actuales controvertidos, hacer prender la ilusión sobre los temas financieros que tradicionalmente se consideran abstractos, farragosos y aburridos. Lo que no le gustaba de la docencia era la evaluación que tenía que hacer a sus alumnos, poner nota a sus conocimientos. Terminó de corregir la redacción del artículo y se lo envió por correo electrónico a Sofía y a Germán. Al enviarlo se fijó que tenía sin leer aún el correo electrónico de Lucía con su trabajo fin de carrera. No se atrevió a abrirlo, las heridas sentimentales todavía estaban abiertas. Quizás más adelante.

Los sábados había decidido no trabajar en temas académicos salvo urgencia o causa de fuerza mayor, aunque pocas veces cumplía ese compromiso consigo mismo, así que remoloneaba un poco en la cama leyendo novelas o escuchando música. Así y todo, a las nueve de la mañana se levantó y, después de asearse, se preparó con mucha calma un pseudo-*brunch* como él llamaba a servirse una minicomida a la hora del desayuno, con zumo, tortilla, bocadillo de jamón, yogur, café y cruasán. Al terminar, como todavía era pronto en esa mañana fría de sábado, decidió dar un paseo por la orilla del río. Al salir a la calle el aire helado cortaba la cara y le entraba en la espalda, instintivamente se subió el cuello de su tabardo, metió las manos en los bolsillos y empezó a caminar en dirección al paseo fluvial. El ayuntamiento había arreglado el sendero que, a esa hora, era recorrido por jubilados, perros que paseaban a dueños, ya que no se sabía muy bien algunas veces quién sacaba a quién, y algún que otro deportista corriendo. ¡Qué ganas de cansarse!, pensó Ezequiel. Además, se habían instalado algunas máquinas para hacer estiramientos y ejercicios que solo eran utilizadas por personas mayores, nunca había visto a ningún adolescente o joven haciendo ejercicios. Se diría que eran de uso exclusivo para aquellos que cobraban una pensión y no tenían tiempo ni ganas, y a veces ni dinero, para ir a un gimnasio. Los alrededores de esta zona de actividad física estaban sembrados de restos del botellón que un batallón de adolescentes en la madrugada anterior había decidido celebrar como prácticas de borrachera.

Mientras caminaba viendo fluir la poca agua que traía el río empezó a pensar en el asesinato de Lucía. Ya no le incomodaba tanto como unos días antes, ni le hacían sentirse mal los pensamientos sobre ella, ya se había adaptado a su ausencia, había asumido que no la iba a ver nunca más y que la había perdido para siempre. Había llegado a la fase de aceptación del proceso del duelo. Meditó en cómo lo estarían pasando sus padres y, aunque le costaba, en lo que pensaría su hermana. Cómo es posible que, después de estar tratando casi cuatro años con una persona, no se conozca ni siquiera a su familia y, aunque no se llevaran bien, en algún momento, Lucía le tendría que haber hablado de su hermana. ¿Tendría algo que ver su hermana con la muerte de Lucía? No quería creer que así fuera. Si no tenían relación, ni buena ni mala, ¿cuál sería el móvil? Cuando te relacionas mucho con una persona es cuando es más probable que se den roces y disputas que, en el momento de acaloramiento, ofuscación, obnubilación o ceguera pudiera cometerse un acto de esa barbarie, asesinato u homicidio como jurídicamente se catalogara. Se convenció de que ni sus padres ni su hermana habían tenido nada que ver, aunque si su hermana no quería dar una coartada, seguro que tendría problemas con la policía. Este pensamiento le llevo a la imagen de Aurora. Le extrañaba, para bien, el comportamiento que estaba teniendo con él. No tenía claro si ella quería una relación sentimental con él o únicamente le estaba utilizando para avanzar en la resolución del asesinato de Lucía. La verdad es que le resultaba raro que a una persona que le habían considerado sospechoso de un caso le pidieran opinión sobre el mismo. Tampoco entendía las razones por las que él mismo se prestaba a colaborar con la policía. Tenía que analizarlo fríamente, desde el principio. Cuando el inspector y la subinspectora hablaron con él y se convencieron de que era el culpable, instintivamente él levantó un muro para protegerse de ellos. Reconocía que razones no les habían faltado para tener esa sospecha, pero, una vez descartado como sospechoso, lo normal hubiera sido que no volvieran a tener más contactos. Fue la interpretación errónea de Aurora sobre la invitación que él le hizo lo que había ido derivando en la situación actual. El punto de inflexión era entonces esa interpretación sobre la invitación a tomar algo con ella lo que le resultaba raro. Ella tenía intereses personales o profesionales o podía ser que fueran las dos cosas.

A Ezequiel le resultaba extraño, más que extraño, insólito o incluso sorprendente que Aurora se pudiera interesar por él en al ámbito emocional o íntimo. Qué podía ver en él de atractivo. No se lo creía, aunque, por otro lado, pensaba que había gustos para todo.

Después de darle muchas vueltas, llegó a la conclusión de que Aurora solo quería utilizarle para avanzar profesionalmente, seguro que si era ella la que resolvía el caso de Lucía se pondría una gran medalla y supondría un importante salto en su carrera policial. En esa pequeña ciudad no todos los días había un asesinato. Descartó totalmente que ella se sintiera atraída por él. Aunque él no descartaba que una posible relación sentimental con ella no fuera a funcionar. Qué mal gestionaba las relaciones personales.

Volvió a notar el frío en el cuerpo además de la humedad al estar cerca del río, esto acentuaba su sensación de frigidez. Decidió dar la vuelta, volver a casa y prepararse algo de comer caliente. No es que fuera buen cocinero, pero se las apañaba y, desde luego, no pasaba hambre.

La tarde de ese sábado frío y a ratos lluvioso la dedicó a leer artículos científicos relacionados con el fracaso empresarial ya que tenía en mente que una próxima investigación tendría que ir en esa dirección salvo que se opusieran sus compañeros de la Facultad y, aunque a veces manifestaban su oposición, casi siempre les convencía para ir en la línea que previamente había ideado. Había que reconocer que no les había ido tan mal.

Con algún pensamiento en el subconsciente relacionado con la Facultad se fue a la cama y, al levantarse al día siguiente, tenía la sensación de que se le había escapado una idea a la que tenía que dar forma pero que no sabía de qué se trataba. Era una sensación incómoda, sabía que había soñado o pensado algo y no lograba acordarse. Lo tenía en la punta de la lengua.

Sin prestar atención a su aspecto, bajó a por unos churros para desayunar. Seguía con el malestar intelectual que le carcomía. Sabía que hasta que no se acordara de lo que había pensado no podría centrarse ni concentrarse en otra idea.

Decidió dedicarse a tareas manuales. Sacó el aspirador y empezó a limpiar y a arreglar el apartamento, tampoco era tan grande ni estaba tan sucio, algo de polvo en el salón-despacho y donde sí que dedicó más esfuerzo fue en la cocina y el baño, para ver si así, distrayendo al intelecto recuperaba la idea. El timbre del teléfono fijo le llevó a pensar, antes de contestar, que podría ser Aurora y, en ese momento, al ir a coger el auricular recordó la idea. Levantó el teléfono.

— Ahora no puedo hablar, —dijo y colgó—.

Inmediatamente cogió un papel y bolígrafo y anotó "amistades peligrosas".

Se dio cuenta de que no sabía quién le había llamado ni para qué, así que cogió el aparato y marcó la tecla de la rellamada.

— A mí no me cuelgues así —oyó que decía Aurora con un tono de voz entre alto y muy alto y visiblemente enfadada—.

— Es que justo cuando sonó el teléfono me vino una idea con la que llevo dando vueltas toda la mañana y tenía que apuntarla —se disculpó Ezequiel—. Lo siento, discúlpame.

— Yo te iba a invitar a comer, pero después de este recibimiento, no sé si me apetece.

— Acepto la invitación con la condición de que el pago lo hagamos como cuando te invité yo.

— ¿Te gusta la comida mexicana?

— Claro.

Ezequiel no soportaba el picante, pero no podía decir algo negativo por si Aurora se volvía atrás en la invitación. Él estaba deseando volver a verla.

— Pues quedemos en el restaurante Jalisco a las tres, ¿te viene bien?

— Perfecto.

Ni la comida ni la hora le venían bien a Ezequiel.

— Pues, hasta entonces. Ciao

— Hasta luego.

A Ezequiel le volvió a aparecer una media sonrisa al pensar que Aurora sí que parecía que quería quizás, tal vez, iniciar una relación. Si no, para qué le iba a invitar a comer.

Haberse acordado de lo que le rondaba por la cabeza y la llamada de Aurora le habían puesto de buen humor.

Poco antes de las dos y media ya estaba Ezequiel en El Jalisco. Lo primero que le llamó la atención fueron los colores, predominaban el blanco, el verde y el rojo, haciendo honor a los colores de la bandera de México. Las paredes estaban decoradas con grandes dibujos alusivos a la cultura mexicana; desde Frida Kahlo, pasando por calaveras, chiles y botellas de tequila, además de los muy reconocibles sombreros. Las mesas y las sillas presentaban un aspecto robusto de madera maciza con manteles de cuadros rojos y verdes debajo de sucedáneos de velas compradas en bazares chinos. Todo muy institucional pensó Ezequiel. La iluminación, además de las velas apagadas de las mesas, era escasa, con bombillas de baja potencia y tono cálido. Estaba claro que era la moda el tono cálido y el ahorro de energía. Daba la sensación de ser el lugar adecuado para encuentros íntimos más apropiados para una cena que para una comida. Mientras esperaba, pidió un vermut que no tenían, por lo que se decidió por una cerveza de marca mexicana. Entretuvo la espera leyendo un periódico atrasado donde solo publicaban noticias locales. Al llegar Aurora no tuvo buenas vibraciones, tenía el gesto duro, el pelo recogido en una coleta y la ropa de trabajo: vaqueros, camiseta y una cazadora de piel para intentar matar el frío que hacía en la calle.

— Llevo llamándote media hora para cancelar la comida —dijo Aurora a modo de presentación—

— Buenos días para ti también —contestó Ezequiel—.

— No estoy para bromas, tenemos que suspender la comida, mi jefe me presiona para que cerremos el caso de Lucía lo antes posible.

— Si, como parece, no has comido igual que yo, podemos aprovechar para repasar el caso. Tres neuronas; dos tuyas y una mía, son el cincuenta por ciento más que las tuyas trabajando solas.

Aurora se lo pensó unos segundos.

— Vale, tomemos algo rápido. Tengo que volver esta tarde a la comisaría.

— Perfecto.

— Perfecto, no. Es una mierda de domingo.

— Vale, pues, en vez de perfecto ¡una mierda!

Pidieron unas quesadillas y unos tacos al camarero que completaron con cerveza y refresco de cola.

— ¿Por qué esta urgencia en cerrar el caso?

— Al inspector Fernández le presiona el comisario y él me presiona a mí. Esta es la realidad

— Y de rebote, tú no quieres comer conmigo. ¡Pues estamos apañados!

— Déjalo. ¿Qué querías comentarme?

— Ayer me vino una idea que perdí y que encontré hoy cuando me llamaste, por eso te colgué. Llevaba toda la mañana dándole vueltas en la cabeza.

— Y es … —se interesó Aurora haciendo un ademán de escucha—.

— Los padres de Lucía son agricultores, pero no de los que tienen grandes extensiones, o eso creo, son más bien, según me comentaba ella, de los de renta media-baja, por lo que siempre, como me decía ella, tenía problemas de dinero. Sobre todo, los dos primeros cursos. Recuerda que te comenté que, al principio de acceder a la universidad Lucía iba con un grupo de chicas del, digamos, mismo poder adquisitivo.

— Sí, lo recuerdo y me dijiste que últimamente ya no se llevaban, vamos que habían discutido.

— Efectivamente, pues como hace un año o año y medio, cuando dejaron de estudiar e ir a clase juntas, Lucía empezó a tener un mayor poder de compra, mejor ropa, un reloj más caro, un móvil de última generación, cosas de esas. Pensé que sus padres quizás les había ido bien. Ya sabes que si preguntas a los agricultores nunca ganan dinero, si hay mucha cosecha, que los precios son muy bajos y tienen pocos beneficios o ninguno y si los precios son altos es que han recogido poco y no ganan. Total, que nunca tienen buenos beneficios, pero, casi siempre, mejoran la maquinaria, las viviendas, los coches y son pocos los que abandonan la actividad. Así que los evidentes signos de mejora de Lucía, inconscientemente, los achaqué a la mejora económica de sus padres. Pero ¿y si no eran sus padres?, ¿y si era ella?

— También podría ser un novio generoso.

— No me pega que el Borjita fuera tan generoso. ¿Y si estaba recibiendo dinero negro?

— ¿Dinero negro?

— Sí, imagina, clases particulares a los compañeros, poniendo copas en un pub o qué se yo, chantajeando a alguien. Pudiera ser que tuviera amistades peligrosas.

Aurora abrió mucho lo ojos en señal de sorpresa.

— Pero ¿tú no la conocías bien?

— Nadie logra conocer bien a otra persona, siempre hay un lado que no se muestra.

— ¿Desde cuándo has desconfiado tanto de tu alumna?

— Desde que me he enterado de que tenía una hermana y no sabía nada.

— Nosotros estamos pendientes de recibir la información de sus cuentas corrientes por si había algo raro. Agilizaremos ese trámite.

— Si es lista, y Lucía no era tonta, el dinero negro no aparecerá en los extractos de sus bancos. Si quieres, te invito a tomar café en mi casa y seguimos con el asunto.

Aurora le miró fijamente con gesto serio.

— No puedo, tengo mucho trabajo. Tengo que repasar todas las coartadas de los implicados en este caso.

— Otra vez será.

Pagaron otra vez a medias y a la salida del restaurante Aurora le volvió a reprochar a Ezequiel el que no tuviera un móvil para poder contactar con él.

— Si lo hubiera tenido habrías cancelado la comida y no te hubiera podido hablar de las amistades peligrosas de Lucía.

— Eso también es verdad —dijo Aurora con gesto de resignación—. Hasta pronto.

— Adiós.

Ezequiel no le dijo nada, pero si de verdad hubiera querido cancelar la comida, con haber llamado al restaurante lo hubiera tenido fácil. Lo que pasaba es que Aurora no quería cancelarla, pensó Ezequiel. El resto del domingo lo dedicó a leer en el sofá y a ordenar un poco el fárrago que presentaba el despacho.

El lunes por la mañana amaneció un día gris con las nubes del color de panza de burro cargadas de agua y el frío de la mañana convertía la escasa lluvia que caía en aguanieve. Así que Ezequiel se vistió con la ropa de más abrigo que ya estaba pasada de moda. Pensó que debería de renovar su vestuario. A decir verdad, Nuria, su ex, se lo había pedido en varias ocasiones y nunca le había hecho caso. Quizás son esas pequeñas cosas que tú no le das importancia cuando a la otra persona sí que le importan, lo que va deteriorando una relación y, al final, te acaban dejando como Nuria. En las relaciones personales Ezequiel siempre había pensado que lo importante no era el continente, sino el contenido, no importaba cómo era tu aspecto exterior sino lo que realmente sentías y, ahora comprendía, que estaba equivocado. Al igual que con las palabras, él siempre había pensado que lo que se dice no tiene valor, que lo importante era lo que se sentía por otra persona. ¿Cuántas veces le había dicho a Nuria que la quería? Pocas, muy pocas y, en cambio, se lo había demostrado muchas, muchas veces. O así lo creía él. Ahora caía en la cuenta de que, quizás, tenía que cuidar más su imagen exterior, tenía que ir a comprarse ropa, intentar bajar de peso, o sea, tenía que revestir y revocar la fachada y se comprometió consigo mismo a ser más explícito en los sentimientos con las personas que le rodeaban. Pero solo para los sentimientos buenos, a las personas que no le caían bien no iba a decírselo de sopetón.

Se calzó unas botas, se puso un anorak, cogió su cartera y salió en dirección a la Facultad. Su discapacitada vecina ya estaba en la ventana.

Los charcos que había formado la fina lluvia y la escasa nieve reflejaban, gracias a las farolas todavía encendidas, los edificios distorsionados por el leve movimiento del agua sucia. De camino a la Facultad observó que los establecimientos que empezaban su actividad a aquella temprana hora; cafeterías, bares, quioscos de prensa, vendedores de lotería, panaderías, etc., abrían ya sus puertas. Al ver a un ciego ofreciendo cupones a un barrendero se dio cuenta de que hacía muchos años que no participaba en sorteos, desde que estaba estudiando y calculó las probabilidades que tenía de que le tocara el premio. Consideró que era tan baja la probabilidad que no volvió a jugar. Además, cuando empezó con las finanzas rápidamente vio que la compra de una participación de lotería era una inversión en cuyo desarrollo no puedes influir y tienes muchas posibilidades de perder la totalidad de dicha inversión. Mucha gente aversa al riesgo en las inversiones financieras juega todas las semanas a la lotería. Esto lo consideraba una gran incongruencia. Qué pensaría una persona que prioriza la seguridad en sus actividades financieras, si supiera que la cantidad que ha puesto en un valor de la Bolsa podría multiplicarse por veinte mil y ganar una buena cantidad o multiplicarse por cero y perderlo todo, ¿jugaría? Pensó que este podría ser un buen ejemplo cuando tratara el tema del riesgo financiero con los alumnos.

Al acercarse a la puerta de la Facultad vio que Sofía estaba aparcando, así que la esperó para entrar y subir juntos al despacho.

— Quería hablar contigo.

— Buenos días para ti también, Sofía.

— Buenos días, Ezequiel —dijo Sofía con resignación y mirando al cielo—.

— De qué querías hablar conmigo.

— Noelia me ha hecho una oferta para ir con ella en las próximas elecciones al Rectorado.

— ¡Caramba, qué sorpresa!

— No disimules, Ezequiel, que ya sé que antes fue a hablar contigo.

Poniendo cara de niño travieso al que habían pillado en medio de una trastada, Ezequiel reconoció que hace unos días habían hablado sobre el tema ellos dos.

Ya sentados en el despacho de Ezequiel, Sofía le preguntó si debería aceptar la propuesta de Noelia.

— Ella me pidió mi apoyo y el de los que estáis conmigo y, de forma muy gallega, no le dije ni que sí ni que no. Entonces fue cuando me propuso que fueras en su candidatura.

— Y a ti, ¿qué te parece? —dijo Sofía—.

— Y a ti, ¿qué te parece? —le devolvió la pregunta Ezequiel—.

— A mí no me hace mucha ilusión ir en una candidatura con Noelia, aunque es verdad que en mi currículum hay un déficit de gestión universitaria que me vendría muy bien completar, pero, imagino que un cargo de ese tipo me quitaría mucho tiempo para la docencia y la investigación. La verdad es que no lo tengo nada claro.

— Piensa en tu futuro y sé egoísta. Si ves que te puede venir bien para tu futuro ascenso a catedrática, adelante, son solo unos pocos años. Yo creo que en el apartado de investigación vas sobrada, pero, como le dije a Noelia, la decisión es tuya.

Ezequiel estaba convencido de que Sofía ya había tomado su decisión de acompañar a Noelia en la candidatura, pero pedía su beneplácito para contar con su apoyo. La verdad es que este movimiento de peones de Noelia había sido muy bueno: se aseguraba una trabajadora incansable y los votos de todos los que apoyaban a Ezequiel, aunque no fueran muchos. Intuía que, además, Sofía se acercaría más a Noelia y, paulatinamente, dejaría de trabajar tanto con él. Pero así era la vida universitaria; apoyos, empujones, tropezones, errores, aciertos, traiciones, alegrías y decepciones. Lo importante era, más que hacer amigos, que también, no hacer enemigos y no quemar puentes. La vida da muchas vueltas y nunca sabes qué vas a necesitar y en quién te vas a apoyar en el futuro. Era la filosofía que él había seguido y consideraba que no le había resultado mal.

Después de la conversación con Sofía, Ezequiel fue a dar la clase a los alumnos de primero.

— Buenos días a todos. Como ya hemos comentado en sesiones anteriores, el sistema financiero se compone de mercados financieros, de activos financieros y de intermediarios financieros. Hoy vamos a dedicar esta sesión a los intermediarios financieros. Los intermediarios financieros pueden pertenecer a tres sectores: el sector asegurador que ofrece cobertura de riesgos mediante contratos de seguros y donde se encuadran las entidades aseguradoras, los corredores de seguros y las entidades gestoras de fondos de pensiones que están integrados por planes de pensiones.

"Todos sabéis lo que es una compañía aseguradora y no dudo que podéis decirme alguna que opere en esta ciudad."

Los alumnos fueron citando Vida Caixa, Mapfre, Mutua Madrileña o Zúrich.

— ¿Alguien me puede decir a qué se dedica un corredor de seguros y qué diferencia hay con un agente de seguros?

Aquí hubo más dudas y finalmente Ezequiel les aclaró que el corredor de seguros era una especie de asesor de seguros que, de forma independiente, hace de mediador de varias compañías de seguros con los clientes, mientras que el agente de seguros es un empleado de una compañía de seguros para la que trabaja y solo ofrece los servicios de esa compañía.

En cuanto a los planes de pensiones les aclaró que su principal finalidad es la de mejorar los ingresos periódicos de la jubilación de las personas. Les explicó que las aportaciones que los suscriptores de planes de pensiones hacían durante su vida quedaban inmovilizadas hasta el momento del rescate, de la jubilación o en casos excepcionales como paro, enfermedad, etc. Esas aportaciones no pueden ser utilizadas en beneficio de los suscriptores en el momento que ellos quieran ni para fines diferentes a complementar una pensión de jubilación.

— De estos tres intermediarios financieros el supervisor es la Dirección General de Seguros y

Fondos de Pensiones que depende del ministerio encargado de los asuntos económicos.

"En cuanto al sector inversor —explicó Ezequiel— el órgano supervisor es la Comisión Nacional del Mercado de Valores y ejerce esa función sobre empresas de capital riesgo, sociedades gestoras e instituciones de inversión colectiva, entidades de servicios de inversión y sobre los mercados de valores.

"Por lo que se refiere al sector bancario es un poco más complejo ya que el Banco de España ejerce la supervisión sobre los intermediarios financieros que operan en este sector por delegación del Banco Central Europeo y lo hace a dos grandes colectivos: las entidades de créditos donde se incluyen las entidades de depósito más el Instituto de Crédito Oficial y un conjunto de entidades que no se consideran entidades de crédito como las entidades de pago, los establecimientos de cambio de moneda, las sociedades de tasación, los establecimientos financieros de crédito, las sociedades de garantía recíproca, la sociedad de reafianzamiento, ya que solo hay una, y los establecimientos de dinero electrónico. Las entidades de depósito son las únicas que pueden recibir dinero de las personas y constituir depósitos de dinero. Aquí están incluidos los intermediarios financieros como los bancos, tanto nacionales como internacionales, las cooperativas de crédito y las cajas de ahorro. Sin depender directamente del Banco de España pero que intervienen en el sector bancario, se encuentran el Fondo de Reestructuración Ordenada Bancaria (FROB) y la SAREB o banco malo.

"El Banco de España que ejerce la supervisión, como os digo, en nombre del Banco Central Europeo tiene cuatro grandes áreas de actuación: la central de balances, la central de riesgos, las cuentas directas y el servicio de reclamaciones. En el caso del servicio de reclamaciones para que una persona sea atendida en su petición, previamente ha tenido que haber presentado la misma ante el Servicio de Atención al Cliente de su entidad y, si la solución que le da no es satisfactoria, puede dirigirse a este servicio, pero tiene que saber que las resoluciones del Banco de España a través del servicio de reclamaciones no suponen un acto administrativo, esto es, no es una imposición sobre derechos, intereses o libertades de los afectados, tampoco recoge valoraciones económicas ni es vinculante para las partes."

Uno de los alumnos pidió la palabra

— Entonces, si no es vinculante, ni hace valoraciones y no es ... ¿cómo dijo?

— Un acto administrativo.

— Eso, entonces, ¿para qué sirve reclamar al Banco de España?

— Sirve porque la mayoría de las reclamaciones son acatadas por las entidades financieras y, además porque siempre está abierta la vía judicial y es más fácil tener una sentencia a favor si hay una resolución del Banco de España que da la razón a una de las partes — le explicó Ezequiel—.

Como tarea para la próxima clase Ezequiel les planteó que hicieran una relación de todas las funciones del Banco de España tanto las transferidas al Banco Central Europeo como las que asume de forma directa.

Al terminar la sesión, Ezequiel no estaba nada satisfecho de cómo se había desarrollado. Mucha teoría, mucho concepto abstracto para los alumnos, poca interacción con ellos y, estaba seguro, mucho alumno aburrido y desconectado con lo que él les estaba explicando. Tenía que mejorar esta sesión, meter más contactos con la realidad, quizás analizando artículos de prensa o vídeos de otros compañeros que explicaran este mismo tema o podría incluir algún tipo de tarea que involucrara a participar más a los alumnos: algún debate, búsqueda de información en Internet o algo por el estilo. Al entrar en su despacho anotó en la agenda que tenía que modificar esta sesión.

Capítulo 6. Criptomonedas

Al ir de camino a la cafetería, Ezequiel se encontró con Paco Almendra, el director del departamento. Precisamente quería hablar con él. Los dos profesores se llevaban bien, habían estudiado en la misma Facultad, aunque Paco se decantó por el márquetin y Ezequiel por las finanzas. Tenían buena relación, aunque no íntima. Se respetaban. Así que aprovechó el encuentro para preguntarle, si era posible que le ayudase a encontrar los datos de las tres amigas de Lucía con las que rompió su amistad hace dos años.

— ¿Para qué quieres esa información? —le preguntó Paco—.

— Estoy colaborando con la policía en el caso del asesinato de Lucía García.

— Ezequiel, como consejo, si quieres admitirlo, no te metas en jardines de los que luego puede que no tengas salida o te cueste un disgusto.

— Se lo debo a Lucía.

— Deja que los profesionales se dediquen a lo que saben hacer; el panadero a hacer pan, el banquero a prestar dinero, el policía a investigar y el profesor a enseñar.

— Lo sé y te lo agradezco, no creas. Esa es una filosofía que siempre he seguido, pero, en este caso, me afecta personalmente y no puedo evitarlo.

Lo que no le estaba diciendo Ezequiel a Paco es que además de esa intromisión en campo ajeno le servía para estar cerca de Aurora y, además, no le desagradaba el trabajo de investigación. Al fin y al cabo, se engañaba, es lo que hacía en la universidad, además de la docencia y la gestión. Estaba autoconvencido de que podía ayudar a resolver el caso.

En la cafetería, después de pedir el café para Paco y el té rojo para Ezequiel y tomar el pincho de cortesía, Paco le dijo que podía pasarse por la sede del Departamento para conseguir los datos que le había pedido. Después de pagar, regresaron al edificio de la Facultad comentando las dificultades que tienen las universidades pequeñas para fijar al personal joven.

Paco y Ezequiel estaban de acuerdo en que, con el actual sistema de acceso, para ser profesor titular en la universidad había que tener mucha vocación y así y todo era muy complicado alcanzar el éxito. Los alumnos con expedientes académicos brillantes que los profesores trataban de captar para que siguieran carrera universitaria se desanimaban cuando les informaban de que, después de estar cuatro años estudiando un grado tenían que seguir estudiando un máster que les permitiera empezar con su tesis doctoral. Este máster tenía que ser de investigación en el ámbito en el que hubieran decidido seguir su carrera académica. Suponía, por tanto, al menos un año más de clases, trabajos, presentaciones, evaluaciones y notas finales. También era verdad que al elegir este máster al buen estudiante no le suponía un gran esfuerzo intelectual. Una vez superada la fase de formación académica, el estudiante tenía que integrarse en un grupo de investigación que, a ser posible, contara con proyectos de investigación interesantes a nivel nacional o internacional y esto, a veces, suponía un problema en las universidades pequeñas cuyos investigadores seniors, en la mayoría de los casos, no tenían el alto nivel que se exigía para optar a los proyectos con más financiación. Era una pescadilla que se mordía la cola. Como los grupos de investigación no tenían un gran currículum no tenían posibilidades de acceder a las grandes convocatorias donde se alcanzaban buenos proyectos, por lo que no mejoraban su currículum lo que provocaba que no pudieran acceder a proyectos que mejoraran su currículum. Los alumnos que se incorporaban a estos grupos tenían que intentar conseguir una beca predoctoral para poder ir sobreviviendo de forma precaria con una nómina escasa. Este periodo de becario predoctoral podía durar como mínimo tres o cuatro años en los que el alumno debía dedicarse a investigar para poder defender su tesis lo antes posible, además de ir de estancia a una universidad extranjera. Pasaba otro año más hasta que se acreditaban sus méritos para poder conseguir una plaza de profesor ayudante doctor en la que fácilmente tendría que estar otros cuatro o cinco años para acreditar la docencia y la investigación suficiente para poder optar a una plaza de funcionario. Esto si tenía suerte y en el departamento al que perteneciera convocaba una plaza de profesor titular, con el peligro de que, al ser pública, pudiera venir otro candidato con más currículum y le pisara la plaza.

Los dos profesores coincidían en que este sistema provocaba endogamia ya que, en universidades de provincias, era muy difícil convencer a un alumno brillante de que se tirara cinco o seis años de formación, más tres o cuatro de becario, más cuatro o cinco de profesor ayudante doctor, es decir, entre doce y catorce años para plantarse con treinta o treinta y dos años sin una estabilidad en el puesto de trabajo y habiendo hecho el sistema educativo un tremendo gasto de formación para permitir que después se fuera a producir y obtener resultados en otra universidad. Las universidades pequeñas tenían que intentar retener a esos alumnos brillantes porque, en caso contrario, cada vez estarían en peor situación en los *rankings* universitarios. Sin poder alcanzar a los grandes centros académicos. Intentar competir así era como un partido de fútbol entre un equipo de primera división con un presupuesto estratosférico y un equipo de tercera regional con un presupuesto ridículo.

En la base de datos del Departamento figuraban los teléfonos, direcciones y fotografías de las excompañeras de Lucía. Llamó a las tres y las citó a primera hora de la tarde, antes de que empezaran las clases vespertinas.

A la hora de la comida se acercó al despacho de Sofía para preguntarle si quería comer con él y, de paso, enterarse de lo que había decidido sobre la oferta de Noelia. No es que Ezequiel fuera cotilla, es que quería tener información. Era consciente de que en el mundo actual quien obtiene información, la procesa, la analiza y la aplica en su beneficio, puede tomar decisiones mucho más acertadas y ventajosas. Conocer con antelación las decisiones de otras personas, le permite a uno adelantarse a los acontecimientos y estar preparado para las reacciones de los demás y esto, Ezequiel lo hacía muy bien, llevaba muchos años en la universidad. Los compañeros, en general le apreciaban y tenían muy en cuenta sus opiniones.

Desde que entró en la Universidad de la mano de su mentor Toño Frutos, ya fallecido, había seguido el principio de sembrar para después recoger, aunque este símil agrario lo había adaptado a las finanzas y decía que la universidad era como un banco, que, al principio de la carrera había que ir pidiendo préstamos de favores lo que generaba un saldo deudor de favores y, a partir de un determinando momento, había que ir empezando a hacer favores para ir compensando el déficit generado al principio hasta que llega un momento en el que se compensa todo lo debido y, a partir de ahí, hay que ir rentabilizando, en beneficio propio, los favores. Es un poco la situación que se produce en las finanzas de las personas. Cuando se es joven uno se endeuda, no tiene ahorros y depende de que otros te presten o te avalen, avanzando en el tiempo, esos préstamos se devuelven, si todo va bien, y se empieza a ahorrar para la jubilación y, en la jubilación, se van obteniendo los frutos del ahorro previo. Este era el sermón que habitualmente les soltaba a los ayudantes al entrar en el área. Pocos entendían el significado de sus palabras, pero él consideraba que era su obligación decirlo.

Así que Ezequiel quería saber la decisión de Sofía sobre la oferta de Noelia, aunque ya intuía que la respuesta iba a ser positiva. Sofía aceptó la propuesta de ir a comer con Ezequiel. La cafetería, a esa hora, bullía como un hormiguero. Profesores, alumnos y gente en general iban a la barra, pedían, charlaban, siempre en un tono elevado debido al ruido, conseguían mesa para comer, los camareros se movían con los platos llenos de comida o vacíos evitando chocar con la gente en un ejercicio de equilibrio digno de un buen equilibrista y, al terminar, se iban dejando el sitio para nuevos clientes.

Encontraron una mesa libre justo debajo de la televisión que, aunque estaba encendida, era lo único en todo el establecimiento que tenía la voz silenciada. Ezequiel pidió el menú y Sofía una ensalada. Él fue directo a lo que le interesaba.

– ¿Qué has decidido sobre la propuesta de Noelia?

– ¿Tú qué harías en mi caso? –Con ese comentario Ezequiel confirmó que había decidido aceptar–.

Como sabía que un comentario en contra de su decisión previa iba a causarle dolor o frustración y quería, en lo posible, seguir manteniendo la mayor relación entre ellos, le mintió.

– Yo, sin dudarlo, aceptaría.

– ¿No es una decisión un poco egoísta?

– A veces, hay que ser egoísta para progresar, para alcanzar objetivos y logar una mayor prosperidad. Creo que esto ya te lo dije.

– En ese caso, me va a suponer una carga de trabajo extra.

– Tienes que bajar el ritmo en la investigación, el cargo te rebajará algo el número de horas de clase que estás impartiendo, así que, aunque al principio suponga un esfuerzo mayor, verás como lo puedes compaginar bien.

— Entonces, ¿estás de acuerdo en que acepte ir en la candidatura del Rectorado con Noelia?

— Sí.

— No me esperaba una respuesta tan directa de ti.

— Solo espero que sigas trabajando con nosotros y colaborando en nuestras líneas de investigación académicas.

— ¿Nosotros?

— Con Germán y conmigo.

— Por supuesto. ¿Lo dudabas? De todas formas, estamos montando el cuento de la lechera. Tienen que convocarse las elecciones y la candidata a Rectora que lleva a Noelia como vicerrectora tiene que ganar.

— Seguro que gana. Conozco a la candidata a Rectora como tú la llamas y conozco a Noelia. Si han dado el paso es que tienen todos los apoyos necesarios para ganar.

De postre Ezequiel pidió natillas y Sofía tarta de queso. Cada uno pagó su cuenta y volvieron al despacho de la Facultad. Por el camino Sofía le comentó a Ezequiel que los alumnos del curso estaban muy interesados en las criptomonedas que, al terminar sus clases, preguntaban sobre el tema y que como él lo había estado investigando, le pidió que, si podía, en algún momento, les diera alguna explicación de cómo funcionaban, los riesgos y demás. Ezequiel le comentó que lo tenía previsto para el próximo curso más avanzado, pero que no había inconveniente en darles una introducción y abrir la expectativa para que se apuntaran al año siguiente. A Sofía ese planteamiento le pereció muy buena idea.

Al llegar al despacho y mientras esperaba a las tres excompañeras de Lucía, Ezequiel meditó sobre la decisión de Sofía. Le fastidiaba que fuera a trabajar con Noelia, pero, en el fondo, reconocía que, para Sofía, con la poca gestión universitaria que tenía, le vendría muy bien, es más, si quería alcanzar cotas más altas en la carrera universitaria, era imprescindible tener gestión y, sobre todo, contactos. Sabía que este paso modificaría su planteamiento sobre la investigación, ya no tendría tanto tiempo para dedicar a la metodología, ni dispondría de muchas horas para discutir propuestas alternativas o resultados. No podía abandonar la investigación, pero seguro que empezaba a colaborar con Noelia. Noelia no iba a desaprovechar ese talento. Era una persona muy inteligente y, además, muy lista, había aprovechado un déficit en el currículum de Sofía para atraerla hacia ella. Le había ganado esa partida. Nada más empezar a preparar la clase, llamaron las alumnas a las que había citado.

Casi con miedo al desconocer el motivo de la entrevista con el profesor, las alumnas que, en su día eran amigas y compañeras de Lucía, fueron pasando al despacho de Ezequiel que las iba mirando de arriba abajo según iban entrando. Aunque no podía asegurarlo, intuyó que la primera en pasar era Cristina, la estrafalaria, la que iba vestida, desde el primer curso, con ropa que, según el canon estético de Ezequiel, o era de su hermano gordo, o las prendas eran tres tallas más grandes de lo que Cristina necesitaba, o las había comprado en un rastrillo de caridad porque la opción de la basura la había desechado ya que la alumna, a pesar de todo, no olía mal. De todas formas, recordaba a Cristina de cuando se sentaba junto a Lucía. Sin poder jurarlo le daba la sensación de que era una buena alumna, no brillante, pero tampoco del montón. Era de notables, con buenas ideas, poco habladora y, lo que sí recordaba de ella, muy reivindicativa y hasta un poco exigente. Después entró Vanesa, la Vane, como la llamaban. Estilo estético pseudogótico, mucho negro, botas tipo militar, tatuajes en los brazos y en parte de la piel que asomaba por el cuello de la camiseta. Ezequiel recordó que, en alguna ocasión, ante la dificultad de algún ejercicio, le dijo que no es que no lo entendiera, es que era vaga para entenderlo y tuvo la sensación de que, a la Vane, eso no le gustó nada. Alguna vez Lucía le había comentado que la mayor ilusión de la Vane en su vida sería la de trabajar en un banco y que esa conversación los había llevado a discutir, al afirmar Ezequiel que tendría poco futuro si no empezaba a vestirse mejor y quitarse o taparse los piercings y los tatuajes. Es de carcas ese comentario, le había espetado enfadada Lucía. Él se lo razonó diciendo que los bancos tienen que dar imagen de seriedad, de que son conservadores con el dinero de la gente, aunque luego sean los mayores manirrotos. Por último y como si fuera la estrella, entró Irene, la pija. Ropa de marca, colores pastel, joyas y bisutería cara, bolso de piel, muy arreglada de peluquería y maquillada en exceso, pero con un bajo coeficiente intelectual. En la mochila llevaba varias asignaturas pendientes de cursos anteriores. Era la de la pasta. Seguramente era la hija de alguien con mucho dinero a quien no le importaba pagar el precio de una segunda o tercera matrícula para que su hija pudiera tener un título universitario. Alguna vez Ezequiel pensó por qué no le pagaba su padre una universidad privada donde compraba el título y listo. Luego, dándole vueltas a esa idea llegó a la conclusión que, a lo peor, no había tanto dinero en su caso y solo era fachada. La asignatura de Ezequiel le costó sacarla a Irene dos cursos.

Al entrar, las dos primeras no sabían qué hacer si sentarse o quedarse de pie. Irene fue la que, más decidida, se sentó nada más entrar y, en ese momento, el profesor señaló a las otras dos las sillas donde poder sentarse.

— Buenas tardes, gracias por venir —rompió el hielo Ezequiel—. Imagino que os estaréis preguntando para qué os he hecho llamar. —se miraron entre las tres como queriendo decir que lo imaginaban—.

— Es por el asesinato de Lucía. Voy a ser sincero y os voy a contar lo que yo sé y luego podéis decirme lo que queráis. Sé que al empezar la carrera las cuatro hicisteis grupo. Ibais juntas a clase, a estudiar, supongo que también saldríais de fiesta juntas. Se os veía muy bien, con caracteres muy dispares, lo que enriquece el grupo. Pero, desde hace un año o dos, Lucía se separó de vosotras o vosotras de ella y ya no volví a veros juntas y, ahora Lucía está muerta. ¿Podéis decirme qué pasó?

La cara de las tres alumnas mostraba sorpresa. Sorpresa que Ezequiel no sabía interpretar. Sorpresa porque el profesor no lo supiera. Sorpresa porque lo supiera y estuviera pidiendo su opinión o sorpresa porque era algo que no se podía saber.

Se miraron entre ellas y la primera en hablar fue Irene que con desparpajo y algo de chulería contestó al profesor.

—¿Es que no lo sabes?

El tuteo de los alumnos no le sentaba nada bien a Ezequiel, aunque nunca decía nada al respecto, pensaba que era una norma de educación y signo de respeto el tratar de usted a la persona que, como en esa institución, tiene autoridad. Y más que el tuteo, le sentó mal el tono de Irene, pero sabía que estaba pidiendo un favor, una información que él no tenía y que, si quería conseguir, tendría que ser empático y ganarse a las alumnas.

—Pues, si lo supiera, no os habría llamado y no os lo preguntaría.

Sopesó comentarles que estaba colaborando con la investigación policial, por si eso ayudaba a que ellas soltaran la lengua, pero, desechó la idea al considerar que quizás fuera peor. Los jóvenes no suelen tener mucho aprecio a los cuerpos policiales ni les gusta que les identifiquen como chivatos. Ahora fue Cristina la que comentó.

— Yo lo siento por los padres de Lucía que no tienen ninguna culpa, y, seguro que tampoco lo sabían, pero Lucía desde hace año y medio trabajaba de puta.

Ezequiel dio un bote en el asiento.

— Qué basta eres Cris —dijo Irene— ahora se llaman *scort* que queda más fino.

Vanesa no abría la boca ni levantaba los ojos de las uñas pintadas de un negro zaíno.

Se produjo un silencio tenso en el que Ezequiel miró fijamente a Cristina como demandándola más explicaciones y pensando que estaba insultando a Lucía.

— Aunque Lucía esté muerta, por eso no deja de ser verdad que trabajaba en el Club Cupido y estaréis conmigo que desde que empezó allí manejaba guita en abundancia y no creo que esos ingresos los declarara a Hacienda.

— ¿Pero vosotras la visteis trabajar de acompañante en el Club?

— Un amigo de un amigo la vio entrar poco después de la hora de apertura y ¿blanco y en botella?

— Pero podría haber entrado a trabajar de camarera o de limpiadora, pero no de acompañante —Ezequiel se negaba a reconocer lo que para las tres amigas era evidente—.

— Lo que está claro es que desde que empezó a trabajar, de lo que fuese, dejó de estudiar con nosotras y de salir y compraba muchas cosas caras —se decidió, por fin, Vanesa a intervenir—.

— ¿No os dio explicaciones de dónde sacaba el dinero que manejaba?

— A mí me dijo que, de su trabajo, sin más —dijo Irene—.

Las otras dos amigas asintieron.

Ezequiel les preguntó si sabían qué tal se llevaba con su novio. Las tres callaron y bajaron la cabeza. Irene fue la única que dijo que a ella le daba la sensación de que últimamente no se llevaban muy bien. Las otras dos compañeras miraron como si fuera una información nueva y sorprendente. Directamente les preguntó si creían que Borja era un maltratador. Irene volvió a contestar la primera.

— Borja no es un maltratador, pero sí que tiene genio y se considera muy macho. Hay personas a las que eso les gusta.

— Por su casa, ¿sabéis que tal iban las cosas?, ¿conocíais a su hermana?

— Con los viejos estaba bien —comentó Vanesa—.

— Con quien no se llevaba era con su hermana —se atrevió a hablar Cristina—, alguna vez que salía el tema se ponía de los cohetes. Creo que la llamaba la sanguijuela por el dinero que estaba toreando a sus padres y por lo mal que se lo estaba haciendo pasar.

— ¿A qué se dedica su hermana?

— Según nos dijo —siguió diciendo Cristina—, era artista, pero ni pintaba, ni esculpía ni nada. Yo creo que vivía del cuento. De dar sablazos a amigos y familia. Lucía no la podía ni ver.

— Bien, muchas gracias. ¿Tenéis algo más que contarme de la vida de Lucía en este último año y medio?

Las tres negaron con la cabeza al unísono.

— ¿Puedo hacerte una pregunta? —dijo Irene—.

— Claro.

— ¿Tú y ella estabais liados? —preguntó desvergonzadamente—.

— No —contestó tajante Ezequiel sin dar lugar a repreguntas—. Además, Lucía tenía novio.

— Como si eso fuera un problema. Además, Lucía solo estaba con Borja para que su padre la colocara en el banco y así podía tener las prácticas donde ella quería y la interesaba. De esa forma podía seguir yendo al Cupido.

— ¿Algo más?

— No —contestaron las tres—.

— Gracias por venir.

Después de que cerraron por fuera las tres compañeras de Lucía, Ezequiel se quedó pensando sobre la información que había obtenido y, sopesando la información recibida, consideró que era muy pertinente para el caso y que Aurora debería de verificar esta información.

¿Cómo podía ser que Lucía ejerciera la prostitución y él no lo supiera? Ahora se explicaba el cansancio que alegaba Lucía para no avanzar en su trabajo de fin de carrera y se explicaba cómo es que había cambiado de piso hacía seis meses y su cambio de *look*, mejorando la calidad de la ropa, si hasta él mismo, que no prestaba atención a esos detalles, se había dado cuenta inconscientemente. No entendía cómo se le había pasado. Tenía que hablar con Aurora y contárselo. La llamó al móvil, pero le daba apagado o fuera de servicio.

Recogió los trabajos de los alumnos que estaba corrigiendo y se fue a casa.

El sol empezaba a ocultarse y los comercios encendían las luces de los escaparates. No es que fuera tarde, es que era otoño. La temperatura había descendido por debajo de la que marcaban los termómetros a primera hora de la mañana y hacía que Ezequiel se encogiera de frío y echara de menos una buena bufanda, unos buenos guantes o incluso un gorro o, mejor, un sombrero. ¿Qué tal le sentaría un sombrero?, ¿y si se compraba un sombrero? Este complemento de vestir le pareció muy elegante y adecuado para su edad. A Lucía seguro que no le hubiera gustado. Preguntaría a Aurora a ver qué le parecía, aunque, si lo pensaba bien, tenía una cabeza muy grande y con su estatura es posible que pareciera un champiñón. Desechó la compra del sombrero y ni se planteó una visera que no le gustaba, como mucho, cuando hiciera el frío congelador de diciembre, enero o febrero, se pondría un gorro para tapar la calva y las orejas.

Al entrar en casa estaba sonando el teléfono por lo que se apresuró a cogerlo.

— Creí que no estabas en casa —le dijo Aurora—.

— Buenas tardes. Ahora mismo estoy entrando. Te llamé hace un rato y tenías el móvil apagado. Yo creía que los policías tenían siempre el teléfono operativo.

— Para mí, buenas noches. Se me había agotado la batería en una operación. Pero, bueno ¿por qué te tengo que dar explicaciones de cómo está mi teléfono cuando tú no tienes móvil?

— No te pedía explicaciones. Constataba un hecho, simplemente.

— Bueno, no te enrolles que es tarde. ¿Para qué me llamaste hace un rato?

— He tenido una conversación con las tres amigas de Lucía y parece ser que, desde hace más de un año, trabajaba en el Club Cupido.

— ¡Esa sí que es buena! No me lo esperaba. Por cierto, ¿cómo se llaman esas tres amigas o supuestas amigas de Lucía?

— Vanesa, Irene y Cristina.

— Pues, si sabes mantener un secreto, te cuento algo.

— Soy una tumba, dime Aurora.

— A Irene la estamos investigando por amenazas y posible chantaje a Lucía y no tiene coartada para la hora del asesinato.

Otra vez en el mismo día le sorprendían a Ezequiel con una información que no esperaba.

Capítulo 7. Inversión financiera

Aurora y Ezequiel daban cuenta en el desayuno de un par de cruasanes empapados en café y té en una cafetería cercana a la comisaría mientras se intercambiaban la información que habían obtenido el día anterior. Ezequiel le contó lo que le dijeron las alumnas sobre los posibles ingresos extras de Lucía a través de la prostitución en el Club Cupido. Aurora le comentó que lo investigaría, pero que primero iban a comprobar la coartada de Irene ya que, al parecer, la había amenazado de muerte en las redes sociales por haberse enrollado con Borja que era su gran amor.

— Cada vez estoy más asombrado de lo poco que sabemos de las personas que nos rodean —comentó Ezequiel—. Atónito estoy.

— ¿Por qué lo dices?

— Yo creía que conocía bastante bien a Lucía y resulta que no sabía que tenía una hermana. Por cierto, ¿qué ha pasado con la coartada que tenía que confirmarse?

— Se confirmó. Está totalmente exculpada.

— Y ¿quién era su amante?

— Déjalo, qué más te da. Es mejor no saberlo.

— Pero, cuando se haga público el sumario se sabrá.

— No, no va a aparecer en el sumario ni en la investigación.

— Vaya, ¡que sorpresa! Yo creí que esas cosas solo pasaban en las películas. Ya veo que el cine refleja la realidad.

— Y a ti, ¿cómo es posible que se te pasara que Lucía ejercía la prostitución?

— Eso es otra de las cosas en las que me baso para afirmar lo poco que conocemos a las personas cercanas. Sí es cierto que, desde hacía meses, como ya te dije, me había fijado en que Lucía vestía mejor, utilizaba material más caro, usaba complementos ornamentales que antes no se los había visto y, ahora que me doy cuenta, no se quejaba de la falta de dinero, cosa que, al principio de conocerla, era su mantra "no tengo dinero, tengo que buscar un trabajo, esto es una mierda". Últimamente no comentaba nada de eso. Aurora se te nota cansada y es primera hora de la mañana, ¿te pasa algo?

— Sí, que salgo de turno. He estado toda la noche trabajando. Por cierto, si tienes tiempo podíamos acercarnos a mi piso y darnos un homenaje —dijo Aurora acercándose a Ezequiel en actitud mimosa y sensual—.

Y Ezequiel cometió el error de mirar el reloj. Al ver la hora que era, se separó de Aurora y diciéndole que tenía mucha prisa, que tenía clase, que a ver si lo podían dejar para otro momento, sacó un billete, lo dejó en la mesa y salió corriendo, buscando un taxi que le llevara a la Facultad.

Aurora, por el cansancio o por lo inesperada de la reacción de Ezequiel, no supo reaccionar y se quedó sentada en la cafetería sin despedirse y viendo cómo se alejaba.

Mientras iba en el taxi recorriendo el centro de la ciudad a la hora punta en la que entran los niños al colegio, Ezequiel fue pensando en la próxima clase con los alumnos de primero del Grado en Finanzas. Se dio cuenta de que últimamente no le dedicaba tiempo a preparar las clases, a actualizar los ejemplos y los ejercicios. La muerte de Lucía le había trastocado un poco su rutina. Un poco no, bastante.

Llegó al edificio de la Facultad en el momento de máxima concurrencia de coches, bicicletas, patines y peatones que, desde las distintas direcciones, hacían embudo en la puerta donde algunos profesores y alumnos se paraban para terminar de fumar lo que provocaba un cierto atasco fluido.

Con el tiempo justo para dejar el abrigo en el despacho y de recoger la carpeta con los datos de los alumnos matriculados Ezequiel se dirigió a la zona de las aulas que los conserjes iban abriendo para recibir a los somnolientos y madrugadores estudiantes.

Al llegar a clase, Ezequiel empezó explicando con un ejemplo de una factura la diferencia entre la corriente financiera y la corriente económica. Les hizo ver que el comprador, el que recibe la factura tiene una corriente económica que se corresponde con su gasto y una corriente financiera que es el pago, mientras que el que vende, tiene como corriente financiera el cobro y como corriente económica el ingreso. Les explicó con ejemplos que estas dos corrientes no tienen por qué coincidir. Únicamente en los casos de cobros y pagos al contado, como por ejemplo cuando vamos a comprar en un supermercado y pagamos en efectivo, pero que, si pagamos con una tarjeta de crédito el gasto ya no coincide con el pago ni el cobro con el ingreso al retrasarse el pago a final de mes. En las empresas esta situación de desajuste entre las dos corrientes es muy habitual y, sobre todo, las pequeñas empresas deben de tener mucho cuidado con los plazos entre cobros y pagos, más que con la diferencia entre ingresos y gastos. Les explicó que la diferencia entre ingresos y gastos es el resultado de la actividad de la empresa, esto es, el beneficio o la pérdida y, en algunas ocasiones, hay empresas que tienen resultados positivos, beneficios, pero que tienen que suspender pagos al tener que abonar sus compras a plazos más cortos que los que emplean para recibir sus ingresos por las ventas.

Ezequiel siguió explicando a los alumnos lo interesante que supone para las empresas que los clientes vayan adelantando los cobros por los servicios o mercancías futuras. Es una forma de asegurar los cobros y, además, trasladan el riesgo a los clientes, ya que, al adelantar los cobros, en el caso de los compradores, sus pagos están asumiendo una operación futura que se puede producir o no. En el caso de que a la empresa le vaya mal y cierre o solicite la declaración de concurso de acreedores, lo que se conoce comúnmente como quiebra o suspensión de pagos, quien más puede perder es el cliente. Así que, desde el punto de vista del consumidor es preferible el pago tras la prestación del servicio o la entrega de la mercancía, pero desde el punto de vista de las empresas es más atractivo el cobrar los servicios o mercancías futuras. De ahí vienen a veces las oportunidades y los descuentos que hacen las empresas.

Ezequiel les puso como ejemplo la cuota de un gimnasio.

— Imaginad que por acceder al gimnasio un día cualquiera nos cobraran cinco euros, pero nos ofrecen un bono de cien accesos por cuatrocientos cincuenta euros. Lógicamente, si consumimos los cien accesos nos sale a cuatro euros con cincuenta céntimos y nos ahorramos cincuenta céntimos por acceso, esto es, cincuenta euros en total. Pero estamos pagando por algo que no hemos consumido y tenemos, además, el riesgo de que el gimnasio cierre y perdamos lo adelantado o que vayamos veinte o treinta veces y después dejemos de ir. Hemos pagado por nada.

Después de comentar varios ejemplos de este tipo de actuaciones que habían aparecido en la prensa, para demostrar a los alumnos que todo lo que explicaban en clase tenía una relación directa con el mundo real, Ezequiel les emplazó para la próxima clase donde hablarían de la capitalización y el descuento poniéndoles como tarea que buscaran ofertas con descuentos y de productos financieros que incluyeran la capitalización de sus importes.

Al ir acercándose por el pasillo a su despacho, Ezequiel se fijó en un alumno que estaba sentado, mirando el móvil, en uno de los bancos que sujetaban la pared. La cara le resultaba familiar, seguro que lo había tenido en clase, pero no habría destacado ni por arriba ni por abajo, pero era incapaz de acordarse de su nombre.

— ¿Estás esperando por mí?

— Sí, le mandé un correo hace unos días para ver si podía orientarme y me dijo que viniera hoy.

El trato educado y la forma de dirigirse a él sin tutearle empezó a resultarle agradable al profesor. Era algo que ya no se estilaba.

—¡Ya me acuerdo! Se me había olvidado, no lo anoté en la agenda y, últimamente, si no está en la agenda, no existe y, además, con esta situación de la muerte de tu compañera se me ha ido el santo al cielo. ¿Conocías a Lucía García? Pero pasa y siéntate.

— Sí, sí que la conocía, claro —dijo el alumno dejando la mochila en el suelo—.

— Bueno, sois muchos alumnos y podíais no haber coincidido.

— Coincidimos en tercero en una asignatura.

— ¿En qué curso estás?

— Tengo asignaturas de segundo, tercero y cuarto.

— ¡Vaya! Sí que tienes capacidad para abarcar cursos y asignaturas, por lo menos, primero se lo dejas a los nuevos.

— Primero me fue bien, pero en segundo me estanqué con las matemáticas y la estadística y he ido matriculándome de lo que me parecía que podía ir aprobando.

— Bueno, es un criterio como cualquier otro para obtener el título. Pero, en algún momento tendrás que cursar las asignaturas que estás dejando atrás.

— Ya.

Ezequiel pensó que si conocía a Lucía quizás podría aprovechar a ver si este alumno, del que seguía sin recordar el nombre, le ampliaba la información sobre ella.

— Y me dices, ..., perdona no recuerdo tu nombre.

— Mario Valdés.

— Mario, si conocías a Lucía ¿podrías hablarme de ella?

— Solo coincidimos en la asignatura de Régimen fiscal de la empresa y me pareció una chica muy maja.

— Mario no quiero que me hagas un panegírico laudatorio de Lucía, quiero que me digas, si lo sabes, sus amistades, si trabajaba, cómo le iba con su novio, vamos, la verdad de cómo, desde tu punto de vista, estaba o era Lucía.

— Con su novio seguro que le iba bien, yo intenté tirarle los tejos y me rechazó elegantemente con la frase de "tengo novio". En cuanto a las amistades me resultó raro que no hiciera grupo de estudio con nadie. Los trabajos que mandaba la profesora siempre los hacía ella sola. Y la verdad, en fiscal le iba muy bien. Estaba muy interesada en la asignatura, hacía preguntas en clase que parecía que quería poner una asesoría o estaba trabajando en alguna.

— Bueno es una de las posibles salidas profesionales que tenéis. ¿No era ese el tema que querías tratar conmigo?

— Sí, sí. Estoy un poco perdido, no sé por dónde tirar ni de qué asignaturas optativas matricularme.

— No te obsesiones sobre en qué o dónde vas a trabajar. Tu objetivo, de momento, es obtener el título, así que debes centrarte en ir aprobando las asignaturas del plan de estudios.

— Pero, en función de en qué vaya a trabajar me condiciona las asignaturas optativas que debería de cursar, ¿no?

— Las asignaturas optativas que tienes que cursar son aquellas que, por la temática que tratan, más te gusten, donde te encuentres más a gusto ya que, la mayoría de ellas, son continuación de asignaturas obligatorias que ya has cursado. En principio, tienes los tres grandes sectores de las finanzas: si te gusta la inversión, la bolsa, etc., tienes asignaturas como Gestión de carteras o Mercados de derivados. Si te gusta el sector de los seguros…

— No, eso no me gusta, es muy aburrido. Estoy matriculado este año de la asignatura de Introducción a los seguros y no me gusta nada.

— ¿No te gusta la materia o no te gusta cómo la imparte el profesor?

— No me gusta la materia.

— Bueno, pues ya has descartado una tercera parte. ¿Qué tal se te dan las asignaturas de banca?

— Eso me atrae más y lo de la inversión, también.

— Pues ya lo tienes. Ya sabes que las asignaturas optativas de las que te tienes que matricular deben de ir enfocadas a las que tengan relación con la inversión financiera o con el sector bancario.

— Me gusta más lo de la banca, pero como cada vez hay menos bancos y menos oficinas me da miedo ir por ese camino y que luego no encuentre trabajo.

— Si realmente eso es lo que te gusta, vas a estudiar las asignaturas relacionadas con ese trabajo con mucho más interés por lo que alcanzarás buenas notas que luego puedes contárselo a quien te entreviste para algún trabajo. ¿Ya has hecho prácticas?

— No.

— Pues puedes elegir, como asignatura optativa, las prácticas e intentar hacerlas en una entidad bancaria y así compruebas si el trabajo en banca te va a gustar porque ya te digo yo que el trabajo diario en banca no es que sea muy divertido que digamos y más en estos tiempos tan difíciles económicamente para los menos pudientes.

— Ya. ¿Y qué le parece una asesoría financiera?

— Entonces ya te vas al sector inversor y tendrías que matricularte en las asignaturas que te dije antes y puedes complementar tu formación con unos buenos conocimientos fiscales. ¿Qué tal se te dio la asignatura de fiscal?

— La tengo suspensa, no me gustó mucho. Yo creo que la profesora me cogió manía.

— Esa es la excusa perfecta y manida para justificar el suspenso ante tus padres. Esa y que ha suspendido la inmensa mayoría de tus compañeros.

— Es verdad, me suspendió con un cuatro con siete.

— Y yo te hubiera suspendido con un cuatro con nueve. El aprobado es el cinco.

— Pero no es justo.

— Justo es lo que se acerca a la justicia o razón. Si se ponen unas reglas hay que cumplirlas y respetarlas y son para todos. El aprobado es cinco no una o dos o tres décimas menos.

— Ya, pero si al corregir se tira para abajo y se valoran los ejercicios mal por un pequeño error, eso ya no es justo.

— Si se ha calificado a todos los alumnos con el mismo criterio, sí es justo. Las calificaciones, en la mayoría de las asignaturas son subjetivas y dependen del criterio del profesor. Eso es cierto. Pero no es menos cierto que si no estás conforme o consideras que la profesora ha cometido alguna iniquidad puedes solicitar que te revise la nota un tribunal de tres profesores de la misma área de conocimiento.

— Los tribunales siempre dan la razón a los profesores, no se van a tirar piedras a ellos mismos.

— ¡Que equivocados estáis en eso! La resolución que haga el tribunal calificador tiene que ser objetiva y bien fundamentada ya que podría traerles consecuencias jurídicas, así que nadie va a tomar una decisión que no se ajusta a lo que establece la guía docente de la asignatura. Ir contra eso podrían llegar a condenar a los miembros del tribunal por prevaricación.

— La contabilidad tampoco me disgusta y en eso sí que soy bueno. Lucía me preguntaba muchas dudas de conta.

— Pues, si eres bueno en contabilidad puedes matricularte de la asignatura de Contabilidad financiera ampliada, de Análisis de estados contables o de Auditoría y consolidación. Además, ahí tienes mucho campo de trabajo. Cualquier empresa necesita un contable y las asesoría y gestorías no digamos.

— Es verdad, pues me lo pienso y quizás tire por la opción de conta. Muchas gracias.

— De nada. Ya me contarás qué tal te va.

Mario cerró la puerta del despacho de Ezequiel mientras dejaba intranquilo y absorto en sus pensamientos al profesor.

De la conversación con Mario le extrañaban dos cosas que le había dicho de Lucía. La primera, que Lucía se interesaba mucho sobre temas fiscales y recordaba que, de vez en cuando, a él también le preguntaba alguna duda fiscal. En su momento lo atribuyó a que estaba cursando la asignatura de fiscalidad y cuándo, después de aprobarla, incluso con buena nota, seguía preguntando lo asoció a algún problema fiscal de sus padres o de algún familiar o de algún amigo.

Lo que le encajaba menos era que se hubiera interesado por las dudas contables, sobre todo porque a él nunca le preguntó nada sobre ese tema, cuando sabía que él lo dominaba, ya que, aunque últimamente no había impartido clases de contabilidad en los cursos anteriores, sí que se había encargado de asignaturas de esa materia. ¿Por qué preguntaba a un compañero que apenas conocía y no a él? Sentía una especie de celos. Además, ella en el curso pasado no se había matriculado de ninguna asignatura que tuviera que ver con la contabilidad. ¿Qué razones podría tener Lucía para no preguntarle sobre ese tema? Inmediatamente encontró una posible respuesta: el Club Cupido. No trabajaba de prostituta en el Club, les llevaba la contabilidad, por eso no le había preguntado sobre temas contables, no quería que él se enterara de que la empresa era un club de alterne. Eso tenía sentido. Quería agarrarse a esa explicación para desechar la otra, la de trabajar de prostituta. De contable sí que la veía, de prostituta no. No podía creérselo. Quizás la pagaran en negro y por eso no quería que se supiera que estaba trabajando y menos en este tipo de empresas.

Tenía que contárselo a Aurora a ver si podía confirmarlo.

Llamó a Aurora a la comisaría, pero le dijeron que estaba ocupada, que no podía ponerse, así que la llamó al móvil y al segundo tono se lo cortó. La siguiente vez que la llamó salto "el teléfono al que llama está apagado o fuera de cobertura". Estuvo tentado a llamar a un taxi y presentarse en la comisaría, pero, primero, que le daba un poco de aprensión presentarse allí después de haber entrado la primera vez casi como detenido y, segundo, seguramente ella le llamaría en cuanto le pasaran el aviso de la llamada o viera en el móvil la llamada perdida. Permaneció en el despacho esperando la llamada. Ezequiel no soportaba la inacción, sobre todo, cuando estaba convencido de que la información de la que disponía era importante. Pero, pensándolo bien, ¿tenía alguna prueba de que fuera cierta?, ¿era una información correcta o estaba basada en la intuición o el deseo personal? Según él, Lucía trabajaba de contable en un club de alterne por una insinuación de un alumno sobre las preguntas que le planteaba ella de contabilidad y a la profesora de fiscal en clase. Aurora se iba a enfadar. Tenía que confirmar con el Club Cupido que Lucía era la contable y no una prostituta. Accedió a la página web del club para comprobar si aparecía la imagen de Lucía en el "catálogo" de servicios personales. Decepción. No había fotos de chicas ofreciéndose, solo música sensual y unos textos que animaban a relajarse y pasárselo bien en una agradable compañía. Así no avanzaba. Se le ocurrió llamar por teléfono al club, pero a esas horas estaba cerrado y solo daban información del horario de apertura. Seguía sin avanzar y seguía sin creerse que Lucía trabajaba de prostituta. No podía ser, aunque en su fuero interno pensaba que las pruebas desmentían su deseo. Había más opciones de que fuera prostituta que contable. Había más "plazas" de señorita de alterne que de contable en ese tipo de empresas. En cuanto abriera el club se acercaría a preguntar, aunque reconocía que esa no era una buena idea. Si le veía algún conocido o algún alumno entrar en ese tipo de antros le iban a sacar cantares, aunque si eso servía para confirmar que Lucía no trabajaba de prostituta, lo daba por bien empleado. Además, era una persona adulta, podía solicitar ese tipo de servicios. ¿Cuántos profesores no lo habrían utilizado ya?

Qué estaría haciendo Aurora que no le llamaba. De repente se acordó. Estaría durmiendo. Esta mañana le había dicho que estuvo toda la noche trabajando. Podía ir hasta su casa si supiera dónde vivía. Quizás si preguntaba la dirección en comisaría se la podían facilitar. No, reflexionó, no se la darían. Así y todo, llamó para preguntar dónde vivía la subinspectora Escribano y, como bien había pensado, no se la dijeron.

En ese momento recordó la situación que se produjo la última vez que vio a la subinspectora, la forma abrupta con la que se había despedido, la gran oportunidad que había perdido de estrechar la relación que ella parecía querer tener con él y que, tenía que reconocer ahora, él también quería iniciar con ella. Cada vez le gustaba más. Aunque la forma de ser no coincidiera con su estilo. Ella era más directa, más aguda y cortante que él. Quizás por su profesión. Pero le gustaba, pensaba que se podían complementar. Cómo era posible que no aceptara haber ido a su casa a darse ese homenaje. Estaba seguro de que ella realmente lo necesitaba, por alguna razón que se le escapaba. Desde luego el compromiso de tener que dar una clase le había obligado a dejar a Aurora con las ganas, sonrió levemente en su interior al pensar que, como decían ahora, le había hecho la cobra, sexualmente hablando. Él podría haber llamado a la Facultad y decir que no se encontraba bien y que avisaran a los alumnos de que no había clase. Además, seguro que muchos se habrían alegrado y se lo agradecerían. Incluso los que regentaban la cafetería del campus hubieran batido palmas. También podría haber avisado a Sofía o a Germán para que le sustituyeran en esa clase, aunque, en este caso, tendría que haber dado más explicaciones de por qué no asistía. ¿Había tenido miedo de empezar una relación más y de contenido sexual con Aurora? Hacía ya tiempo que no practicaba ese tipo de relaciones, desde que le dejó Nuria estaba en el dique seco. Sí que hacía tiempo ya. Se prometió a sí mismo que la próxima oportunidad de estar con Aurora no la desaprovecharía.

¿Habría próxima oportunidad? El que no cogiera el móvil cuando la llamó no era buena señal. ¡Qué estúpido había sido! Aurora pensaría que la evitaba, que no quería tener nada con ella. La verdad es que los encuentros que habían mantenido giraban únicamente en torno al asesinato de Lucía. No sabía nada personal de ella y, suponía, ella tampoco sabría nada íntimo de él. Se concienció para que la próxima vez que estuvieran juntos, si es que esto se producía, le preguntaría por algo de su vida privada. ¿Y qué podría preguntar? Lo que mejor queda en estos casos es preguntar por la familia, aunque, en realidad, le gustaría saber si tenía pareja o estaba con alguien, incluso podría ser que estuviera casada y que tuviera hijos, ¿hijos? ...

En la pantalla del ordenador le saltó una notificación de que tenía una comisión de baremación para una plaza de profesor. Se había olvidado completamente de esta cita en su agenda y ya era la segunda vez que le pasaba. Empezó a preocuparse, aunque reconocía que últimamente no miraba mucho las citas que tenía anotadas de tiempo atrás. En realidad, no las miraba nada. Menos mal que el horario de clases se lo sabía de memoria. Desde la muerte de Lucía estaba completamente absorto, su mente se dedicaba, casi en exclusiva, a pensar sobre quién era la persona que la había matado. Le costaba mucho concentrarse en las tareas de investigación, en realidad, solo había rematado un artículo que estaba prácticamente terminado en este periodo. Se olvidaba de las citas, no se preparaba adecuadamente las clases. En definitiva, un desastre.

Bajó a la sede del departamento donde tenía lugar la reunión para elegir al candidato a ocupar la nueva plaza de profesor. En la fría sala de reuniones de mobiliario espartano ya se encontraba el director del departamento, Paco Almendra, su compañera del área Noelia y la administrativa del departamento Esther García. Faltaban Pili y Mili, como las llamaba Ezequiel. El apodo correspondía con los nombres de Pilar López y María Rojo. Dos profesoras de contabilidad que daban clases juntas, que comían juntas, que publicaban artículos juntas, que tomaban café juntas, que llegaban y marchaban de la Facultad juntas y todo el mundo pensaba que vivían juntas, aunque, en realidad, cada una tenía su familia. Cuando empezaron a relacionarse y a hacerlo todo en común fue el comentario más recurrente en la rumorología de la Facultad, ahora, todos lo habían normalizado y a nadie extrañaba verlas juntas en todas partes. Es más, si alguna vez se veía a una sin la otra, resultaba extraño y parecía que faltaba la otra mitad.

Con la llegada de Pili y Mili se completó la comisión y a la vista de la presentación de la documentación de los candidatos a la plaza de profesor para encargarse de las tareas docentes de contabilidad empezaron a baremar. Se consideraban seis apartados: el expediente académico del candidato, la docencia que hubiera impartido con anterioridad con mayor ponderación si coincidía con el perfil de la plaza en concurso, los méritos de investigación que pudiera acreditar, su experiencia profesional fuera del ámbito universitario y otros méritos. A estos cinco apartados se le sumaban los puntos que pudiera obtener en una entrevista personal con la comisión de baremación para aclarar algún aspecto de su currículum o para comentar la metodología que pensaba aplicar a la docencia y sus líneas de investigación preferentes.

Ninguno de los candidatos presentados había cursado sus estudios en la Universidad a la que optaba entrar a trabajar como profesor y ninguno parecía haber trabajado en ningún artículo, seminario o convención con alguien de esa Universidad. De todas formas, sí que había un candidato que sobresalía por encima de los demás y que estaba superando en casi todos los apartados del baremo al resto. Ezequiel lo tenía claro. Se sorprendió cuando Mili dijo que ese candidato no le gustaba, todos se quedaron mirándola, incluso Pili. María empezó alegando que el expediente era muy bueno, con una nota media muy alta, porque había estudiado en una universidad privada y allí los sobresalientes y las matrículas se daban como churros, que sería adecuado incluir un factor de corrección, para casos como ese. Paco, el director, argumentó que, aunque María tuviera razón, no se podía aplicar ningún factor de corrección ya que la normativa para hacer el baremo en las plazas de profesores no lo permitía. El director siempre tan normativo y sin querer entrar en polémica con los órganos superiores de la Universidad. En ese momento intervino Ezequiel para decir que Mili no podía saber con seguridad si el candidato realmente era muy buen estudiante o no se merecía el expediente tan alto que aportaba, que María podía utilizar la entrevista personal para intentar saber si sus notas estaban en un percentil medio o estaban en la parte alta de la escala. Se sorprendió Ezequiel cuando Noelia manifestó que estaba, en todo, de acuerdo con él. Pensó que era una estrategia de su compañera para intentar ganar su voto en las próximas elecciones a Rector. Todos los candidatos quedaron baremados y se acordó citarles para la siguiente semana con el fin de realizar las entrevistas personales. A la salida de la reunión Noelia se acercó a Ezequiel.

— Me ha parecido muy buena tu intervención. No podemos ir contra la normativa ya que, si no, el candidato, podría plantear un recurso y seguro que lo ganaba.

— No estarás dándome la razón para ganarte mi futuro voto, ¿verdad?

— ¡Cómo eres! Claro que no. Además, tu voto ya lo tengo desde que Sofía me confirmó que se unía a nuestro equipo —le dijo Noelia alejándose de él y guiñándole un ojo—.

Ezequiel se quedó pensativo y tuvo que reconocer que, en esas circunstancias, tenía razón. Estando Sofía con un equipo a él no le quedaba otro remedio que apoyarla, aunque pensar en Noelia como vicerrectora y con poder universitario le gustaba menos que poco, nada. Tendría que comerse ese sapo.

Mientras subía a su despacho, Ezequiel se fijó en los grupos de alumnos que había en el *hall* de la Facultad y los que estaban por las escaleras. Se dio cuenta de que ahora había mucho más silencio que cuando él era estudiante o cuando empezó a dar clase y la explicación la encontró en el uso del móvil por los alumnos. Ya no hablaban, se escribían, aunque estuvieran hombro con hombro y constató que los grupos de estudiantes eran mucho más pequeños. Cuando él estudiaba el grupo de compañeros era de diez o doce personas que estudiaban y socializaban juntas, ahora no pasaban de cuatro. Únicamente en el último curso, cuando empezó a tontear con una chica había dejado de estar tanto tiempo con sus compañeros. ¿Qué habría sido de ella? Estudiaba enfermería y no era mala estudiante así que, seguro, habría terminado la carrera y ahora estaría en algún centro médico ejerciendo. Iba pensando en que, en determinadas circunstancias de la vida, se toman decisiones que condicionan el futuro, ¿dónde habría estado él si hubiera seguido con la estudiante de enfermería?, al abrir la puerta del despacho se dio cuenta de que estaba sonando su teléfono. Cuando iba a cogerlo, dejó de sonar.

Será Aurora, pensó. Dio a la tecla de rellamada y, efectivamente, era Aurora la última persona que le había llamado.

— ¿Qué querías con tanta insistencia?

El tono de la subinspectora de policía era brusco y de enfado. Ezequiel estaba seguro de que no le había sentado nada bien que la hubiera dejado con las ganas cuando estuvo con ella a primera hora de la mañana ni que la hubiera despertado.

— Buenos días, Aurora. Siento mucho lo de esta mañana.

— ¿Qué es lo de esta mañana? —le cortó Aurora sin dejarle terminar la frase—.

— Que tu querías que nos diéramos un homenaje, pero yo tenía clase y no pude satisfacerte.

— No te preocupes por eso. Ya encontré a otro que te supliera.

Eso fue un golpe bajo en el orgullo de Ezequiel. No se lo esperaba y le dejó sin habla. No sabía si lo decía en serio o solo para hacerle sentir mal.

— Dime, para qué querías hablar conmigo.

Ezequiel se rehízo.

— Esta mañana, después de hablar con un compañero de Lucía, pensé que, quizás, ella no trabajaba en el Club Cupido de prostituta, sino de contable. Ese compañero me dijo que en clase de fiscal Lucía hacía muchas preguntas y a él le pedía que le explicara casos concretos de contabilidad.

— Y con eso piensas que Lucía era contable.

— Sí.

— Pues estamos buenos. ¿Alguna prueba a mayores de lo que me has contado?

— No, pero es que me niego a creer que ella trabajara de lo que suponen sus examigas que trabajaba.

— De momento no hemos tocado esa línea de investigación. Seguimos con Irene y Borja.

— Podemos quedar esta tarde y comentarlo todo, salvo que tú no puedas —propuso Ezequiel muy mansamente—.

Después de un breve silencio.

— Tendrá que ser a partir de las seis.

— Vale, quedamos donde tú quieras.

— ¿Te parece bien que quedemos en tu casa y así, como desagravio de lo de esta mañana, me invitas a un café con pastas?

— De acuerdo —se alegró Ezequiel—.

El profesor se iba a despedir, pero la subinspectora ya había colgado.

Capítulo 8. Hipoteca

No sabía cuál era la razón, pero estaba contento. En su interior asumía que Aurora quería algo más que una simple relación de amistad o que solo pretendía resolver el asesinato de Lucía para ascender en el escalafón. Era posible que hubiera ligado. No tenía sentido, según él, que fuera a su casa un día por la tarde simplemente a tomar café y pastas cuando por la mañana casi le había incitado, de forma expresa, a tener sexo si no pretendiera una relación íntima. Le agradaba la idea de mantener esa tarde un encuentro más que romántico. Ya se imaginaba que primero tomarían café mientras comentaban algún aspecto de la investigación y, después, de forma tranquila, relajada, pausada, sin prisas empezarían a, como decían en el cine, enrollarse para terminar en la cama. Desechó esta última parte de la relación, aunque, muy en el fondo, lo deseaba.

El sentido práctico de Ezequiel se impuso y decidió que debería ir a comprar un buen café y una bandeja de deliciosas pastas ya que en su casa sólo había té, un café molido instantáneo y alguna infusión digestiva. De dulce, prácticamente no tenía nada. El problema era que no sabía dónde adquirir esos productos y, además, que fueran de calidad. Se acercó al despacho de Sofía.

— Buenas tardes, Sofía.

— ¡Hombre, qué honor que te dignes a visitar a tus humildes lacayos en sus dependencias —bromeó la profesora—.

— ¡Déjate de chuflas, anda! Necesito que me recomiendes un establecimiento que venda buen café y otro que venda pastas caseras pero buenas.

— ¿Me vas a invitar a café y bollos?

— No te conviene que te suba la tensión ni el azúcar en sangre.

— Dime a quién vas a invitar si no es a tu humilde servidora. ¿No será a Noelia?

— No, no es a Noelia.

— ¡No me dejes con la duda! Dime quién es y te doy la información que me pides.

— ¡Mira que eres cotilla! Parece mentira. Es para una tía segunda mía que viene del pueblo y quiero caerle en gracia para ver si me incluye en la herencia.

— ¡Vale! No me lo quieres decir, pero ten en cuenta que lo averiguaré y será peor para ti.

— Venga, canta.

— Mira, el mejor café lo puedes comprar en "La cafetera colombiana". Allí te lo pueden vender en grano o molido, incluso, si quieres un tueste especial, también, aunque, me parece que, en ese caso, el precio se dispara.

— Y ¿qué tipo de café tengo que comprar?

— Eso ya depende del gusto que tenga tu tía la del pueblo. Pero, si me invitaras a mí, te pediría un arábico orgánico, pero a saber los gustos de las señoras mayores a punto de dejar la herencia a los sobrinos cincuentones.

— Vale, arábico ecológico entonces. Y para las pastas caseras, ¿qué me recomiendas?

— Eso es más fácil. Yo compraría pastas de té y magdalenas un poco especiales. Todo esto lo puedes encontrar en "Dulces Peña", aquí cerca del campus.

— Perfecto. Entonces "La cafetera colombiana" para el café y "Dulces Peña" para las pastas. Gracias, me voy.

— No habrás quedado con tu ex, ¿verdad?

Sofía estaba intentando sonsacar a Ezequiel sus planes de esa tarde y repasaba todas las posibles conocidas que podrían haber quedado con él.

— Que no, pesada. He quedado con la presidenta de mi comunidad que quiere pedirme en matrimonio.

— Vale, ya lo dejo. Deja tú de decir bobadas. Otra cosa. ¿Cuándo quedamos con Germán para plantear el próximo tema de investigación?

— Ahora no estoy en condiciones. Tengo la cabeza en otra cosa.

— ¿Quieres que lo vayamos hablando él y yo y luego te contemos?

— Me parece perfecto, adecuado, conveniente y oportuno.

Sin más comentarios salió del despacho de Sofía para consultar en internet la dirección de las dos tiendas que le había recomendado.

El escaparate de "Dulces Peña" era atractivo. Un letrero con una tipología vintage de *art déco*, mostraba un surtido de diferentes productos encima de estanterías de espejo que los hacían más limpios y apetecibles. Las campanillas de la entrada delataban la presencia de un nuevo cliente y, nada más entrar, Ezequiel empezó a salivar y eso que no era muy goloso. El ambiente era cálido, debido a que, intuyó el profesor, tendrían obrador propio.

En las estanterías de detrás de la dependienta que atendía a una señora mayor, que se denotaba habitual, se exhibían toda clase de panes de centeno, de maíz, de candeal, … con diferentes formas y tamaños: hogazas, trenzas, colines, rústicas, …todas ellas invitaban a darles un mordisco. La estantería del mostrador contenía bizcochos, pastas, galletas, pasteles y bollería de diversos colores, texturas y grados de azúcar que provocaban el apetito. Después de pensárselo mientras la dependienta entrada en carnes cobraba a la clienta, decidió comprar un bizcocho de chocolate y naranja, unas pastas de té que llevaban mantequilla y que según la vendedora eran de una textura muy fina y delicada. Le convenció al ofrecerle como prueba una de ellas sin coste. Para completar el pedido compró unas magdalenas de limón cuyas excelencias también glosó la parlanchina dependienta.

Si la tienda de pastas le había ganado por el gusto, la tienda de café le extasió por el olfato. El aroma que desprendía la tienda nada más entrar le transportó a la niñez, cuando su madre, muy de tarde en tarde, compraba café en grano y lo molía en casa en aquel aparato con manivela donde se echaba el café por arriba y se sacaba, ya molido en un cajoncito que tenía debajo. En esos escasos días su padre y su madre degustaban un café al que no tenían acceso sus hijos aún pequeños.

De la variedad de cafés que le empezó a glosar el dependiente Ezequiel no estaba entendiendo nada, así, que se dejó aconsejar sobre la marca que tenía que llevar. El dependiente que, como la vendedora de pastas era un buen vendedor, le aconsejó preparar el café en una cafetera de émbolo que Ezequiel no tenía, y tantos eran los beneficios de preparar un café en esa cafetera, que decidió comprarla también, previa explicación exhaustiva de cómo tenía que infusionar el café, que el profesor agradeció.

Pocos minutos después de las seis sonó chirriante el timbre de la puerta. Ezequiel estaba esperando de pie, en la cocina, con una bandeja donde había colocado, y cambiado de sitio hasta tres veces, todo lo que había comprado en "Dulces Peña" y tenía preparada el agua en el microondas para verterla sobre el café que había dispuesto en la cafetera nueva. Estaba nervioso, como un adolescente en su primera cita. Se miró en el espejo de la entrada y se atusó un poco la americana que había elegido para recibir a Aurora y se colocó uno de los mechones revoltosos del poco pelo que le quedaba.

— Caray, ¿vas a algún sitio? —le dijo Aurora según le vio tan arreglado—.

Ella iba con su "traje" habitual: camiseta ajustada, en tonos oscuros esta vez, pantalón vaquero y cazadora de cuero. El pelo recogido en una coleta, sin maquillar, lo que decepcionó un poco a Ezequiel.

— Buenas tardes, bienvenida a mi humilde casa. Y no, no iba a ir a ninguna parte, ya he comprobado que hoy no tengo clase por la tarde. Así que no haré ninguna espantada.

— Y ¿me estabas esperando tan arreglado?

Ezequiel se separó de la puerta para dejar pasar a la invitada que empezó a mirar hacia todos los lados como si estuviera haciendo una inspección ocular del lugar del crimen.

Cerrando la puerta, el anfitrión, empezó a describir cada una de las estancias abriendo las puertas y mostrando el interior. Dejó para el final el salón-despacho que había recogido y ordenado un poco antes de que llegara Aurora.

— ¿Te preparo un café?

— A eso he venido ¿no?

— ¿Cómo lo tomas?

— Descafeinado con leche, si es posible, fría.

La sorpresa y la incredulidad de Ezequiel se reflejó en su rostro y la parálisis de sus movimientos alertaron a la subinspectora de que le había extrañado su petición.

— ¿Pasa algo?

— No, nada, que esta tarde te había comprado un café arábico orgánico para que tomaras un buen café y ahora no sé muy bien si tengo descafeinado.

— Ya lo siento, pero me vale con un sobrecito. No soy muy exquisita con el café.

— Entonces solo quieres un sobrecito de café descafeinado, si es que tengo, agua caliente y leche fría.

— Efectivamente, camarero.

Decepcionado y asumiendo la estupidez de no haber previsto el descafeinado, Ezequiel empezó a buscar a ver si le quedaba algún sobre entre las bolsitas del té. Al darse la vuelta con un sobre en la mano se encontró de frente con Aurora que había entrado en la cocina.

— ¡Anda, si tienes una cafetera de émbolo!

— Sí, la compré esta tarde para hacerte un delicioso café que no vas a tomar.

— Bueno, pero la puedes utilizar para hacer el té que tú te tomes.

— Para eso ya tengo un calienta-aguas —dijo señalando un electrodoméstico en la esquina de la encimera—.

— Y ahora me dirás que te has pasado la tarde haciendo bizcocho y magdalenas.

— No, pero he ido a una tienda estupenda que lo hace todo muy bueno para que tú te sintieras bien y te gustara y pasáramos una tarde agradable.

— No te preocupes, me siento bien, me gustará y pasaremos una tarde agradable.

Mientras se preparaba el té rojo para él y el descafeinado para ella, colocó en la mesa baja del salón la bandeja con los dulces, el azúcar, las cucharillas y unas servilletas de papel. Aurora estaba revisando los libros de la estantería con mucha atención.

— Sabes que tienes una espía, ¿verdad?

— ¿Cómo? No tengo novelas de espías.

— No, digo que tienes en frente a una persona que vigila tus movimientos.

— ¡Ah, sí! Es la vecina discapacitada que vive subida en una silla de ruedas y que se pasa la vida mirando por la ventana. No hay un momento del día o de la noche que no la vea ahí asomada. Aunque, si te digo la verdad, me he acostumbrado tanto a que ella esté siempre mirando que, si algún día, no se asomara, me faltaría algo, la echaría de menos.

Después de hablar del tiempo y de algún otro comentario intranscendente, Ezequiel preguntó sobre el avance de la investigación del asesinato de Lucía.

— Pues, te puedo confirmar que tanto Irene como Borja tienen coartada para la hora del asesinato.

— ¿Los dos?

— Sí, resulta que estaban juntos jugando a los médicos esa noche. Parece ser que la relación entre Borja y Lucía no pasaba por su mejor momento. Según Borja ha declarado, después de presionarle un poco, tampoco mucho, Lucía se hacía la estrecha, palabras textuales. No quería tener relaciones sexuales con él. Así que el pajarito del pollo fue a buscar otro comedero donde picotear y lo encontró en Irene que le tenía ganas y no tenía escrúpulos en retozar con el novio de una amiga.

— Examiga —puntualizó Ezequiel—.

— Bueno, pues examiga. La noche del asesinato Borja y ella estaban en el piso de él, juntos.

— ¿Y no estaban sus padres?

— Resulta que Borja está emancipado y tiene su propio apartamento en el centro de la ciudad.

— Y ¿cómo se puede permitir un apartamento en el centro?

— Supongo que lo pagarán sus padres.

— El sueldo de un empleado de banca no creo que dé para esos dispendios.

— Vendrá de familia rica. No hemos investigado las finanzas de los padres de Borja y ahora ya no nos interesa.

— Y ¿por qué no lo dijeron desde el principio?, ¿cómo es que los habéis descartado como sospechosos?

— Dijeron que tenían miedo de que se les relacionara con la muerte de Lucía si decían que estaban juntos, sobre todo Borja, así que le pidió a Irene que no dijera nada y él, al principio, declaró que estaba solo en el piso y ahora, al cambiar su declaración, dijo que es que no quería involucrarla ni perjudicarla ni que pensaran sus compañeros que era una persona ligera de cascos. En cuanto a la confirmación de la coartada la hemos hecho con la geolocalización de sus móviles y la declaración del portero del edificio que vio llegar a Irene a la hora del asesinato y una cámara la gravó saliendo a las tres de la mañana.

— ¿Y Borjita?

— Lo mismo, pero él llegó, según el portero, a las ocho y la misma cámara lo inmortalizó a las nueve menos cuarto del día siguiente.

— Pero, durante la noche pudieron salir por un garaje, por ejemplo, ir hasta el piso de Lucía, matarla y regresar por el mismo sitio.

— No señor. La policía hace bien su trabajo. El edificio no tiene garaje ni puerta de servicio. Si no es por el tejado saltando a otro edificio para acceder a la calle no hay manera de que la cámara de la tienda de ropa de enfrente no te pille. El ir por los tejados supondría premeditación del asesinato y eso, por el *modus operandi*, lo hemos descartado.

— Así que estamos como al principio, sin sospechosos.

— ¿Estamos? Querrás decir que estoy. Y no es así ya que hemos descartado a bastantes personas. Entre otras a ti.

Ezequiel resopló desanimado. La acusación al Borjita le encajaba muy bien ya que no le gustaba ni su chulería, ni su ostentación de nuevo rico ni su superioridad, ni su machismo.

Aurora cogió un trozo de bizcocho de chocolate y naranja.

— Oye, esto está cojonudo. Lo de las pastas de té me parece un poco cursi y las magdalenas de limón una mariconada directamente. Pero a quién se lo ocurre hacer magdalenas de limón con lo buenas que están las tradicionales, las de toda la vida.

El comentario gastronómico le pilló abstraído a Ezequiel que no supo qué contestar.

— Dime qué es eso para lo que me llamaste de que Lucía no ejercía de puta en el Cupido, sino de contable.

— ¡Ah, sí! —volvió de sus pensamientos Ezequiel—. Esta mañana tuve una reunión con un alumno que compartió la asignatura de fiscal con Lucía el curso pasado y me comentó que ella estaba muy interesada en temas de contabilidad y que hacía preguntas muy concretas a la profesora de la asignatura, como si tuviera una asesoría. Eso me llevó a pensar que quizás no iba al club a ejercer la prostitución si no a llevarles la contabilidad.

— Con esa única información es agarrarse a un clavo ardiendo. No quieres creer lo evidente.

— Puede ser. Desde luego, pruebas de esa actividad no tengo, aunque tampoco las hay de la otra. Lo que sí parece claro es que obtendría ingresos de alguna manera.

— Otra posibilidad es que, si trabajaba, como parece seguro, de lo que trabajara en el Club Cupido podría estar chantajeando a alguien y este, en un arrebato la matara.

— Y ¿por qué iba Lucía a quedar con su chantajeado en su piso?

— Puede ser que no hubiera quedado, que él o ella, la hubieran seguido o que como no nos la imaginamos como experta en chantajes cometiera la irresponsabilidad de citarse en su piso.

— No me encaja —sentenció Ezequiel—.

— Ahora que no tenemos sospechosos, puedo ir al Club Cupido a indagar qué hacía Lucía para ellos a ver si de ahí cogemos un hilo que nos lleve a alguna parte.

— Lo que está claro es que al relacionarse con ese tipo de actividades Lucía estaba más expuesta a situaciones delictivas que podían dar como resultado lo que pasó.

— No te creas. Es cierto que en los clubes de alterne hay peleas, drogas, trata de personas, violencia, etc., pero tampoco hay más asesinatos que entre la gente elegante. De todas formas, vamos a esperar a ver qué saco de la gente del club.

Los dos se quedaron en silencio mirándose y cuando Ezequiel pensaba que había llegado el momento íntimo que daría paso a lo que tenía que dar paso …

— ¡Uy! Si son las ocho y media. Tengo que entrar a trabajar a las nueve.

— ¿Pero no tenéis horario flexible?

— Eso es en las películas. Yo tengo que cumplir mis ocho horas reglamentarias todos los días excepto los festivos y no todos, que alguno me toca de guardia.

Sin dar tiempo a que Ezequiel reaccionara, Aurora cogió el bolso, se lo puso en bandolera y diciéndole que todo había estado muy bueno se dirigió a la salida. Ezequiel la siguió hasta la puerta y solo pudo despedirse con un adiós solitario mientras ella ya bajaba las escaleras.

Al cerrar la puerta el profesor se sintió solo, sorprendido por la prisa de la subinspectora y decepcionado por la oportunidad perdida de intimar más con ella. Recogió las tazas y la bandeja de dulces.

Hacía una semana que no dormía tan bien. Seguramente debido al cansancio y a la falta de preocupaciones directas. Seguía teniendo el anhelo de conocer quién había matado a Lucía y, aunque ese deseo le sirviera de acicate, sentía que ese afán no le afectaba ya psicológicamente.

Después de desayunar y de saludar, sin respuesta, a la vecina en silla de ruedas, analizó el cielo para decidir el atuendo. Las nubes altas no presagiaban lluvia, pero sí frío. Así que decidió abrigarse. Hasta marzo o abril ya no se podía dejar de usar muchos de los días un buen abrigo, pelliza o chubasquero. Pensando en ir reduciendo la llantita y que eso le agradaría a Aurora, inició la caminata hacia la Facultad. Por el camino, se entretuvo comparando los anuncios que las oficinas bancarias hacían de sus productos. La oficina que estaba más cerca de su casa prometía, para jóvenes que quisieran iniciar una nueva vida en su nueva casa sin preocupaciones, una hipoteca a un tipo de interés fijo. No era una mala oferta ahora que estaban subiendo los tipos de interés. La entidad remarcaba, en tipografía muy grande, el tipo de interés que pretendía aplicar a los dos tortolitos que aparecían en el cartel con una sonrisa radiante y delante de una ventana que daba a un campo verde y luminoso. Ezequiel imaginó que la campaña la habían ideado desde el sur de algún pueblo porque ese campo, esa luz, ese sol y esa alegría de los jóvenes no se daba en su triste ciudad. Se acercó para leer la letra pequeña y se fijó en que el término juventud se alargaba hasta los treinta y nueve años, edad hasta la que se podía solicitar el préstamo, que los gastos y las comisiones iniciales hacían subir la TAE de la operación casi medio punto más y que el tipo de interés que figuraba con un enorme número se aplicaría si se cumplían una serie de condiciones que establecía la entidad referidas a contratar varios seguros, abrir un plan de pensiones, pagar con su tarjeta de crédito todos los meses una más que respetable cantidad y, por supuesto, domiciliar las nóminas y todos los recibos de consumos (agua, luz, telefonía, …) en la propia entidad. En el caso de que no se cumpliesen esas condiciones, el tipo de interés fijo que había atraído inicialmente al profesor, se incrementaba en dos puntos más, dejando de ser un tipo tan bonito y pasando a ser uno del montón. La oferta estaba forzando con sus condiciones a que los jóvenes se vincularan durante, al menos veinticinco años con ellos.

Reflexionaba cómo jugaba el márquetin bancario con las necesidades de las personas. Qué importante era leer todas las condiciones de las ofertas, incluso si estaban en letra pequeña. Tomó nota de todos los datos para ponerlos como ejemplo a sus alumnos.

Caminando por la avenida que llevaba al campus se encogió de frío al recibir en la cara el aire gélido que venía del norte procedente de las cercanas montañas y que hacía bailar a las pocas hojas que se mantenían en las ramas de los arces que custodiaban el camino y que tras varios movimientos casi circulares se precipitaban planeando al suelo. Notó una agradable sensación de calor al entrar en la Facultad, compensada con el frío saludo del conserje. No se había terminado de quitar los ropajes de abrigo cuando hicieron su aparición Sofía y Germán a la par.

— Buenos días, Ezequiel —corearon a la vez los dos compañeros—.

— A las buenas.

— Ves, ya hemos aprendido a saludar, ¿no te quejarás?

— Que un profesor universitario tenga buenos modales es algo que debería ser un requisito mínimo ¿no creéis?

Germán hizo mutis dejando a Sofía y Ezequiel que combatieran dialécticamente.

— ¿Qué tal ayer con tu tía la del pueblo? ¿Le gustó el café y las pastas tanto que se quedó a dormir? —dijo guiñando un ojo en dirección a Germán—.

— ¡Pero qué cotilla eres! Que sepas que a la gente mayor no le gusta el café, son más de descafeinado, que por los pelos tenía algo en casa y, si además de mayores son de pueblo, no les gusta las pastas de diseño, prefieren las magdalenas de toda la vida. Así que fue un desastre, no se quedó a dormir y a lo peor no me incluye en la herencia.

— ¿Pero de verdad que era para tu tía?

— Anda, vete a trabajar y deja que también lo haga yo.

— Te recuerdo que los alumnos del seminario querían que les habláramos de criptomonedas. ¿Has preparado algo?

— Se me había olvidado, pero como es por la tarde, ya me encargo yo de hacer una presentación y hablarles del tema.

— Perfecto, lo dejo en tus manos.

Otra cosa que se le había olvidado. No podía seguir así. Tomó la determinación de ir apuntando todo lo que tenía que hacer o preparar en un cuaderno. Si era constante y ordenado no le volvería a pasar. Abrió el ordenador y empezó por buscar las últimas cotizaciones de las criptomonedas.

Al mediodía fue Sofía quien se acercó al despacho de Ezequiel para invitarle a comer en desagravio por haberse reído de su tía.

— Te invito a comer si me perdonas lo de tu tía. La verdad es que no quería molestarte y pensaba que me estabas tomando el pelo.

— Te perdono, pero pagamos a medias. No hay tía del pueblo ni herencia que recibir.

— ¡Serás desgraciado! Me has tenido toda la mañana con remordimientos de conciencia por lo que te había dicho.

— Eso te pasa por curiosa, cotilla y chismosa.

— Entonces, ¿con quién quedaste ayer por la tarde para hacer ese dispendio en café y bollería?

— ¡Otra vez!

— Es verdad, perdona, no lo puedo evitar.

Los dos pidieron el menú del día y Ezequiel acepto que Sofía le pagara el té de la sobremesa.

— ¿Sabes algo más del asesinato de la alumna? —preguntó Sofía—.

— Parece ser que la policía, de momento, no ha detenido a nadie. Supongo que seguirán con la investigación.

— Y tú, ¿qué tal estás?

— Ya he pasado por las cinco fases del duelo casi sin darme cuenta

— ¿Cómo?, ¿qué fases?

— Hay una psiquiatra que, a finales de los sesenta describió cinco fases en el proceso del duelo: negación, ira, negociación, depresión y aceptación, por ese orden. Yo ya lo he aceptado, aunque me gustaría saber quién o quiénes lo hicieron.

— Al final se sabrá por la prensa.

— Espero que sí y que no sea este caso uno más de los integrantes del uno por ciento de los homicidios que queda sin resolver o aclarar.

— Ya verás como lo resuelven. La policía es eficaz.

— Ya veremos —dijo Ezequiel negando con la cabeza—.

Regresaron al despacho de la Facultad y el profesor bajó al seminario que tenía de educación financiera.

Capítulo 9. Dinero

Lo primero que preguntó a los alumnos fue cuántos de ellos habían invertido en criptomonedas del tipo *bitcoin*. Solo dos contestaron afirmativamente; uno todavía mantenía la inversión y el otro ya se había desprendido de ella con una pequeña pérdida. La siguiente pregunta fue cuántos estarían dispuestos a invertir en criptomonedas, si les sobrara algo de dinero, que les tocara, por ejemplo, un premio de diez mil euros. En esta ocasión las manos levantadas se multiplicaron y casi la mitad de los alumnos mostraron su predisposición, en caso de disponer de dinero sobrante, para comprar criptomonedas.

— Y de los que tenéis la mano levantada, ¿cuántos compraríais acciones en la Bolsa?

Solo la mitad de los que tenían la mano levantada la mantuvieron.

— Y ¿cuántos, de los que tenéis la mano levantada ahora lo utilizaríais todo en comprar décimos de lotería como inversión para obtener un importe superior en el futuro?

Ningún alumno mantuvo la mano alzada.

— Bien. Invertir en criptomonedas es como invertir en una lotería gestionada por tramposos y rodeados de truhanes.

Este comentario del profesor provocó la indignación de alguno de los presentes.

— Las criptomonedas no son dinero. Y no lo digo yo, lo dicen las autoridades supervisoras del sistema financiero. Las criptomonedas como el *bitcoin,* el *ether,* el *litecoin* o el *ripple,* entre otras, son monedas digitales o virtuales, como queráis llamarlas, al no tener soporte físico. Sirven de medio de pago en contadísimos establecimientos. No están respaldadas por ningún banco central y están soportadas por una tecnología denominada *blockchain.*

— Pero si me dejan pagar con esa moneda, sí que se considera dinero — dijo una de las alumnas de la penúltima fila — .

— No. Si yo te compro una camiseta y te pago con una arandela con la que tú puedes luego sacar un refresco solo en las máquinas expendedoras de esta Facultad, ¿dirías que la arandela es dinero?

— No.

— Pero, según tu argumento, sirve para pagar.

— Ya, tienes razón —admitió la alumna—.

Otra vez el tuteo en clase. Ezequiel suspiró.

— Para que una moneda sea considerada dinero tiene que cumplir tres requisitos fundamentales. A saber: primero tiene que ser aceptada como medio de pago de forma generalizada y, si además se pueden pagar impuestos con ella, mejor. Esto quiere decir que no se admita únicamente en las máquinas expendedoras de esta Facultad. Las criptomonedas, bueno, en realidad, casi únicamente el *bitcoin* ya que es la más conocida y la más utilizada, es admitida solo en determinados establecimientos, aunque, es verdad que cada vez se admite en más, incluso hay algún país que la tiene como moneda oficial y, en cambio, en otros países, está prohibida su circulación. Podríamos decir, con muchas reservas, que este requisito lo cumple el *bitcoin.* Un segundo requisito que tiene que cumplir una moneda para que sea considerada dinero, es que tenga la función de unidad de cuenta, esto es, que yo pueda comparar precios de bienes y servicios con ella, así como que me permita fijar un precio en esa moneda para un producto. Y aquí nos encontramos con un grave problema, alguno de vosotros podría decirme si por un coche me piden un *bitcoin* si es caro o barato, ¿cuántos *bitcoins* tengo que cobrar si quiero vender un bizcocho que he hecho esta tarde?

"Vuestro silencio lo dice todo.

"Y, por último, el dinero tiene que servir de depósito de valor, esto es, que conserve su valor en el tiempo. ¿Alguien me puede asegurar que dentro de cinco años yo podré seguir pagando en *bitcoin* productos y servicios? Eso, dejando a un lado la volatilidad que tiene. Fijaos que, si revisáis las cotizaciones históricas del *bitcoin* en 2010 prácticamente no valía nada, cien dólares, en 2020 con su despegue estaba por encima de los diez mil dólares, en 2021, después de fuertes subidas y caídas estrepitosas, se cotizó a más de sesenta y siete mil dólares, pero es que en 2022 no pasaba de veintidós mil dólares. ¿Qué quiero decir con todo esto?, que esta moneda tiene una gran volatilidad que no mantiene, de forma constante y coherente, su valor. Imaginad que alguien hubiera vendido su casa en 2021 por tres *bitcoins*. Si los hubiera mantenido un año después, en 2022, de doscientos mil euros al cambio, tendría sesenta mil, habría perdido más de dos tercios de su valor.

"Además, desde mi punto de vista, hay otro problema añadido. Cuando se termine de minar los *bitcoins*, luego explicaré lo que es minar, habrá algo más de veinte millones de unidades y esto es un problema porque alguien que acumule, pongamos entre el tres y el cinco por ciento de los *bitcoins*, podría distorsionar la cotización de la moneda a su gusto, por muy descentralizada que esté y dejando sin efecto la ley de la oferta y la demanda en la que se basa, hasta el momento, su precio.

"¿Qué es minar *bitcoin*? Es generar una nueva unidad de la moneda y esto se hace resolviendo un problema matemático cada vez que se genera un bloque de *blockchain*. Los mineros tienen incentivos para mantener y agilizar las transacciones de *bitcoin*. Aun así, son excesivamente lentas en comparación con el dinero tradicional. La resolución de ese problema matemático consume ingentes cantidades de energía que muy poca gente puede permitirse cuando hay tanta escasez, además, de ser bastante perjudicial para el medio ambiente. El problema vuelve a surgir cuanto se termine de minar *bitcoin*, es decir, cuando se hayan generado todas las unidades de la moneda, cuando estén los veinte millones en el mercado, ¿qué incentivo van a tener los actuales mineros para generar nuevos bloques y mantenerlos? La única solución será percibir comisiones, por lo que las transacciones serán muy caras y los participantes dejarán de usar esta moneda".

El alumno que todavía tenía *bitcoins* levantó la mano.

— Entonces, ¿usted me recomienda que venda los *bitcoins*?

— ¿Qué intención tenías cuando los compraste?

— Como que ¿qué intención? Hacerme rico.

— Muy loable por tu parte —ironizó Ezequiel—. Lo que quiero decir es si querías hacer una inversión especulativa o querías la moneda para comprar productos y servicios.

— No, no, especulativa. Ganar dinero.

— En ese caso, yo te diría, como en toda inversión, que te marcaras qué porcentaje de la inversión estarías dispuesto a perder y cuál sería el porcentaje de ganancia a partir del que estarías dispuesto a deshacerte de la inversión. Si has alcanzado cualquiera de los dos límites, vende, en caso contrario, puedes seguir esperando. Pero, si esperas, ten en cuenta la volatilidad que tiene, que puede caer, caer y seguir cayendo y perder toda tu inversión o subir y hacerte millonario que es lo que tú quieres, pero, en realidad, detrás de esa inversión no hay nada, pura especulación. Si hubieras comprado acciones en la Bolsa siempre hay una empresa que fabrica, vende, presta servicios, tiene activos, en resumen, tienes una parte de algo físico. Si inviertes en oro tienes un producto con el que, si la inversión o su valor cae, puedes hacerte una joya o si inviertes en obras de arte, puedes contemplar lo que has adquirido. Con los *bitcoins*, si te quedas con ellos y no los puedes vender porque nadie los quiere, solo tendrás una anotación, un registro informático."

Se hizo el silencio en la clase. El profesor después de una breve pausa siguió con la explicación.

— Sin embargo, yo creo que el *bitcoin* sí ha traído una buena tecnología: el *blockchain*. Todas las transacciones de *bitcoin* se anotan en una especie de libro contable donde las anotaciones se hacen por bloques que no se pueden borrar, modificar o destruir salvo que se hagan los cambios en la mayoría de la red de usuarios descentralizados. Además, esta tecnología se puede usar para múltiples tareas. Por ejemplo, para la trazabilidad de los alimentos, para los títulos universitarios, para el intercambio de energía renovable y muchos usos más.

"Este sistema descentralizado impide copias, falsificaciones y fraudes ya que si se quieren modificar los bloques habría que *hackear* los ordenadores de la mayoría de los usuarios que forman la red y eso sería muy caro y muy laborioso.

"En cambio, lo que podría resultar una fortaleza de las criptomonedas: la privacidad, puede resultar una amenaza. Me explico, vosotros dos que habéis invertido en *bitcoins* lo sabéis bien. Al hacer la compra de las criptomonedas disponéis de una clave pública que se asemeja al número de una cuenta corriente de un banco y una clave privada que hace la misma función que el código pin de acceso a la operativa de vuestra entidad. Pues bien, si se os olvida o perdéis la clave privada, perdéis las criptomonedas, no podréis acceder a ellas, mientras que con el dinero oficial solo tenéis que pedir unas nuevas claves al banco. Si un propietario de criptomonedas fallece sin haber traspasado la clave privada a otra persona, esa inversión se pierde."

Una alumna que estaba sentada en la segunda fila y que seguía con mucho interés las explicaciones de Ezequiel, levantó la mano.

— Además, está el problema de que con las criptomonedas se favorecen los delitos, ¿no es verdad?

— Yo no creo que las criptomonedas hayan incentivado los delitos, los delitos se incentivan solos. Pero, sí que parece que la privacidad de las transacciones podría dar pie a que operaciones delictivas se concreten en criptomonedas, pero hay que pensar que también con el dinero oficial se cometían y se cometen atrocidades de tráfico ilícito de armas, drogas, personas o se fomentaba la economía sumergida. No tengo claro que haya más delitos porque los delincuentes puedan utilizar criptomonedas. El próximo año vamos a proponer un seminario en el que explicaremos con más profundidad este tema. Mi intención es que traigamos expertos informáticos y en criptomonedas.

"Una de las funciones para las que sí pueden ser interesantes las criptomonedas es para dar un punto de rentabilidad y riesgo a una cartera de inversión. Así si un inversor incluye en su cartera un máximo de un uno o dos por ciento en comprar criptomonedas le puede, si pilla una buena subida, dar un plus de rentabilidad y, en caso de que fracasen o baje la cotización, la pérdida tampoco es tan importante.

"Bueno, ya está bien por hoy. Para la próxima sesión quiero que me traigáis ejemplos de estafas financieras en la historia y me las expliquéis."

Al salir de clase se encontró con Sofía que ya se iba para casa.

— ¿Qué tal la clase?

— Bien, me lo sabía todo.

— ¡Qué gracioso!

— Les he explicado, desde mi punto de vista, las criptomonedas, sobre todo el *bitcoin* y el *bloc-*

kchain. No he querido darles mucha información técnica para que así se anime la matrícula para el seminario del año que viene.

— Conociendo tus opiniones del tema, seguro que los que tengan *bitcoins* estarán, en este momento, poniendo a la venta sus criptomonedas.

— Qué le vamos a hacer. Así pienso yo. Tengo la convicción que, al final, será una estafa más y empezará la gente a demandar para recuperar su dinero. Como las de Forum y Afinsa, ¿te acuerdas?

— No.

— Sí, mujer, las de los sellos y monedas.

— ¡Ah, sí! Ya me acuerdo.

— Si das tú la próxima sesión, les pedí que buscaran estafas financieras en la historia y que supieran explicarlas. Tenlo en cuenta.

— No, la próxima sesión la tiene Germán, pero ya le digo yo que se lo prepare. A fin de cuentas, conocer las estafas financieras pasadas también es educación financiera. Te ayuda a no cometer los mismos errores.

— Efectivamente.

— Bueno, pues hasta mañana.

— Que descanses.

Ezequiel recogió algunos trabajos de los alumnos para corregirlos en casa, anotó en el cuaderno que había estrenado de qué había hablado en la sesión del seminario de educación financiera y que les había puesto la tarea que tendría que corregirla German. Cerró el despacho y decidió volver a casa en autobús en vez de andando, aunque, después de montarse se arrepintió. Debería de hacer más ejercicio, así que en la primera parada se bajó y regresó andando a pesar del frío que, a esa hora oscura, soportaba la ciudad.

Otra noche que Ezequiel la pasó en blanco, sin dormir, batiendo las sábanas dentro de la cama. El pensamiento recurrente esta vez había sido el trabajo que Lucía podía haber desarrollado en el Club Cupido y la sensación que le quedó el día anterior de que la policía, bueno, Aurora, daba por hecho que su alumna ejercía de prostituta y que no le daba importancia a esa situación para investigar su muerte cuando, precisamente esa actividad podía ser causa de muchos delitos como peleas, drogas, robos, … o ¿es que esto era una apreciación propia de él y no se correspondía con la realidad? Además de la curiosidad por saber qué le había ocurrido a Lucía, tenía un sentimiento de culpa por no haber visto a tiempo que su alumna podía estar haciendo algo ilegal o peligroso. ¿Le había engañado ella o se había dejado engañar él? No tenía claro qué le resultaba más desconcertante, ¿estaba tan embebido por la imagen de Lucía que no veía lo que ella hacía y lo que le pasaba alrededor? Él que se jactaba de que no se le iba ningún detalle, que estaba atento a todo, que tenía una visión periférica de la realidad y, por tanto, controlaba todos los aspectos que le afectaban, tanto presentes, como pasados y hasta los futuros. ¡Qué ingenuo había sido! Una simple alumna, sin mucha malicia seguramente, le había puesto en su sitio, le estaba bajando del pedestal. Bajando no, tirando, le hacía morder el polvo de la realidad. Y ahora, ¿qué? Tenía que esperar que los policías fueran al Club y, seguramente les dirían que no conocían a Lucía.

Seguro que los responsables del antro no querían que se les relacionara con esa muerte, así que con decir que no la conocían, listo. Pero habría algún empleado que hubiera tenido relación con ella, el que ponía las copas, o el que se encargaba de controlar la entrada o el gerente que contrataba a las acompañantes tendrían que decir que la conocían y saber de qué trabajaba. Pensaba que tendrían alguna cámara por si les robaban donde, es posible, que salieran las personas que trabajaban en ese tipo de negocio. O alguna cámara de algún establecimiento cercano podía haber grabado algo. ¿Y la geolocalización del móvil de Lucía? Tendría que señalar dónde iba y si accedía al Club. Llegó a la conclusión de que la policía no estaba haciendo bien su trabajo. Por un lado, quería creer que esto no era verdad, ya que si lo fuera significaría que Aurora era una incompetente, cosa que, también, se negaba a creer. Tendría que llamar a Aurora para comprobar si habían geolocalizado su teléfono. Se convenció de que la policía no daba importancia al trabajo que supuestamente estaba realizando Lucía en el Club y, si no se ocupaban ellos, ¿quién lo haría?

De pronto le vino la idea. Lucía estaba muy unida a sus padres, sobre todo a su madre. Es posible que le contara de qué trabajaba para, desde hacía un tiempo, tener más dinero. Eso a una madre no se le pasaba por alto, seguro que su madre sabía algo. Tenía que llamarla, pero no podía plantear la duda de los ingresos directamente, tenía que buscar una excusa para, de forma casual, preguntar lo que realmente le interesaba.

En estas cavilaciones estaba dando vueltas en la cama cuando se percató de la hora que era. Ya había mucha luz. Tenía que darse prisa, pero hoy no tenía seminario de educación financiera, le tocaba ¿a Sofía o a Germán? Ya no se acordaba. Al levantarse apuntó sus reflexiones de la noche en el cuaderno que tenía para no olvidar nada. Apuntó hasta la pregunta de a quién le tocaba la clase.

Al empezar a caminar hacia el campus, sonrió al darse cuenta de que era el primer día que el sol había ganado la batalla a las nubes desde la muerte de Lucía y eso le auguraba un buen día. La temperatura no invitaba a dejar en casa el abrigo, pero, por lo menos, los rayos y la luz que desprendía el Sol animaba a estar en la calle y calentaban débilmente la calva de Ezequiel.

Al llegar a la Facultad se fijó en que el coche de Sofía ya estaba en el aparcamiento, así que se pasó por su despacho antes de abrir el suyo. Nada más tocar la puerta de Sofía para preguntar quién se encargaba del seminario esa tarde, recordó que el día anterior le había dicho su compañera que la próxima sesión era responsabilidad de Germán. Así que, al abrir la puerta, se quedó callado.

— Buenos días, Ezequiel

— Así me gusta, con buenos modales. Buenos días —salió del paso para no preguntar lo que ya sabía—.

— ¿Tenemos algo pendiente?

— Nada que yo sepa. Me voy al despacho.

Sofía se quedó sorprendida. No era normal que Ezequiel llegara después que ella y mucho menos que pasara a dar los buenos días. La idea de que algo le pasaba no se la quitaba de la cabeza. Estaría pendiente, últimamente no era el mismo.

Al llegar a su despacho Ezequiel llamó a los padres de Lucía.

— Buenos días. Soy Ezequiel el profesor de Lucía, ¿qué tal están?

— Mal, hijo. No nos hacemos a la idea de que Lucía ya no está entre nosotros —contestó la madre muy afligida—.

— Tienen que ser fuertes, superarlo ...

El profesor se daba cuenta de que se quedaba sin argumentos para consolar a unos padres que veían cómo se deshacía la familia, con una hija muerta y la otra que no quería saber nada de ellos y con una vida disoluta.

— Eso es fácil de decir, los días se hacen eternos pensando en nuestra pobre Lucía y las noches son insoportables.

— ¿Se han planteado acudir a algún especialista?

— A mí me da igual, pero, mi marido no quiere ni oír hablar de loqueros como dice él.

— ¿Quiere que hable con él para convencerle? Yo creo que les vendría muy bien.

— No estaría mal, pero no para en casa. Dice que se le cae el techo encima y sale luego por la mañana y no vuelve hasta la hora de comer y por la tarde, lo mismo. No sé lo que hace por ahí. Tengo miedo de que en un momento de locura se le ocurra cualquier tontería.

— Si tiene teléfono móvil, dígamelo y le llamo.

— Lo tiene, pero desde el entierro lo dejó en casa. No tendrá ni batería.

— Pues, si quiere y no le molesta, les llamo a la hora de comer y así hablo con él.

— Gracias, hijo, muchas gracias. A ver si salimos de este hoyo.

— Yo quería preguntarle a usted una cosa.

— Dígame.

— ¿Ustedes habían notado que desde hacía una temporada Lucía tenía o disponía de más dinero, como que estuviera trabajando en algún sitio?

— Pues claro, trabajaba en el comercio donde usted la recomendó. Uno que vende sábanas y ropa de cama, se llama Ventura, Creaciones Ventura, creo. Nos dijo que usted conocía al dueño y que necesitaban alguien para organizar el almacén. No estaba atendiendo al público. ¿No se acuerda? Solo iba por las tardes y no todos los días.

— ¡Ah, sí!, perdone no me acordaba —disimuló Ezequiel para no preocupar a la mujer—. Tengo la cabeza últimamente volada. Disculpe por la pregunta.

— ¿Por qué me lo preguntaba?

—Nada, la policía me lo preguntó y como no me acordaba, les llamé.

— Pero, en el piso tendrá las nóminas y el contrato. Para eso mi Lucía era muy ordenada, lo guardaba todo, la pobre. Si tenía hasta el contrato de alquiler del primer piso al que fue cuando empezó la carrera.

— Sí que era ordenada y trabajadora. Ya me dijo Fernando, el padre de Borja, que en el banco estaban muy contentos con ella y que pensaban hacerle un contrato de trabajo.

En ese instante vino a la mente del profesor la imagen de Lucía anotando citas y escribiendo en su agenda. ¿Dónde estaba su agenda?, la tendría la policía, aunque, Aurora no le había comentado nada de ella.

— Es verdad, el señor Fernando también nos lo dijo a nosotros. En el banco estaría mejor que en la tienda, digo yo.

— Desde luego. Mi más sincero pésame. Si necesitan cualquier cosa no duden en llamarme y hoy les vuelvo a llamar al mediodía a ver si puede convencer a su marido para que acuda a alguien que les ayude a superar este trauma.

— Gracias, muchas gracias.

Se cortó la comunicación. Lucía había mentido a sus padres sobre el trabajo que desarrollaba, él no la había recomendado en ninguna tienda o comercio. Así que empezaba a coger más fuerza que las actividades del Club no serían del agrado de sus padres y, por eso, les había mentido. Si estuviera trabajando de contable no tenía por qué avergonzarse. Agachó la cabeza para apoyarla en la mano que tenía el codo encima de la mesa y cerrando los ojos empezó a asumir la prostitución de Lucía.

De todas formas, tenía que llamar a Aurora para comentarle el tema de la agenda de Lucía. Hacía dos días que no sabía nada de ella. Llamó a su móvil.

— Buenos días, Aurora. ¿Te molesto?

— Buenos días, Ezequiel. Dime.

Esto ya era un avance, no solo había saludado, si no que, además, no había colgado.

— En relación con el trabajo de Lucía, ¿habéis revisado la geolocalización del teléfono para ver si trabajaba en el Club Cupido?

— ¡Tan incompetentes nos crees! Por supuesto que hemos revisado su geolocalización y nunca, que hayamos observado, ha estado el teléfono en el Club. Pero eso no quiere decir que ella no hubiera ido. Solo demuestra que no había llevado el teléfono, por eso no sabíamos que trabajaba allí.

— Perdona, no creo que seáis incompetentes. Únicamente te lo he comentado por si se os había pasado, nada más.

— Muchas gracias.

— Además, me he acordado de que Lucía tenía una agenda donde lo anotaba todo. Quizás haya alguna pista allí de la que seguir el hilo.

— ¡Y te acuerdas ahora de decírmelo! Es un dato muy importante porque, supongo, sería una agenda en papel. Hemos revisado el calendario de su móvil y de su correo y salvo cuatro anotaciones al año no tiene nada. Por cierto, una de las pocas anotaciones en el calendario del ordenador es la fecha de tu cumpleaños.

— Ya imagino. Hace tiempo que intenté que se acostumbrara a utilizar un medio electrónico para anotar las citas y lo ágil y práctico que era y le puse como ejemplo la fecha de mi cumpleaños. Así le demostré que con una sola anotación y poniendo que se repite infinitamente, no tenía que volver a escribirlo cada año.

— Pues hemos encontrado poco más y nos ha extrañado mucho. ¿Cómo era la agenda?

— El tamaño como de medio folio, no muy gruesa y creo que, de un azul verdoso, de esos colores raros que se llevan ahora.

— ¿El color cerceta?

— ¿Cómo?

— Sí, el color como el del pato cerceta, por eso se llama cerceta.

— Si tú lo dices. Yo soy de colores planos: azul, verde, rojo.

— ¡Qué simples sois algunos hombres! Pues en el piso no estaba cuando hicimos la inspección.

— ¡Qué raro!

— Volveremos a mirar mejor ahora que sabemos lo que tenemos que buscar.

— ¿Todavía lo tenéis precintado?

— Sí, el dueño no nos ha puesto ninguna pega. A ver si puedo ir hoy.

— Hoy por la tarde no tengo clase. ¿Quieres que quedemos a comer? —preguntó el profesor con miedo a la contestación que le podía dar la subinspectora.

— Vale. Así paso por el piso de Lucía y reviso si está la agenda. Podemos quedar a comer ahí en el campus que es más barato.

Con muchas dudas sobre el lugar elegido por Aurora para comer, Ezequiel aceptó. Meditó un momento sobre qué pensaría Sofía si los veía comer juntos o incluso el resto de los profesores. Aunque, quizás, si la gente le veía comiendo cordialmente con la subinspectora alguno dejaría de pensar que seguía siendo sospechoso del asesinato de su alumna o que, por lo menos, ya no tenía nada que ver con su muerte.

Aunque normalmente no hacía falta reservar mesa en la cafetería del campus, Ezequiel se acercó para asegurarse de que tuvieran una mesa disponible y que no les hicieran esperar.

Un poco antes de la hora de comer, Aurora se acercó por el despacho de Ezequiel.

— Hola.

— Buenos días, Aurora.

— Oye, tú no das muchas horas de clase que digamos, ¿verdad?

— El trabajo de profesor de universidad no es solo dar clase. Las clases suponen entre un diez y un veinte por ciento aproximadamente de nuestra actividad. Nuestra labor principal es la investigación que debería de ocuparnos entre el treinta y cinco y el cuarenta y cinco por ciento de las horas. El resto debería de ser gestión y atención a los alumnos, aunque, cada vez más, la burocracia, el papeleo, las reuniones y otras zarandajas nos llevan más tiempo.

— ¡Ah, ya decía yo! ¿Qué tal es el trabajo de profesor universitario?

— En general bueno, satisfactorio y como la mayoría, vocacional.

— ¿Estáis mal pagados?

— No. Yo, por lo menos, me considero suficientemente retribuido, aunque, no es lo que ganes, si no, lo que gastes. Además, creo que, de cara a la sociedad, ofrecemos una buena imagen.

— ¿Qué quieres decir con eso?

— Normalmente somos bastante educados, instruidos que decían antes. No damos grandes escándalos, salvo cuando algún político salta a la palestra por algún chanchullo académico, la gente nos suele respetar. Se supone que hemos obtenido el título más alto en la escala académica, doctor y, por tanto, se presupone que nuestro nivel intelectual debe de ser de los mejores, aunque, cuando empiezas a ver cómo se comporta el personal, te das cuenta de que esta es una actividad como cualquier otra, donde hay bandos, rencillas personales, envidias, indiferencia, odio y amor. Lo tenemos todo.

— Y ¿qué tal la relación con los alumnos?

Ezequiel estaba teniendo la sensación de que le estaban interrogando. Se imaginó, como en las películas, una sala de cemento, sin ventanas, con un espejo, dos sillas y una mesa y, encima de la mesa, un flexo dirigido a su cara.

— Con los alumnos, bien. Todos son mayores de edad y, la mayoría, por lo menos en cursos superiores, ya han pasado la pubertad y se les han tranquilizado las hormonas y se les han despertado las neuronas.

— ¿Dan mucho trabajo?

— Depende de cómo te lo tomes. Si eres un profesor con una actitud poco profesional y nada vocacional, trabajas poco, no te mata el trabajo. Si no te preparas las clases, no actualizas los contenidos, no mejoras los apuntes o los ejercicios y aplicas la ley del mínimo esfuerzo, no es un trabajo estresante. Ten en cuenta que, en economía en general y en finanzas en particular, la ciencia no es estable. No es una ciencia atemporal como las matemáticas, la física, etc. Aquí, el comportamiento humano influye mucho y lo que hace una década, qué digo una década, un trienio era válido, ahora ya no lo es. Las ciencias sociales, y las finanzas lo son, evolucionan como el ser humano. Así que, respondiendo a tu pregunta, sí, la docencia en finanzas da mucho trabajo, pero tienes tus recompensas cuando vas a un banco o a un comercio y te dice el empleado o el propietario que fue alumno tuyo y que tu asignatura le gustó mucho o que la ha aplicado o que le sirvió para iniciar un negocio.

— Y en tu caso, ¿sueles tener más relación con unos alumnos que con otros?

Esta pregunta no le gustó a Ezequiel, era parecida a las primeras ocasiones cuando le consideraban sospechoso. Sabía qué cariz estaba tomando el interrogatorio, mediante la técnica del embudo, ir de lo general a lo particular, le estaba preguntando, o acabaría haciéndolo, sobre Lucía. Tenía que medir sus palabras, esta Aurora no era la Aurora de hacía dos días.

— Normalmente, no soy el que elige a los alumnos con los que voy a tener una relación profesor-alumno más estrecha. Suelen ser ellos los que se acercan a mí para preguntar, informarse o ampliar conocimientos. Solo ha habido dos alumnos a los que he sido yo el que se dirigió a ellos: Sofía y Germán para, dado su excelente expediente, proponerles que hicieran carrera universitaria. Y no me equivoqué. Sofía ya tiene la misma categoría que yo y, en pocos años me superará, en cuanto a Germán, aún está empezando y es muy probable que supere incluso a Sofía.

— No acabo de entender entonces qué te atrajo de Lucía, ¿por qué, sin un expediente brillante, teníais esa relación tan estrecha?

— ¡Anda que no le has dado vueltas para llegar a plantear la pregunta que querías hacer!

— Quién ¿yo? No tenía pensada ninguna pregunta para ti. Simplemente ha surgido en el curso de la conversación.

— Ya, y yo me lo creo. Pero te voy a contestar. El caso de Lucía es diferente. Ella, desde el principio, quiero decir, desde que empezó en la titulación, ya destacaba. Desde mi punto de vista, por dos cosas. Por su liderazgo dentro del grupo en el que se integró y por su forma de ser espontánea, abierta, natural. En el grupo de alumnas rivalizaba con Irene, pero la pobre, frente a la personalidad de Lucía, no tenía nada que hacer. Eso ya lo veía yo en clase y se notaba. Después ella, a nivel personal, se fue acercando a mí, venía a preguntar dudas al despacho, incluso en primero de carrera y esto es raro ya que los alumnos de primero no suelen hacerlo por vergüenza o timidez. Ella no, ella venía y preguntaba como si ya estuviese en cuarto. Después empezó a consultarme sobre las mejores salidas profesionales, dónde trabajar, qué estudiar para alcanzar determinados puestos en finanzas y temas parecidos. Y en ese acercamiento de ella, a veces surgían preguntas personales que yo le hacía o que me hacía ella a mí.

— Preguntas personales ¿de qué tipo?

— Normalmente de trabajo; qué había estudiado yo, cómo preparaba los exámenes, cómo había llegado a ser profesor, … incluso, en muy pocas ocasiones preguntas sobre si estaba casado o si tenía hijos, sobre la familia. Yo le preguntaba también muy ocasionalmente sobre el trabajo de sus padres, si le gustaba la carrera, si tenía novio.

— Vaya, qué íntimo.

— No, no pienses mal. Lo del novio era para advertirla sobre los cuatro tipos de novios que puedes tener en la universidad: el o la cafeína, que es aquel novio o novia que te estimula a estudiar, que normalmente él o ella también son buenos estudiantes y que cuando te entran ganas de vaguear te pinchan para que continúes. Después está el sujetador que, al igual que con las tetas, te permite apoyarte en él o ella y no se mete en tu programación académica, nunca te interrumpe y siempre está ahí para escucharte cuando lo necesitas. Estos no suelen ser alumnos universitarios, pero son inteligentes. Luego está el tibio. Ni frío ni calor, pasa de todo, ni te apoya ni se opone, no puedes contar con él o ella y es mejor que no le pidas opinión sobre temas universitarios porque no la tiene. Y para terminar está el agua. El disolvente universal. Esta o este te incita a dejarlo, a ir siempre de fiesta o a echar por tierra el esfuerzo y el sacrificio. Yo le comentaba a Lucía que su novio tenía que estar entre los dos primeros. Bueno, eso se lo decía a Lucía y a cuantos alumnos han pasado por este despacho y ha surgido el tema. Pregunta a Sofía y a Germán que les di la misma charla. Aunque, ahora que lo pienso, no sé si les ha servido para algo.

— ¿Y nada más?

— Tengo que reconocer que, además, en el caso de Lucía, no sabría decirte el por qué, me atraía físicamente. No para tener una relación amorosa o sexual, ten en cuenta que, hasta hace poco yo estaba con Nuria más que a gusto. No. Ella sabía escuchar, se acordaba de cosas. Mira esa figurita de barro que está en la balda superior, no tiene ningún valor, pero me la regaló por mi cumpleaños cuando creo que en esta Facultad nadie sabe el día que le doy otra vuelta al Sol.

— Yo sí lo sé.

— Ya, ya sé que lo sabes. No te estoy pidiendo una figurita de barro.

— Y yo, ¿te atraigo amorosa o sexualmente?

Ezequiel se quedó mirando fijamente a los ojos de Aurora.

— Vamos a comer.

Antes de salir del despacho se acordó de que tenía que llamar al padre de Lucía. No se quiso poner. Volvería a intentarlo otro día.

La mesa que les habían reservado en la cafetería estaba un poco alejada del bullicio de la barra y de la entrada. No estaba mal, podía haber sido mucho peor. Llegaron en plena efervescencia de clientes por lo que les tocó esperar para pedir la comanda, esperar para que les sirvieran y esperar para pagar. Los dos pidieron lo mismo; lentejas y emperador a la plancha. Los postres sí que se diferenciaron; yogur para ella y tarta de la abuela para él. El descafeinado con leche y el té rojo completaron una comida bien cocinada, sabrosa y en su punto.

Durante la comida Ezequiel se interesó por la agenda de Lucía. Aurora le dijo que había ido al piso precintado y no había encontrado nada, que había revisado todo, hasta dentro de las cisternas de los baños, le preguntó si estaba seguro de que la tenía. Segurísimo le dijo Ezequiel. No se separaba de ella. Además, en la agenda tenía apuntados teléfonos poco habituales para, según ella, no saturar la memoria con los contactos del móvil.

— Es posible que la hubiera perdido o que se la hubiera olvidado en casa de sus padres o en la del novio o aquí en la Facultad.

— Lo dudo. No me dijo nada la tarde del asesinato cuando estuve con ella. Y eso me lo hubiera comentado. En la Facultad puedo preguntar en la conserjería si han encontrado una agenda. Tenías que ver cómo está el armario de los objetos perdidos.

— ¿Qué es lo que pueden perder los alumnos aparte de los bolígrafos?

— De todo. Hay calculadoras, cuadernos, carpetas, botella de agua de esas que son tipo termo, ropa, bufandas, guantes desparejados, gorros, llaves, mochilas, cabases...

— ¿Qué son cabases?

— Esos estuches para guardar bolígrafos, rotuladores, lápices y material de escritura. También hay anillos, pendientes, colgantes, de todo. Parece el Rastro.

— Lo que voy a hacer es ir hasta la casa de los padres de Lucía esta tarde a ver si, por casualidad, tienen allí la agenda.

— ¿No vas a ir al Club Cupido?

— De momento, no. Ya iré.

Esta contestación dejó a Ezequiel desconcertado y con un punto de enfado. No se esperaba este nivel de desidia por parte de Aurora por saber si Lucía ejercía o no la prostitución. O es que ella ya daba por seguro que la ejercía. No le gustó nada y tomo una decisión: iría él esta tarde al Club Cupido a preguntar. Bueno, esta tarde no, mejor por la noche.

Aurora se dejó invitar al insistir Ezequiel en pagar y pedir al camarero que no la cobrara.

Se despidieron en el aparcamiento prometiendo Aurora que le informaría si aparecía la agenda.

Cuando Aurora se alejaba en el coche, Ezequiel contestó.

— Sí, me atraes amorosa y sexualmente.

Era una pena que ella ya no le oyera.

Al regresar a la Facultad, preguntó al conserje si habían recogido una agenda. Con un gesto de fastidio por tener que dejar sin terminar la sopa de letras que estaba realizando, se levantó y fue hasta el armario de los objetos olvidados. Regresó con tres agendas de las cuales ninguna era la de Lucía. Ezequiel le dio las gracias y subió a su despacho.

Antes de entrar en su despacho le llamó Sofía.

— Cada día me sorprendes más, ¿qué hacías comiendo con la policía?

— Buenas tardes, Sofía.

— Déjate de historias, dime.

— Lo que tú has dicho. Comer con la subinspectora Escribano.

— ¿Qué quería?

— Comer lentejas.

El gesto de enfado de Sofía hizo recapacitar y recoger velas a Ezequiel.

— De forma habitual me informa de cómo va la investigación y yo hoy, en deferencia a su información, la he invitado a comer.

— Y te informa así, sin más ni más.

— No. Yo se lo pedí por favor y ella aceptó.

— ¡Mira que maja la funcionaria!

— Además, le cuento cosas que ellos ignoran.

—¡Ah, sí!, seguro que eres una fuente de información imprescindible. Vamos, los confidentes a tu lado son unos aficionados.

—Pues, para que te enteres, no sabían que Lucía tenía una agenda y que no aparece. Imaginamos que podría tenerla el asesino.

—¿Imaginamos? Pero ¿tú estás en la investigación?

—Era una forma de hablar, mujer.

—Ya entiendo. Las pastas y el café eran para ella. ¿A qué sí?

—¡Y dale molino! —dijo Ezequiel entrando en su despacho y dejando a Sofía con la palabra en la boca—.

Durante toda la tarde estuvo debatiendo internamente si era bueno, adecuado, oportuno o conveniente acudir al Club Cupido para saber si Lucía trabajaba allí y, de ser así, de qué ejercía.

Sobre si era bueno no lo tenía nada claro, ¿qué significaba decir que era bueno, quería decir que era bueno para él, para la investigación, para Aurora? Lo que era seguro es que necesitaba saber y conocer esa parte oscura de Lucía, así que para él era bueno y, además, era bueno para la investigación y ayudaría a Aurora a intentar esclarecer los hechos. Lo que ya no tenía tan claro es que fuera bueno que se personara él en el Club. Estaba claro que lo que sí era mejor, era que hubiera acudido la policía. No entendía por qué solo se ocupaba Aurora del caso cuando, al principio, el que parecía que llevaba la voz cantante era el inspector ... Fernández, eso. ¿Qué estaba haciendo él para esclarecer el asesinato? Como la policía no iba, era evidente que tendría que ser él quien acudiera. Así que se convenció de que era bueno acercarse esa tarde-noche al Club.

Adecuado, ¿era adecuado? Incluso buscó la definición en el diccionario que le devolvió "apropiado para alguien o algo". Desde luego para él era muy apropiado. Era una necesidad. Llevaba varios días dando vueltas con ese antro en la cabeza desde que las excompañeras de Lucía se lo mencionaron. Así que sí, era adecuado.

Más dudas le entraron cuando empezó a analizar si era oportuno ya que pensaba que se llegaba tarde, que la verdadera oportunidad ya había pasado. Así que, desde el punto de vista del adjetivo, era más que oportuno. Lo que consideraba que no era tan oportuno era que se personara él. Los que tenían que interesarse por la vida que había llevado Lucía antes del asesinato eran los policías, ya que eso podría dar una pista de la persona o personas que la asesinaron. Recordó las opiniones del director del departamento, Paco, y de Sofía que, muy juiciosamente, le aconsejaban que no se inmiscuyera en la investigación. Lo que le decían era "zapatero a tus zapatos", pero él consideraba que el caso era su zapato y más después de saber todo lo que ignoraba de ella. Desde luego, oportuno para él, no era.

Sobre la conveniencia o no, aquí lo tenía claro. No era conveniente. El hecho de acudir a ese antro podría reportarle más desventajas que ventajas. Por un lado, estaba su reputación de profesor serio, no dado a los devaneos ni a escándalos de tipo sexual. Por otro lado, estaba la reacción que, seguro que se produciría, de Aurora por meterse en el terreno de su investigación. Esto podría causar un alejamiento o incluso una ruptura de la relación privilegiada que había entre los dos. Así que conveniente tampoco era conveniente.

Después de analizar estos pros y contras, decidió ir. La decisión estaba tomada. Ahora tenía que pensar en cómo intentaría obtener la información que quería. Como iba a ser la primera vez en su vida que entraba en un local de esas características, durante la tarde se fue haciendo a la idea de cómo estaría distribuido, cómo serían los empleados que allí trabajaban, cómo se comportarían los clientes y cómo tendría que actuar él en el trato con las mujeres que se le acercaran. La única experiencia que tenía en estos ámbitos era lo que había visto en las películas. Le entró una duda, ¿la realidad se parecía a la ficción? Se dio ánimos y regresó a casa para vestirse para la ocasión. Esa era otra gran duda, ¿cómo tendría que ir vestido?, formal, informal, tipo camorrista, tipo proxeneta, ...

Como no tenía mucho fondo de armario, eligió unos vaqueros y una camisa gris oscuro. Desechó ponerse un jersey, porque parecería un pijo en el sentido más ajustado de la palabra. Se cubrió con un abrigo grueso pensando que al regresar a casa ya estaría helando, y se lanzó a la mayor aventura que podía imaginar de los últimos años.

Capítulo 10. Depósito estructurado

El Club Cupido se sitúa en uno de los barrios periféricos de la ciudad, en la salida hacia el norte, al pie de la carretera, en una zona poco iluminada por el ayuntamiento, pero con grandes letras rojas que atrae a los clientes como moscas a la miel. Ocupa todo un edificio de tres plantas que, desde el exterior, podría pasar por un inmueble residencial, salvo por el letrero, con su discreta entrada vigilada por el cancerbero de turno y ventanas con parasoles, todas ellas, eso sí, con las persianas bajadas. Dispone de un aparcamiento resguardado por el propio edificio de las miradas indiscretas desde la carretera.

Para llegar al Club, Ezequiel pidió un taxi y se sintió avergonzado cuando tuvo que dar la dirección a la conductora. Pensó en disculparse o en mentir sobre el verdadero destino, pero, finalmente, prefirió callarse y dejar que la taxista le mirara con el ceño fruncido por el espejo retrovisor.

En la semioscuridad de la calle las letras rojas brillantes del letrero templaban débilmente el relente de la incipiente noche. El portero del Club, con cara de pocos amigos, cabeza rapada y la insinuación de varios tatuajes en el cuello y las manos, le saludó educadamente, abriéndole la puerta con un "buenas noches, pase usted caballero".

Al entrar, las primeras sensaciones fueron el calor y el olor. Notó una bocanada de calor que inmediatamente le hizo desabrocharse el gabán que llevaba, intuyó que el exceso de temperatura ayudaba a trabajar a las señoritas y facilitaba la desnudez de los caballeros. El olor era dulzón, pegajoso, espeso, aunque no desagradable. Pensó en el tiempo que tardaría en quitarse de la ropa ese aroma. No podría ir con esa misma vestimenta al día siguiente a la universidad. ¡Qué dirían sus compañeros! Si ya con el asesinato de Lucía le miraban mal, si, además, se corría el rumor de que iba de putas, no lo quería ni pensar.

Una vez que se acondicionó a la temperatura y al olor, se fijó en lo que veía. A su derecha había una especie de guardarropa con un mostrador que, en ese momento, no atendía nadie. Se quitó la prenda de abrigo y, cuando la iba a dejar sobre el mostrador, apareció una chica bajita que no parecía haber alcanzado la mayoría de edad con una camiseta que llevaba estampado el logotipo del local. A cambio del abrigo le entregó un papel con un número que Ezequiel guardó en el bolsillo. El resto del local estaba oculto por una cortina que cuando la iba a traspasar, se paró, retrocedió y a la vigilante de los abrigos le preguntó si conocía a Lucía.

— Lo siento, no la conozco, hoy es mi segundo día aquí y no conozco a todos mis compañeros.

Ezequiel le dio las gracias y se recriminó a sí mismo por no haber previsto traer una fotografía de su alumna. Quizás en el trabajo se hacía llamar por otro nombre. ¡Cómo no se le había ocurrido!

Ahora sí, traspasó la gruesa cortina y se asombró de la cantidad de luz que le asaltó a los ojos. No se lo esperaba. El local que estaba delante de él era un bar o cafetería con una barra grande justo enfrente con mucho tono dorado, taburetes giratorios en la cabeza e inmóviles en los pies, con varias baldas de cristal repletas de bebidas, un camarero puliendo la barra con una bayeta haciendo un gran esfuerzo y otro reponiendo, o eso supuso Ezequiel, las bebidas en lo que creía era la cámara frigorífica. No tenían, o por lo menos no veía, cafetera, pero sí una moderna registradora táctil que reproducía en la pantalla la situación de las mesas y sillas que se encontraban distribuidas por el local.

Contrastaba el calor de la sala con el ambiente frío por la falta de clientes. Únicamente una persona estaba encaramada en uno de los taburetes bebiendo cerveza y, como no, mirando el móvil. Los camareros vestían la misma indumentaria que la guardarropa; camiseta negra de manga corta con las letras de El Club Cupido en rojo intenso. No vio chicas de alterne esperando entrarles a los clientes. Sintió una pequeña decepción.

Se acercó a la barra y el pulidor le inquirió con la mirada.

— Me pones un cóctel sin alcohol —no sabía qué pedir y no quería que se le embotase la cabeza—.

— Empiezas pronto y fuerte —dijo el camarero con retranca—.

— Por eso, porque es pronto —se justificó—.

— Hasta dentro de una hora y media no empieza el espectáculo.

La cara de sorpresa del profesor animó a ampliar la explicación por parte del empleado.

— Es en el piso de arriba, las chicas hacen un *pole dancing* con *streptease*. Pero es más tarde.

— Gracias por la información. Me hablaron de una chica que trabajaba aquí. Lucía, alta, delgada, morena, ¿la conoces?

El camarero le miró fijamente y desvió la mirada al otro cliente que levantó la cabeza del móvil y se quedó mirando a Ezequiel.

— Aquí no trabaja ninguna Lucía y, cuando veas el espectáculo, te darás cuenta de que no hay nadie de esas características.

— No, ya sé que no trabaja ahora aquí. Pero te pregunto si trabajó.

— Imposible, aquí ninguna de las chicas es española.

Le entregó una carta con la variedad de cócteles que preparaban. Después de repasar por tres veces la variedad ofrecida y de asombrarse otras tantas de los precios que allí se cobraban, se decidió por un San Francisco.

— ¿Puedo hablar con alguna de las chicas por si se acuerdan de Lucía?

El que estaba en el otro taburete se bajó y se acercó a Ezequiel.

— Ahora están descansando para hacer el espectáculo. Ya te ha dicho Jota que aquí no ha trabajado en los últimos años ninguna española. ¿Eres periodista?

— No, no soy periodista. Estoy buscando a esta Lucía por indicación de su familia.

— ¿Eres detective privado?

— No, tampoco. Solo amigo de la familia.

— Bueno, pues nada, aquí no hay ni ha habido ninguna Lucía.

Ezequiel se quedó mirando fijamente a su interlocutor que no era muy alto, ahora se daba cuenta de que le colgaban los pies cuando estaba sentado en el taburete, llevaba una incipiente barriga cervecera de cuatro o cinco meses de embarazo, camisa de flores abierta hasta medio pecho, mangas remangadas con, al menos, un tatuaje tribal en uno de los brazos, barba de tres días sin afeitar y pelo de una semana sin lavar.

— Y si en vez de chica de alterne, trabajaba en la limpieza o en las oficinas.

El presunto cliente se empezó a reír.

— Pero ¿es que crees que aquí hay una delegación de un ministerio o qué?

— La verdad es que sus padres, los de Lucía, están muy preocupados. Un vecino del pueblo les dijo que la habían visto entrar aquí hace una temporada, en verano para ser más exactos —mintió Ezequiel—.

— Entiendo a los padres de esa chica si creen que está aquí enseñando culo y tetas. Yo también tengo una hija y no me gustaría que en el pueblo se corriera ese rumor, pero, te aseguro que entre las chicas no hay españolas, no tenemos oficina y de la limpieza se encarga una empresa y, la verdad, no sé cómo se llaman las que vienen a limpiar. Mira, quédate un rato y después del *show* podrás hablar, si quieres, con las chicas.

— Gracias, te lo agradezco. Es la primera vez que vengo a un club de este tipo.

— No hace falta que lo jures. Se te ve en la cara, en la forma de hablar, en la forma de vestirte, en lo que has pedido y a la hora en que te has presentado aquí.

— ¡Vaya, no sabía que para venir aquí había que hacer un curso de dicción, estilismo y de coctelería!

— No, pero ya verás cuando se empiece a animar esto con los habituales. ¿Quieres que mientras te preparan la bebida y empieza el *show* te enseñe los servicios que prestamos en este club?

— Pues sí, la verdad. Muy agradecido.

Después de aceptar la invitación a la visita guiada, se arrepintió pensando que quizás no era buena idea alejarse del bar y quedarse a solas con su cicerone.

— Por cierto, ¿cómo te llamas?

— Juan —dijo Ezequiel—.

— Ya, pues yo entonces, soy Pedro.

— Encantado, Pedro.

— Ven, sígueme. Donde estamos, como ves, es el bar. Aquí puedes tomar casi cualquier bebida que exista. Tenemos botellas de los cinco continentes y alcohol de todas las graduaciones.

— Pero no puedo tomar un café.

— No, eso no, no tenemos cafetera pero sí puedes tomar un *frappuccino.* Las cafeteras dan muchos problemas.

— ¿De averías?

— No, con los clientes. La tuvimos hace unos años y decidimos quitarla.

— Perdona, Pedro, pero tú ¿de qué trabajas aquí?

— Soy el que lleva las relaciones públicas del club.

— Anda y ¿conoces a los que llevan la contabilidad?

— No, de eso se encarga el gerente.

— Ya y hoy ¿no estará por aquí?

— Para preguntarle por Lucía, ¿no?

— Sí.

— Pues hoy está de viaje, en realidad está todo lo que queda de mes.

— Vaya.

Mientras subían al primer piso, Pedro le fue describiendo en qué consistía el *show* de las chicas con bailes sensuales agarradas a una barra. Todas eran expertas bailarinas. Todo muy profesional.

La sala donde se ofrecía el espectáculo ocupaba toda la primera planta y se diferenciaba claramente del bar en que casi no se veía en ella salvo lo que se suponía que era el escenario compuesto por una tarima de apenas treinta centímetros de alto y dos barras del techo al suelo. Había muchos focos mirando al centro donde, intuyó, que las chicas actuaban y unas luces de neón con la figura silueteada de una mujer desnuda que se apagaba y encendía de color rosa. En el lado contrario al escenario había una pequeña barra de bar. Ya suponía Ezequiel que no se podía perder la oportunidad de vender copas cuando costaban cuatro o cinco veces más que en la mejor cafetería o bar de la ciudad. El resto de la superficie la ocupaban mesas y sillones que parecían confortables. Se notaba que el Club trataba bien a los clientes, quería que se sintieran cómodos.

— ¿Tenéis espectáculo todas las noches?

— Todas las que abrimos, sí. Incluso en fechas señaladas hacemos *shows* temáticos, en carnaval, en navidad, en semana santa, …

— O sea que también celebráis la semana santa —dijo sorprendido Ezequiel—.

— Ahora no tanto, pero antes teníamos a las más altas autoridades eclesiásticas todos los días que había procesiones. Últimamente acuden menos, se nota que hay crisis de fe. Es una buena ocasión para hacer caja. Por cierto, tú ¿a qué te dedicas?

— Soy maestro de escuela.

Pedro señaló una escalera en una de las esquinas del local. Subieron para acceder a un pasillo pintado de blanco y sembrado de puertas también blancas y numeradas.

— Aquí, si se te hace tarde o estas muy cansado, o incluso, muy borracho, tenemos disponibles habitaciones para reposar o lo que tú quieras —le dijo el "relaciones públicas" con una mirada pícara—.

Abrió una de las puertas para que Ezequiel pudiera ver el interior. Un espacio donde una cama vestida toda de blanco ocupaba la mayor parte, un pequeño armario, una mesa con bebidas, un *jacuzzi* y muchos espejos. La puerta lacada en blanco del fondo daba acceso al inodoro, un bidé, un lavabo y una minúscula ducha.

— Muy níveo todo.

— Todo para la comodidad de nuestros clientes entre los que espero contar contigo en más ocasiones.

— No lo dudes. A estas habitaciones se puede venir solo o tiene que ser obligatoriamente con una chica.

— Tienes una idea antigua y equivocada de lo que es este Club. Esto no es un puticlub de carretera. Aquí ofrecemos una serie de servicios a los que quieren pasar un rato agradable solos o en compañía. Estas habitaciones tú las alquilas por horas y puedes venir con quien quieras. Hay incluso matrimonios que nos las alquilan para tener relaciones sexuales entre ellos porque en su casa no tiene intimidad por los hijos o por las suegras.

— Ahora que tenemos un poco más de confianza entre nosotros ¿seguro que aquí no ha trabajado nunca una Lucía?

— De verdad. Desde que yo estoy, y llevo más de cinco años, no hay bailarinas españolas. Puedes tranquilizar a los padres de esa chica.

— Y ¿cómo se explica que la vieran entrar aquí?

— Puede ser que no fuera ella, puede ser que viniera en alguna de las noches temáticas o con alguna despedida de solteros.

— ¿Una chica?

— Aquí hacemos despedidas de solteras y de solteros y, cada vez más, juntas. El novio y la novia se despiden aquí de la soltería a la vez y cada uno tiene gratis una de las habitaciones.

— ¡Pues vaya! Sí que han cambiado las costumbres.

— Los tiempos cambian, ya no estamos en los años setenta del siglo pasado.

— Ya veo, ya.

Bajaron otra vez al bar donde el camarero le tenía guardado el San Francisco que Ezequiel empezó a tomar. Los clientes, poco a poco iban ocupando los taburetes y las mesas que al llegar Ezequiel se encontraban todas vacías.

Mientras se tomaba el cóctel se fue fijando en la fauna que se acercaba a abrevar a la barra. Había algún solitario como él de edad indefinida que superaba los sesenta en más de una década. Pero se sorprendió de que la mayoría eran más jóvenes que él. Los clientes, en ese instante, eran hombres, de momento no había ninguna mujer, de entre cuarenta y cincuenta años, la mayoría bien vestidos, incluso alguno llevaba traje, sin la corbata eso sí, que, seguro, había rodeado su cuello durante todo el día en la oficina del banco, la asesoría, el bufete o la empresa. Estos solían agregarse en grupos de dos o tres especímenes. También entró un grupo de chicos jóvenes, casi imberbes que tenían pinta de querer tener su primera experiencia, aunque se extrañó de que el encargado de las relaciones públicas les tratara como si fueran clientes habituales, incluso se fijó en que el camarero les puso unas cervezas sin que ellos hubieran hecho petición alguna. La manada iba tomando cuerpo y la barra ya no tenía sitio libre donde apoyar el codo.

A la hora prevista se anunció el *show* para que los bebedores dejaran las copas en el bar, recordando que podían pedir más en la sala del espectáculo. ¡Qué buena idea!, pensó Ezequiel así te cobran, al menos, dos consumiciones. Aunque, si se hubiera fijado bien, se habría dado cuenta de que él era el único que solo había pedido a los camareros una consumición.

Al no ser de los primeros que subió ya no quedaban mesas libres para ver la actuación, así que se fijó en un cliente de más o menos su edad que estaba solo en una mesa de dos sillas y le pidió mediante gestos si podía sentare. La música ya atronaba. El otro accedió.

— Hola, me llamo Juan —se presentó Ezequiel—.

— Yo no.

— Es la primera vez que vengo a este Club.

— Yo tampoco.

Se estaba haciendo el gracioso, era sordo o es que con la música a un volumen de estallar los altavoces no entendía lo que le decía.

— ¿Conoces a las chicas? —gritó para hacerse oír —.

— Algunas veces, sí.

Lo dejó por imposible. Estaban teniendo un diálogo de besugos. Se dedicó a mirar el espectáculo que ya empezaba.

Durante algo menos de una hora, Ezequiel asistió a una coreografía no mal coordinada entre las cuatro chicas que se contorsionaban entre ellas o con la barra a la que se subían, bajaban y rodeaban mientras se iban despojando con más o menos gracia de la poca, aunque decir poca ya es decir mucho, ropa con la que se presentaron a escena. A la vez los asistentes iban aumentando el volumen de interjecciones y exclamaciones soeces a las artistas. Todas las chicas terminaron vestidas con un único penacho de plumas y unos zapatos con plataformas y sin nada de ropa en medio.

Durante el *show* otras chicas con la misma vestimenta que las bailarinas alentaban al público a pedir más bebidas. Ezequiel se animó a pedir una cerveza a precio de menú del campus y aprovechó para preguntar a la camarera si conocía a Lucia. Sin éxito.

En vista de que no iba a obtener mejor información hasta que no hablara con el gerente, decidió abandonar el Club.

Había sido una aventura infructuosa, aunque se quedaba con la idea de que ninguna de las personas con las que había hablado conocía a una bailarina-chica de alterne que se llamara Lucía, es más, no conocían a ninguna española y, desde luego, la que le atendió con las bebidas podía ser de cualquier país, pero de España, no era. A la salida del Club, con la luna en cuarto creciente brillando y las estrellas iluminando la bóveda celeste sintió que la helada le caía sobre la nariz y en la frente. Afortunadamente había taxis esperando la salida de la testosterona del Club. Le corría prisa regresar a casa y poner a ventilar la ropa que había llevado. Al tenderla en la terraza se fijó en que era la primera vez que no veía enfrente a su vecina discapacitada.

Se levantó temprano, con sueño por haber dormido poco. Tenía que idear ejercicios para la clase de Introducción a las finanzas de esa misma mañana. Después de prepararse un buen desayuno que incluía tortilla, yogur, zumo, té y cereales abrió el portátil del despacho. Cuando empezaba a clarear el día, se vistió mirando las amenazadoras nubes que se habían formado desde la noche anterior. Tenían aspecto de ir cargadas de copos de nieve. Se pertrechó con ropa de abrigo y sabiendo que había aprovechado el madrugón se fue andando a la Facultad por un camino poco habitual para fijarse, de nuevo, en las ofertas que publicitaban las entidades financieras, deformación profesional, pensó. Aquellos bancos que tenían exceso de liquidez ponían en sus cristaleras la oportunidad de conseguir tus sueños o la casa ideal con un préstamo barato y fácil. En cambio, aquellos que estaban necesitados de recursos te añadían regalos a las nóminas que domiciliaras o que aumentaras tu saldo. En breve aparecerían las ofertas de los planes de pensiones al ir acercándose a final de año. Todo esto ya lo había tratado en clase y hasta habían hecho ejercicios. Todo previsible, nada original.

Cuando se sentó en el despacho, el cubículo aún no se había calentado.

A los alumnos les empezó a explicar los depósitos estructurados. Las caras de los asistentes de no conocer el término o de no saber de qué estaba hablado el profesor se multiplicaban por el aula. Después estaban los que no habían despertado aún. Alguno venía directamente de haber pasado una noche festiva sin regresar a casa a cambiarse. Ezequiel no entendía qué hacían allí cuando lo que les pedía el cuerpo era un colchón y él no pasaba lista. Desde su punto de vista habían tomado una mala decisión.

— Los depósitos estructurados son productos financieros que ofertan las entidades cuando los tipos de interés del mercado están muy bajos y, de esta forma, pueden ofrecer una mejora de la rentabilidad a sus clientes. Aquellas entidades que ofertan este producto suelen diferenciar dos tramos de rentabilidad; uno fijo con un tipo de interés explícito próximo al normal de mercado, es decir, bajo, y a corto plazo pero que afecta a un porcentaje de la inversión alto, entre el sesenta y el noventa por ciento del total. La rentabilidad del resto del dinero invertido, entre el diez y el cuarenta por ciento queda vinculado a la evolución de un índice de referencia como puede ser algún valor de Bolsa, divisas, tipos de interés de otros países, un fondo de inversión, en definitiva, una referencia cuyo valor pueda ir cambiando a lo largo del tiempo. Este tramo tiene un vencimiento medio de tres a cinco años. La parte fija que se remunera a corto plazo se recupera al vencimiento, normalmente junto con los intereses de ese tramo. La parte variable, la que está referenciada y tiene un vencimiento medio también se recupera al término de la inversión, pero aquí los intereses pueden ser positivos o cero y aunque la normativa establece la obligación que tiene la entidad emisora de reembolsar el principal del depósito a su vencimiento, algunos contratos pueden incluir cláusulas en el sentido de que en vez de recibir el nominal se reciba su contravalor en alguno de los productos que servían de referencia. Recordad que un valor, un fondo, unas divisas, ... pueden cotizar al alza o a la baja y aquí es donde se encuentra el mayor riesgo de estos depósitos, ya que, si la cotización de lo que nos entregan en vez del nominal, el dinero invertido, nos dan un activo financiero que cotiza y su cotización cae, es posible que si queremos convertirlo en dinero efectivo rápidamente obtengamos pérdidas. Es muy importante leer bien y entender todos los aspectos del contrato de un depósito estructurado antes de firmar para que después no tengamos sorpresas desagradables. Si existe algún apartado que no entendemos o no nos queda clara la información que nos proporcione el banco, no deberíamos de firmar.

"Además, cuando el banco nos ofrezca este tipo de inversiones nos tiene que plantear, al menos, tres escenarios; uno optimista donde podríamos ganar mucho, otro normal, donde la rentabilidad se acercaría a lo esperado y otro pesimista donde sí podríamos perder parte del dinero de la inversión."

Ezequiel planteó varios ejercicios de los que había ideado por la mañana, supuestos teóricos para que los alumnos pudieran calcular la rentabilidad final de este tipo de productos financieros. Los alumnos menos despiertos se consideraban perdidos y pedían ayuda a sus vecinos de pupitre. Mientras intentaban resolver los ejemplos, Ezequiel se movía entre los alumnos ayudándoles en las operaciones que tenían que calcular o volviendo a explicar la parte que no les había quedado clara. Para terminar la clase les planteó un contrato real, con todas sus cláusulas para que intentaran resolverlo en casa con datos de condiciones y de escenarios posibles para que trataran de comprobar si la información facilitada por la entidad era correcta o no y, finalmente, que calcularan la rentabilidad con los valores de cotización reales para saber si los suscriptores de este producto habían ganado o perdido y en qué cantidad y con qué rentabilidad.

Al salir de clase se sentía contento por haber planteado ejercicios teóricos sencillos, pero con una complejidad creciente y para terminar un caso real. Antes de regresar al despacho fue a la cafetería a tomar un té y a ver si se entonaba un poco y aplacaba el frío interior que desde la mañana temprano no se le quitaba.

Delante de un café humeante se encontró a Salva y a Cris, un matrimonio de matemáticos que habían colaborado tiempo atrás con él en algún artículo. Se acercó a ellos.

— Hombre, cuánto tiempo, Ezequiel —dijo Salva—.

— ¿Cómo te va? —preguntó Cris—.

— Buenos días a los dos. Vamos tirando.

— Oye, sin pretender ser indiscreto, ¿en qué quedó aquello del asesinato de una alumna tuya?

Cris miró a su marido con una expresión clara de "tierra trágame", ¿cómo se le ocurría preguntar esas cosas?, y encima dice que no quiere ser indiscreto.

— El asesinato aún no se ha resuelto y a mí me descartaron de sospechoso al día siguiente.

— Pero, te habían llevado detenido ¿no?

Cris ya no sabía dónde meterse, giró la cabeza fuera de la vista de su marido y se fijó en el techo.

— No. Fui a comisaría con la policía a firmar mi declaración porque había estado con ella la tarde del día del asesinato.

— ¿Qué quieres tomar? —preguntó Cris para intentar cambiar de conversación a la vez que pisaba a Salva—.

— Un té, gracias.

— A ver si se resuelve pronto.

— Eso espero. ¿Cómo andáis los dos de ocupados en investigación últimamente?

— Yo estoy en un proyecto internacional y no me da la vida más que para ir a clase y poco más — dijo Salva—.

— ¿Y tú, Cris?

— Yo estoy más libre ¿tienes alguna propuesta de investigación?

— Hace tiempo que llevo dándole vueltas a una idea que aún no he comentado con mi equipo, pero que necesariamente tendría que contar con la participación de algún matemático.

— ¿Y de qué se trata?

— La parte central sería construir un modelo matemático relacionado con el cálculo de costes en la sanidad.

— Tiene buena pinta. Yo de costes no sé nada, pero de modelos matemáticos, lo que quieras. Cuenta conmigo. —dijo Cris—.

Mientras Ezequiel tomaba el té y el trozo de bizcocho de cortesía que le había puesto el camarero, Salva aprovechó.

— Oye, ¿es cierto que Sofía va en una lista a las próximas elecciones a Rector en contra del actual?

— ¡Pues sí que corren las noticias confidenciales en esta casa! Parece que sí, que iría en el vicerrectorado con Noelia.

— Noelia, tu …

— Sí, Noelia mi compañera de área.

— Pues vaya. Que cuente con nuestro voto y la campaña que haremos en la Facultad de Ciencias.

— Se lo diré, muchas gracias. Bueno Cris, cuando tenga algo más perfilado lo del modelo y lo haya hablado con mis compañeros del grupo de investigación, te llamo.

— Perfecto, gracias.

— Gracias a vosotros, por el té.

Capítulo 11. Hipoteca multidivisa

Pasó la tarde corrigiendo los trabajos que había encargado a sus alumnos y subiendo las notas a la aplicación que tenía la Universidad. Se reafirmaba, cada vez con mayor intensidad, en que no le gustaba nada corregir. Intentaba ser lo más justo posible de manera que sus sensaciones personales de alegría, enfado o dolor no influyeran en las calificaciones, pero eso era casi imposible. Si estaba de buen humor había comprobado a lo largo de los años que los alumnos aprobaban más y con mejores notas que si estaba triste, como ahora, o enfadado. También reconocía que últimamente los chicos llegaban preparados de otra manera. La mayoría de sus compañeros pensaban que venían peor preparados, con menos cultura, con menos conocimientos, que habían aprendido menos en las etapas preuniversitarias y eso degeneraba en más suspensos o, como se dice ahora, más fracaso. Ezequiel pensaba que los alumnos no es que hubieran aprendido menos, es que aprendían de otra forma y aprendían otras cosas. Quizás, lo que estaba mal o anticuado era qué y cómo se preguntaba o qué y cómo demostraban los alumnos lo que sabían. Tal vez había que cambiar la forma de evaluar, olvidarse de los exámenes y valorar de otra forma a los alumnos. Ahora los alumnos tenían otras capacidades distintas a las que tenían los alumnos de hace diez o quince años y, ya no digamos, a las de su época de estudiante. Y en cambio, se seguía evaluando de la misma forma o muy parecida. En lo que sí estaba de acuerdo con sus compañeros era en que ahora los chicos maduraban más tarde y él tenía la teoría de que esa disfunción tenía relación con la falta de toma de decisiones. Ni siquiera en la Universidad eran ellos los que decidían qué carrera estudiar, cuándo y en qué condiciones. Los padres, sobre todo, pero también la sociedad y la tecnología les iba obligando a la mayoría a seguir una senda que o no les interesaba o no les gustaba o simplemente no querían. Los padres sobreprotectores, reconocía el profesor, eran los grandes culpables de esa situación obligando a los hijos a estudiar lo mismo que ellos o lo que ellos hubieran querido estudiar y no pudieron o lo que creían que iba a reportarles más ingresos y, por tanto, una mejor situación social y económica para sus hijos. La sociedad empujaba hacia aquellas actividades con una mayor visibilidad, con más remuneración o con una mayor sociabilidad. La tecnología iba llevando a los alumnos a aquellas titulaciones que, en cada momento, demandaban más personal en detrimento de otro tipo de titulaciones menos tecnológicas, más artísticas y con una mayor carga de humanidades.

Menos mal que Nuria y él habían decidido no tener hijos. Él mismo reconocía que no estaba preparado para educar a un niño, sí para enseñarle, pero no para educarle. Reconocía que era una tarea ingente, de superhéroe, de sacrificio, de penalidades y de terror. Estar todo el día pendiente de tu hijo, de que no le pase nada, de que tú no seas responsable de alguna desgracia que le ocurra, de que te vea como un ejemplo. Renunciar a viajar, leer tranquilamente, hacer lo que te apetezca en cada momento. Estar preocupado por las posibles enfermedades, accidentes o crearles traumas que con los años se conviertan en problemas mentales. No saber si estás educando bien a tu hijo, si le estas creando necesidades innecesarias, si le estás aportando menos de lo que realmente necesita, en definitiva, si lo estás haciendo bien o mal.

Menos mal que no tenía hijos, aunque reconocía que, de cara al futuro, cuando fuera un anciano se podría encontrar solo, sin nadie con quien compartir esa soledad. Pero, para eso, quedaba todavía mucho tiempo. Tal y como se estaban desarrollando los últimos acontecimientos en la sociedad, todo lo que pasase de un futuro a tres años vista era larguísimo plazo, no merecía la pena preocuparse por ello, los acontecimientos te arrastraban.

A última hora de la tarde, antes de regresar a casa, llamó a Aurora.

— Buenas tardes-noches, Aurora.

— Hola, ¿qué pasa?

— ¿Qué tal estás?

— Bien, ¿ha ocurrido algo?

— ¿Tiene que ocurrir algo para que te pueda llamar?

— Es que estoy trabajando. Si no es importante, si te parece te llamo más tarde.

— No, no es importante. Si me llamas, llámame a casa.

— De acuerdo.

Y colgó.

¡Qué rara es esta mujer! No sabía a qué atenerse con ella. Le gustaba, pero, a veces, tenía una forma de ser que le sacaba de quicio. ¡Que le habría costado ahora hablar con él tres minutos! A ella ¿le gustaba él?, buena pregunta. No estaba acostumbrado a que la mujer le impusiera este ritmo. Recogió el despacho, colocó los libros, apagó el ordenador y se fue a casa.

Al pasar cerca de la catedral decidió acercarse a dar una vuelta por dentro. Tenía que reconocer que con la iluminación nocturna ganaba mucho atractivo para atraer al turismo. Por dentro, los vitrales iluminados resaltaban del resto de detalles. Él siempre se detenía en el rosetón, una vidriera redonda del siglo XIII que representaba en el centro a un cristo acompañado de ángeles y, alrededor, en círculos concéntricos, una serie de cristales coloreados representando figuras geométricas, en el siguiente círculo dieciséis agricultores realizaban otras tantas tareas agrícolas y en el círculo externo dibujos de plantas y flores. Visto desde dentro e iluminado desde fuera resaltaban todos los detalles. Como se estaba celebrando una misa no se quedó mucho tiempo. Dio una vuelta completa al exterior y se apercibió de que todavía había cigüeñas, ya no emigraban al final del verano. Una que estaba encima de una gárgola le quitaba terror a la expresión de la piedra.

Cuando llegó a casa subió el termostato de la calefacción y saludó con un gesto de la mano a su vecina de enfrente. Mientras se preparaba un bocadillo para cenar, sonó el timbre de la puerta.

— ¡Sorpresa! —le dijo Aurora separándole del vano de la puerta para que la dejara entrar con una caja de cervezas—.

Ezequiel no se lo podía creer. Cuando la había llamado se había mostrado tan arisca y, en cambio, ahora …

— Buenas noches, Aurora. Sí que es una agradable sorpresa.

— ¿Qué hacías?

— Me estaba preparando un bocadillo de jamón serrano con queso, ¿te apetece?

— Si le añades un poco de tomate y le quitas el queso, me apunto.

— Hecho.

Mientras Ezequiel partía el pan y lo untaba con un tomate, Aurora empezó a inspeccionar la cocina, los cajones, las estanterías, parecía un perro policía buscando droga.

— ¿Qué querías cuando me llamaste esta tarde?

— Saber si por fin ayer pudiste ir a ver a los padres de Lucía y si habías encontrado la agenda.

— Sí y no.

— O una cosa o la otra, chica.

— Sí fui a verlos y no, la agenda no aparece.

— ¿Cómo los encontraste?

— Destrozados. Ahora que ya ha pasado el entierro y la compañía de familiares y amigos se diluye es el peor momento. Se les cae la casa encima. No saben qué hacer. Les he recomendado que busquen ayuda psicológica, pero los pobres no conocen a nadie. Así que les he recomendado a mi psicólogo.

— ¿Pero tú vas al psicólogo?

— ¡Claro! Todos los policías deberíamos ir. No tienes ni idea de lo que vemos en nuestro trabajo y nos viene, o por lo menos a mí, me viene muy bien desconectar el trabajo de mi vida personal. Que alguien me relativice lo que veo a diario.

— ¿Pero tantas cosas malas pasan en esta pequeña ciudad?

— Pasan cosas muy malas, ya te lo digo yo.

— ¡Pues estamos apañados!, ¡cómo será en las ciudades grandes!

Puso en una bandeja los dos bocadillos, las cervezas y unas servilletas y lo llevó todo al salón.

Mientras daban cuenta del bocadillo y como estaban justo enfrente, Aurora preguntó.

— ¿Por qué no tienes televisión si tienes el hueco para ello?

— ¡Ah, te has dado cuenta! —ironizó Ezequiel—.

— Un poco. De eso y de que te faltan algunos libros de las estanterías, algunas baldas parecen la dentadura de un yonqui.

— Ya veo que también te has fijado en la falta de libros. ¡Qué perspicacia! Pues verás, hasta hace unos meses mi pareja, Nuria, y yo vivíamos felices y contentos, tal y como relatan los cuentos de hadas. Vivíamos felices y comíamos de todo, menos perdices y ahí estuvo el problema. Hete aquí que, en una aciaga tarde de sábado de infausto recuerdo, la bella princesa Nuria, dijo el terrible conjuro formulado en la frase "tenemos que hablar". Y en ese momento, una clara y luminosa tarde se empezó a nublar, se oscureció, el Sol se disolvió y una gran tormenta cargada de nubes, rayos, truenos y grandes aguaceros empezó a caer sobre la feliz pareja. La bella princesa se empezó a convertir en la fea bruja mutando su sedoso pelo rubio en greñas aceitosas de color gris, sus ojos brillantes de un negro azabache se achicaron en un tono mate y deslucido, su frente limpia y tersa se volvió cual campo roturado por el arado más cruel, su nariz pequeña y respingona se transformó, en cuestión de segundos, en aguileña enorme y llena de espinillas negras de donde emergían algunas verrugas oscuras, su cuerpo se encogió, le vencían los hombros y de la espalda le nacía una protuberancia cual el jorobado Quasimodo de Notre Dame. Y con ese nuevo aspecto, empezó a contarme con voz rota, cavernosa e hiriente que había conocido a alguien. Que no era yo, que era ella la que tenía un problema, que yo no había cambiado, pero que ella sí que pensaba que se le estaba escapando la vida, que no aprovechaba sus oportunidades de ser feliz, que, aunque no era desgraciada, pensaba que podía mejorar mucho si se alejaba de mí. Yo no daba crédito a lo que me estaba contando. Desde mi atalaya, mejor aún, desde mi caverna oscura no veía la realidad. Pensaba que, en ese momento, éramos felices, que lo pasábamos bien. Ahora reconozco que el único que lo pasaba bien juntos era yo, ella lo pasaba bien, pero con otra persona. Así que puedes entender que las palabras de Nuria cayeron sobre mí como un mazazo. Además, como no lo vi venir me afectó mucho más, me descolocó de tal manera que no supe reaccionar. Esa misma tarde del sábado más aciago de mi vida, Nuria recogió parte de su ropa, hizo una maleta y se fue de casa. Al día siguiente, domingo para más señas se personó en casa para llevarse todos sus enseres privativos, las cremas, sus documentos personales, el portátil y utensilios de cocina además de la televisión y de algunos libros. Lo grave de ese domingo es que llegó con su nuevo compañero y una furgoneta para cargarlo todo. Solo puedo reconocer una cosa, fue una ruptura rápida, certera, aséptica, casi sin darme cuenta. Cuando quise reaccionar ya había pasado una semana y, desde entonces faltan algunas sartenes, una licuadora, la televisión y, lo que más me dolió, ediciones únicas de libros y primeras ediciones.

— Pero ¿qué explicación te dio ella?

— Que se aburría conmigo. Aunque antes de ese sábado nunca me dijo nada al respecto ni intentó poner remedio al hastío. Yo reconozco que no soy la alegría de la huerta, pero, como dijo ella, no he cambiado.

— Pues vaya culebrón. Y ¿has vuelto a saber de ella?

— Nada. Sé que vive con el jovenzuelo que trajo de porteador y poco más. Prefiero no saber. Dejemos este tema. Tengo que contarte algo sobre el asesinato de Lucía.

— Dispara.

— Ayer fui al Club Cupido —Ezequiel miró a los ojos de Aurora para intentar adivinar su reacción, pero solo detectó sorpresa—, para preguntar si había trabajado allí como chica de alterne y puedo decirte que ninguno de sus compañeros la conocía. El "relaciones públicas" me confirmó que todas las que bailan y se mezclan con los clientes son extranjeras, no tienen contratada desde hace más de cinco años a ninguna española. Así que, a lo peor, es otra vía de investigación que no nos lleva a ninguna parte.

— ¿Por qué fuiste al Club?

— Parecía que vosotros no os interesaba mucho confirmar si Lucía trabajaba allí o no y yo tenía tanta curiosidad que no pude contenerme.

— Quieres decir que, como la policía no iba, fuiste tú a hacer nuestro trabajo, ¿no?

— No, solo fue por satisfacer una duda que me corroía.

— Y supongo, con lo que te dijeron los empleados quedaste satisfecho ¿verdad?

— Sí.

— ¿Hablaste con Dito el gerente?

— El gerente estaba de viaje.

— Y no has valorado la posibilidad de que los empleados y el "relaciones públicas" te mintieran.

— No tenían por qué mentirme.

— ¡Ah, claro! Porque esa gente es siempre sincera. ¡Pardillo!

La expresión final no le gustó nada a Ezequiel, no por el significado, sino por el tono con que lo había expresado Aurora, más cuando consideraba que había hecho un favor a la investigación.

— ¿Qué te pareció el Club?

— Pues, la verdad, me sorprendió agradablemente. No me esperaba encontrar lo que me encontré. La imagen que yo tenía de un club de alterne no se correspondía con lo que pude ver allí.

— Y ¿qué pudiste ver que te sorprendió tanto?

— Limpieza, seriedad, discreción y una actividad, que, aunque roce la ilegalidad, está bien pensada y gestionada. Tienen que ganar un montón de dinero si todas las noches van las personas que yo puede ver ayer y consumen al precio que te cobran por las bebidas.

Aurora terminó el bocadillo, dio un último trago a la cerveza, se remangó y mirando a Ezequiel le dijo:

— Vamos a ver si quedan claras algunas cosas. Primero, tú no puedes ir sustituyendo a la policía y haciendo preguntas sobre el asesinato de Lucía por ahí. Que no vuelva a suceder. Segundo, a la policía en general y a mí como subinspectora encargada del caso, en particular, nos interesa investigar todo lo que sea necesario para esclarecer los hechos que llevaron al asesinato de tu alumna. Tercero, si no hemos ido al Club Cupido antes es porque hay una operación en marcha en ese local sobre trata de personas, tráfico de drogas, fraude fiscal, prostitución, además de otras actividades ilegales y, se ha considerado por los mandos policiales, con muy buen criterio desde mi punto de vista, que dicha operación es más urgente y prioritaria. Además de que, como afecta a personas vivas que pueden sufrir daños nos interesa más que investigar el asesinato que, por desgracia, afecta a una persona que ya no está con nosotros. Espero, por tu bien, que no hayas perjudicado la investigación en curso.

— ¡Joder!, no sabía nada.

— No tenías por qué saberlo. No es tu trabajo. ¿A que yo no te digo cuándo tienes que corregir o cómo los exámenes de tus alumnos ni me meto en tus clases para hablar de finanzas?

— Perdona, yo no quería …

— Hay que pensar antes de actuar de forma alocada, calcular las ventajas y los inconvenientes y, sobre todo, no meterse donde nadie te llama.

Recogió la cazadora, el móvil y, sin estruendo, abandonó el apartamento. Ezequiel volvió a quedarse sin respuesta. Lo que él pensaba que era una ayuda, se había convertido en un problema. Si lo pensaba bien, reconocía que Aurora tenía parte de razón. Tenía que habérselo comentado antes de ir a meter la nariz al Club. La había cagado con todas las letras.

El fin de semana amaneció con mal sabor de boca. El encuentro de la tarde anterior con Aurora se repetía insistentemente en su cabeza. Por un lado, pensaba que tampoco es que lo hubiera hecho tan mal, únicamente había ido a un puticlub a pasar el rato, eso no se le podía recriminar, él era muy libre de ir a tomar copas donde le apeteciera y no tenía por qué perjudicar a la investigación. Tampoco había utilizado los servicios sexuales de ninguna señorita. Así que, por ese lado, Aurora no tenía razón para enfadarse. Además, él había ido con buenas intenciones suponiendo que la policía estaba procrastinando en el asunto de Lucía. Parte de la culpa era de ella. Que le hubiera dicho que no iba por que había una operación en curso, así él se hubiera quedado tranquilo y no hubiera ido a hacer el ridículo al Club y, además, a no conseguir nada, aunque se quedó más tranquilo cuando los empleados le dijeron que no había, entre las chicas de alterne, ninguna española. También es verdad que el grado de credibilidad de los empleados de ese lugar podía dejar mucho que desear.

Por otro lado, reconocía que Aurora tenía razón, tenía que habérselo dicho, tenía que haber comentado con ella su intención de hacer de policía y, además, tenía que reconocer que lo había hecho fatal, sin prepararse, sin pensar las consecuencias, sin prever posibles resultados, pero si no llevó ni una foto siquiera de Lucía. Estaba avergonzado de que un profesor universitario que dedica un tiempo importante a la investigación, que se prepara, analiza y explora distintas posibilidades hubiera cometido tantos errores. ¿Qué lección tenía que sacar de todo ello? Tenía que hablar más con Aurora, tenía que contarle lo que le pasaba, lo que pensaba, lo que le gustaría que ella hiciera. A ver si así podía volverse a amistar con ella y no hacer más el tonto. Pero ¿ella quería hablar con él?, buena pregunta y más ahora después de su metedura de pata. Tenía que reconciliarse con ella. Además, estaba el tema de sus sentimientos hacia ella. Tenía que contárselo. En definitiva, tenía que dialogar más con ella.

En estas disquisiciones andaba cuando sonó el teléfono.

— Hola Ezequiel, soy Santiago.

— ¡Hombre, Zurdo!, ¿qué tal estás?

Santiago Izquierdo era diestro de toda la vida, pero desde pequeño le fue asignado el mote de "Zurdo". Cosas de chicos. Santiago era amigo de Ezequiel desde primaria. Siempre estaban juntos hasta que la universidad les separó. Santiago se fue a estudiar Derecho fuera de la ciudad, mientras que Ezequiel se quedó.

— Estoy muy bien, tú, ¿qué tal?

— He tenido temporadas mejores, pero todo puede ir a peor todavía si le damos tiempo. Así que no me quejo. ¿Qué se te ofrece?

— Tenemos que quedar un día a comer o cenar. Hace mucho que no hablamos.

— Vamos, suéltalo que con lo ocupado que estás no me llamas para ir a comer.

— ¡Que ingenioso eres!, la verdad es que tengo tres cosas contra ti.

— Vamos a ello. Primera.

— ¿Qué es eso que he oído de que te han detenido por el asesinato de una alumna tuya?

— La primera en la frente. No sé qué radio macuto escuchas, pero deja de hacerlo, solo emite noticias falsas. Efectivamente hace unos diez días mataron a una alumna mía en su piso cerca del campus el mismo día que yo había estado con ella.

— ¿En su piso?

— Sí, le había llevado unos artículos para su trabajo de fin de carrera y, como yo era su tutor, estuvimos hablando de ello. Después de irme yo la mataron clavándola unas tijeras.

— ¿Dónde?

— ¿Dónde qué?

— Que dónde le clavaron las tijeras.

— Pues en el cuerpo, pero, en realidad no sé en qué sitio exacto, ¿tiene importancia?

— Podría tenerla. Por ejemplo, el lugar define la altura del atacante, la profundidad, su fuerza y más cosas, intencionalidad, premeditación, etcétera.

— Bueno, el caso es que, al día siguiente vino la policía a la Facultad y me hizo unas preguntas y fui con ellos a firmar una declaración a comisaría. Como algunos me vieron salir con ellos, alguien con mala vista o mala idea interpretó que me habían detenido. Pero en comisaría ya me dijeron que había quedado totalmente exculpado.

— Pero, entonces, sí que fuiste sospechoso.

— Sí, por mis huellas en el piso y porque yo les dije que había estado allí.

— Y no se te ocurrió llamarme.

— ¿Para qué?

— Por si te acusaban o hacías unas declaraciones auto inculpatorias.

— Pues no, como era inocente, no me percaté.

— Y ahora, ¿en qué punto está la investigación?, ¿sabes algo más?

— No tienen ningún sospechoso, de momento. Parece que están investigando el entorno de la alumna, pero, de momento, no tienen nada.

— Si te vuelven a llevar a comisaría, diles que me llamen para asistirte.

— No me van a llamar, pero vale, si así te quedas más tranquilo …

— ¿Para qué crees que estamos los abogados?

— Para cobrar. Ganéis o perdáis, siempre cobráis.

— Porque hacemos un trabajo por el que tienen que remunerarnos. Además, a ti no te cobraría honorarios. Solo te pediría más tarde favores.

— Aunque me los quisieras cobrar no iba a pagártelos. Tienes mucho más dinero que yo. Bueno, la segunda.

— La segunda, ¿qué?

— La segunda cosa que tenías que hablar conmigo.

— ¡Ah, sí! Me han llamado de la Facultad de Derecho para ver si quiero o me interesa ser profesor asociado, ¿de qué va eso?

— Tienen que estar muy apurados para pensar en ti como profesor. Verás, la figura de profesor asociado en la universidad se refiere a un profesional de reconocido prestigio en su ámbito de trabajo que aporte sus conocimientos teórico-prácticos a la enseñanza, lo que quiere decir es que tú puedes aportar tu experiencia en los juzgados, en los casos que llevas, en cómo preparas los juicios sobre la asignatura en la que impartas clase. Es un contrato que tiene una duración de un semestre y que se puede prorrogar hasta el curso completo. Normalmente se contratan asociados en aquellas áreas de conocimiento en las que hay una escasez de funcionarios o de personal con dedicación exclusiva o para cubrir bajas sobrevenidas. ¿De qué área te han llamado?

— Del departamento de Derecho Privado.

— Sí, pero dentro del departamento hay áreas de conocimiento específicas, civil, mercantil, y otras.

— Pues creo que del área de Derecho Civil.

— Bueno, eso tú lo tienes dominado. No creo que te cueste mucho impartir clases o dar unas prácticas.

— Y ¿cuánto se cobra?

— ¡Joder, con el materialista! Hazlo por el bien de la enseñanza y para que los futuros abogados sean mejor que los actuales.

— Si el dinero no es lo importante. Lo que me preocupa es disponer de tiempo.

— Lo que te van a pagar no te va a hacer rico. Si te da para cubrir gastos date por satisfecho. Pero este trabajo te puede venir bien para relajarte y disfrutar contando a los alumnos tus casos, cómo te han llegado, cómo los has estudiado, qué y dónde has consultado la normativa, la jurisprudencia, cómo lo has planteado en el juzgado y los resultados que has obtenido, buenos o malos y por qué. Incluso te puede ayudar a corregir errores para el futuro al repasar los asuntos y a estar al día de la normativa.

— Ya. No lo tengo nada claro. Lo pensaré.

— Además, luego podrás presentarte a tus clientes como profesor universitario que eso siempre da un plus al caché, aunque no sé si tú lo necesitas y después, algún alumno al que le hayas caído bien puede recomendarte. Te va a servir como publicidad y, para terminar, si ves a algún alumno espabilado, lo puedes incorporar como becario a tu bufete.

— Y ligar, ¿se liga mucho?

— Seguro que tú sí, calavera. Yo, no.

— Pues bueno, lo dicho, me lo pienso. Oye eres un vendedor en potencia. Te veo en publicidad y relaciones públicas.

— Anda, déjalo. Estoy muy bien en finanzas, aunque ligue menos. ¿Cuál era la tercera cosa que me tenías que contar?

— Me ha entrado en el bufete un asunto sobre hipoteca multidivisa y, antes de aceptar, me gustaría que le echaras un vistazo y me dieras tu opinión sobre por dónde podría plantear la demanda y cuánto podría solicitar de devolución.

— Envíame los documentos que tengas, los miro, calculo las liquidaciones que ha hecho el banco y las comparo con una liquidación en euros y te digo algo.

— El problema es …

— Que lo necesitas urgente, ¿a que sí?

— Para antes de ayer.

— Entre hoy y mañana lo miro y quedamos el lunes para vernos, ¿te parece?

— Perfecto. Así que este fin de semana no podemos quedar que tienes que mirar esa hipoteca.

— Mira qué gracioso está el Zurdo.

— La próxima semana, reservo y quedamos, ¿vale?

— Bien. Envíame cuanto antes todo lo que tengas del asunto de la hipoteca.

— Lo escaneo todo ahora mismo y lo tienes en media hora.

— Vale. Disfruta del fin de semana.

— Tú también que sé que no te vas a aburrir. Cuídate.

Antes de que se cumpliera una hora le llegó al correo personal de Ezequiel el contrato de la hipoteca multidivisa y diez documentos que incluían liquidaciones y cuadros de amortización del préstamo, así como comunicaciones de cambio de moneda. Como lo estaba esperando y no tenía nada urgente que hacer, se puso a estudiar los documentos.

El asunto afectaba a un guardia de seguridad y a su mujer. Abarcaba doce años desde el momento de la firma del préstamo hipotecario hasta el momento actual.

La hipoteca multidivisa es un contrato de préstamo con garantía de un inmueble con la diferencia, sobre el resto de los préstamos de este tipo, de que la divisa en la que se denomina es diferente a la del país en la que se firma. En el caso concreto que estaba analizado Ezequiel el contrato de préstamo, en vez de en euros, estaba firmado en francos suizos con la posibilidad de cambiar a yenes japoneses o a euros a elección del prestatario. El tipo de interés pactado era variable y la referencia para la modificación del tipo en vez del Euribor era el Libor (*London Interbank Offered Rate*) y el plazo de vigencia era el mes, esto es, cada mes cambiaba el tipo de interés según una referencia poco habitual en España para estos préstamos. Utilizar una moneda diferente al euro supone que cada vez que hay que abonar una cuota se generan comisiones de tipo de cambio con el euro. Estos cambios de moneda y de tipos de interés suponen un doble riesgo para el prestatario dado que las cuotas compuestas por los intereses del periodo más la devolución del capital prestado pueden subir o bajar en función de esas dos variables: el tipo de interés y el tipo de cambio de la moneda diferente al euro. Por este motivo algunos juzgados habían recogido en sentencias de este sistema de financiación que era un producto complejo al influir dos volatilidades en el cálculo de la cuota final en euros. ¿Cómo era posible que dos personas que, imaginaba Ezequiel, no eran expertas en temas financieros, hubieran contratado este producto con lo difícil que resultaba comprobar la evolución del tipo de interés del Libor y, además, calcular la conversión de francos suizos o yenes a euros?

Los datos financieros del contrato eran simples, el importe del préstamo era de ciento cincuenta mil euros, lo que suponía doscientos cuarenta mil francos suizos que fue la cantidad prestada por la entidad financiera. El plazo del préstamo era de trescientos meses, esto es, veinticinco años, lo que suponía una cuota mensual, con el primer tipo de interés, de unos mil francos suizos que equivalía a algo más de seiscientos euros. Además, los prestatarios habían realizado pagos anticipados a los seis meses del inicio del contrato por cinco mil euros, al cabo de dieciocho meses de otros cinco mil y a los diez años de otros mil quinientos y nunca se habían retrasado en el pago de las cuotas abonando mensualmente las cantidades que el banco le liquidaba más, lógicamente las comisiones por cambio de moneda oportunas. Ezequiel comprobó en los documentos aportados por el Zurdo que, al cumplirse el año, la moneda del contrato había cambiado de francos suizos a yenes japoneses, después, al año siguiente, volvía a ser, otra vez, francos suizos, pasados otros seis meses, otra vez a yenes japoneses, cinco años después, cambiaba de la moneda japonesa a euros, donde se mantuvo solo un año para volver a convertirse en yenes japoneses hasta la última liquidación de intereses que la había enviado el abogado.

Mediante una hoja de cálculo estuvo comprobando Ezequiel que todas y cada una de las liquidaciones de las que disponía se ajustaban a lo establecido en el contrato firmado y, salvo algún que otro redondeo, todo estaba correcto. A continuación, pasó a calcular cómo hubieran sido las liquidaciones si, desde el principio se hubiera liquidado todo en euros. Aquí, Ezequiel se dio cuenta de cuál había sido el argumento que había utilizado el banco para convencer al matrimonio para que firmara este tipo de contrato. Si la primera cuota en francos suizos era, al cambio en euros, poco más de seiscientos euros, si se hubiera realizado el cálculo en euros era de setecientos ochenta euros ya que al aplicar los euros se utilizaba como tipo de interés el Euribor. Más de ciento cincuenta euros mensuales de diferencia podían ser un argumento difícil de batir.

Al revisar los datos en la hoja de cálculo se dio cuenta de que al término de los cinco primeros años de haber pagado religiosamente todas las cuotas e incluso haber anticipado la devolución de parte del capital, los prestatarios debían al banco, al cambio en euros, ciento setenta y tres mil euros, veintitrés mil euros más que la cantidad solicitada inicialmente y ello se debía a la apreciación de la divisa en la que se concretaba el contrato. No le extrañó a Ezequiel que el matrimonio quisiera demandar al banco. Siete años después de firmar el contrato seguían debiendo más de lo que habían solicitado y, en la última liquidación de la que disponía Ezequiel, después de doce años solo habían reducido el capital en cuarenta mil euros.

La diferencia entre las liquidaciones con el contrato referenciado a francos suizos, euros y yenes japoneses y sólo en euros resultaban escandalosas: en cuotas casi cuarenta mil euros y en el capital pendiente final más de veinticinco mil euros. Una diferencia final de sesenta y cinco mil euros a favor del segurata y su mujer.

Con el entretenimiento de los cálculos se le había pasado, sin darse cuenta, la hora de la comida, así que se preparó un bocadillo de lomo y con una cerveza y una naranja de postre, se conformó. Ya cenaría adecuadamente. Dudó en llamar o no a Aurora para disculparse, aunque seguía pensado que, en realidad, no tenía de qué disculparse por su visita al Club Cupido. Podía llamarla para hacer las paces e invitarla a cenar. Llamó, pero Aurora no respondió, así que, con el teléfono en la mano, llamó al Zurdo para comentarle los resultados y conclusiones a los que había llegado al analizar los documentos que le había enviado.

— Buenas tarde, Zurdo.

— ¿Qué tal Ezequiel?

— Te cuento un poco los resultados que he obtenido del asunto de la hipoteca multidivisa.

— ¡Qué rápido!, dime.

— Antes de nada, una pregunta.

— No sé si la podré responder.

— El matrimonio que ha firmado este contrato de préstamo, entiendo que no tiene conocimientos financieros muy profundos, ¿no?

— Él es guarda de seguridad en una delegación ministerial y ella limpiadora en un colegio. No les he preguntado, pero, por lo que yo he hablado con ellos, de temas financieros no entienden nada o algo muy escaso, lo básico, vamos.

— ¿Por qué firmaron un contrato de hipoteca sin entender cómo funcionaba?

— Pues, por lo de siempre, el gestor de su banco de toda la vida, con una labia atrayente y envolvedora, les presentó un producto magnífico, pensado exclusivamente para ellos que son unos excelentes clientes del banco y que, al proponerles este producto, casi en exclusiva repito, les está considerando como parte de la familia financiera y que como habrán deducido no se lo ofrecen a mucha gente y, además, se van a ahorrar un montón de dinero en intereses al aplicarles un tipo muy bajo.

— Ya, les aplicaron el argumentario de ventas en toda su expresión.

— ¿Tú no hubieras firmado en su lugar? Yo imagino lo que pensaron antes de firmar. Mi banco de toda la vida, que me quiere y me cuida, me hace una oferta de la puedo presumir delante de familiares y amigos con la que me voy a ahorrar mucho dinero. Verás este año en la cena de Navidad como le paso esto por los morros a mi cuñado. Y firmaron porque confiaban en el banco.

— Pues ahora se pueden encontrar un juez que les diga que nadie les obligó a firmar ese contrato y que tienen que responsabilizarse de sus actos, que lo hubieran pensado, meditado y calculado antes.

— Mi argumento será que no les informaron de todos los riesgos que corrían, es decir, falta o negligencia del banco en la información facilitada, ¿cómo lo ves?

— A ver, los datos que me pasaste no respaldan ese argumento. Lo que veo es que es un producto complejo para personas sin formación financiera y que han tenido mala suerte de que se apreciara tanto el yen como el franco suizo, lo que provocó que pasados cinco años y habiendo anticipado el pago del principal debían más que cuando solicitaron el préstamo. Pero ese era el riesgo. Si hubiera ocurrido lo contrario, que las divisas se hubieran devaluado seguro que no estaríamos hablando de este contrato tú y yo.

— Claro, en ese caso, no reclamarían y se estarían riendo de su cuñado.

— Pero, eso es poco ético, ¿no?

— De ética los abogados no viviríamos.

— Otra pregunta que me ha surgido. Si ellos podían cambiar de divisa cuando quisieran, ¿por qué, cuando se dieron cuenta de que el principal del préstamo no bajaba si no que subía, no le dijeron al banco que cambiara a euros?

— Eso sí que se lo pregunté y me dijeron que fueron al banco y que el empleado les convenció de que ese momento era puntual, pero que, más adelante, lo recuperarían todo si se quedaban con la moneda japonesa. Que verían cómo iba a reducirse el principal en los próximos meses.

— O sea, que les volvieron a convencer. Y si les dice que es bueno para la piel tirarse a un pozo, te hubiera visto a ti ahora con una cuerda para sacarles.

— Más o menos. ¿De cuánto podría ser la reclamación económica?

— En las cuotas cuarenta mil euros y en la reducción de capital de otros veinticinco mil euros. Total, unos sesenta y cinco mil euros.

— ¡La virgen! Prepárame un informe pericial con todo eso.

— Tengo que revisar bien los cálculos, pero creo que no habrá mucha diferencia con el resultado final.

— Ponte a ello que preparo la demanda y dime a cuánto ascienden tus honorarios.

— Ya sabes que este tipo de trabajos tienen que pasar por la Universidad, que es quien va a emitir la factura. Lo pienso y cuando te mande el informe te digo lo de los honorarios.

— Perfecto. A ver cuándo quedamos para comer o cenar.

— ¡Pero si me has dicho que la semana que viene! Yo no tengo problemas, tú eres el abogado agobiado, consulta tu agenda y me dices. Yo prefiero para cenar.

— Antes de Navidad seguro.

— Vale.

— Pásalo bien·

— Igualmente. Adiós.

Ezequiel pasó la tarde del sábado delante del ordenador en el despacho-salón vigilado por su vecina de enfrente. Revisó los cálculos, corrigió algunos pequeños errores y redactó el informe para el Zurdo. Lo dejaría reposar un par de días antes de mandárselo al abogado.

Al acabar se encontraba un poco decepcionado al no haber recibido una llamada de Aurora. Sí que debía de estar enfadada. Bajó a cenar al restaurante chino que había cerca de su casa y se dedicó el resto de la noche a leer. Empezó con artículos científicos, pero como notaba que no se podía concentrar pensando en el asesinato de Lucía y en el enfado de Aurora, terminó leyendo una novela policiaca.

Capítulo 12. Tesoro

El domingo amaneció desangelado, frío. Apetecía quedarse en casa leyendo un buen libro en el sofá con una manta y frente a la chimenea. Era una pena que Ezequiel no dispusiera de una para caldear el ambiente tenso que se respiraba en su piso al estar pendiente del teléfono. Tal fue así que no salió de casa para poder atender el teléfono a Aurora y que esta no tuviera la excusa de decir que no le había contestado. En la calle caía aguanieve con rachas de viento que llevaron al profesor a agarrarse a los radiadores de casa. Para intentar no desesperarse por la falta de comunicación de la subinspectora aprovechó el día para poner una lavadora y planchar la última que había puesto y que tenía pendiente. A la hora de comer, descongeló una lasaña precocinada y dedicó la tarde a leer. Se fue a la cama con un sentimiento de decepción, frustración, desencanto, pérdida de tiempo y desilusión por haber dejado escapar otro tren en la relación sentimental con la mujer que le atraía. Su falta de decisión en contarle sus sentimientos le había llevado a ese estado. Tardó en dormirse.

El lunes, nada más levantarse, revisó las actividades que tenía para ese día. A primera hora tenía las entrevistas con los candidatos a ocupar la plaza de profesor de contabilidad y, por la tarde, seminario de educación financiera. Podría poner una reunión con Sofía y Germán para hablar de investigación y contarles su idea del modelo para el cálculo de costes en la sanidad. Les mandó un correo citándolos para última hora de la mañana y pidiendo la confirmación de su lectura. Al levantar las persianas, el blanco de la nieve caída durante la noche cubría coches y tejados. La calzada y las aceras se habían librado, la fina capa y el cielo despejado no hacían presagiar que el nuevo día trajera más precipitaciones de nieve, aunque sí más frío. Se fijó en que su vecina de enfrente tenía cubiertas sus piernas con una manta diferente con dibujos étnicos. Después de desayunar y arreglarse buscó en el cajón de las bufandas una que tuviera un color sufrido para que no tuviera que lavarla muy pronto. Se calzó las botas más abrigadas que tenía y salió a la calle.

En el camino a la Facultad se fijó en que la ciudad presentaba un aspecto navideño, limpio, como si alguien hubiera espolvoreado azúcar glas por encima haciendo atractivos y apetecibles los edificios y los jardines. La desnuda estatua de Neptuno que presidía el jardín hacía estremecerse a los escasos viandantes que paseaban cerca de ella por la sensación de congelación que desprendía la desnudez del dios. Al llegar a su despacho, Ezequiel se quedó un rato mirando por la ventana la llegada de algunos estudiantes y profesores embozados y andando deprisa, pegando sus piernas al radiador para calentarse.

Sofía entró en el despacho preguntando a Ezequiel a qué hora y con qué espíritu se levantaba para hacerles llegar, tan temprano, el correo que les citaba para última hora de la mañana.

— Buenos días, Sofía. Me levanto temprano, alegre y trabajador para aprovechar el día. ¿Te viene bien la hora que os he puesto para la reunión?

— Sí, así, después, si te parece y te apetece, comemos juntos.

— Perfecto. Me voy a las entrevistas con los candidatos a profesor de contabilidad. Cuando llegue Germán pregúntale si le va bien la hora —dijo Ezequiel cogiendo el cuaderno que ahora llevaba a todas las reuniones y actos—.

Las entrevistas eran en un despacho en la sede del Departamento. Al llegar Ezequiel ya estaban esperando fuera algunos de los candidatos. Se les veía bien vestidos y algo nerviosos.

Normalmente en estas entrevistas quien llevaba la voz cantante, además del director, eran los profesores del área a la que pertenecía la plaza a concurso. Así que Ezequiel, si no quería no tenía que intervenir, ya que la plaza era de contabilidad. En este caso, Pili y Mili serían las encargadas de plantear las preguntas para establecer la idoneidad de los candidatos. Además, en estas entrevistas también se veía la desenvoltura que tenían los aspirantes, aunque los nervios podían jugar una mala pasada.

Solo faltaba Noelia para completar el tribunal a la que hubo que llamar a su despacho al haberse olvidado de la cita. Ezequiel se consoló, no era él el único que tenía olvidos.

En las entrevistas individuales tomaba primero la palabra el director del Departamento para explicar a los candidatos en qué consistía y para qué servía la entrevista, les aclaraba la normativa y daba paso al resto del tribunal para que formulara las preguntas que estimaran oportunas. En este caso, tanto Noelia como Ezequiel se abstuvieron de plantear pregunta alguna y dejaron a Pili y Mili que hicieran los honores. Las preguntas solían plantearse para aclarar alguno de los aspectos del currículum presentado por el candidato como que explicara en qué consistía algún proyecto o cuál había sido su participación en el mismo o los resultados de alguna estancia. También se preguntaba por la metodología docente que pensaba utilizar en el caso de que consiguiera la plaza o preguntas concretas sobre el contenido del programa de las asignaturas a impartir.

Cuando entró el candidato que no le gustaba a Mili porque tenía notas muy altas en el expediente, según ella, por venir de una universidad privada, la profesora empezó a interrogarle y pedirle explicaciones por casi todos los aspectos de su currículum, desde el expediente hasta plantear dudas sobre la autoría de los artículos científicos que firmaba como coautor. A Ezequiel le estaba pareciendo que Mili se estaba pasando de frenada. Una cosa era dudar de algún aspecto y otra someter al candidato a un tercer grado que no iba a llevar a ningún sitio porque su puntuación superaba a la del resto de aspirantes. Era un enfrentamiento entre Mili y el candidato inútil y que embarraría la convivencia en el área de contabilidad y que podía provocar que el nuevo profesor renunciara en cuanto surgiera una oportunidad en otra universidad.

La anécdota la protagonizó el último de los aspirantes que, con un expediente más que aceptable, aunque con escasa investigación se presentó a la entrevista sin saber español. No entendía las preguntas y no sabía responder. Ezequiel se fijó entonces en que tenía nombre extranjero y presentaba un certificado del nivel más bajo de idioma español. La entrevista tuvo que desarrollarse en inglés, pero el candidato quedó descartado ya que la docencia que tendría que impartir era en español por lo que incumplía uno de los requisitos esenciales para el puesto.

Después de las entrevistas, el tribunal se quedó para evaluar definitivamente a los candidatos. Mili seguía en sus trece de bajar la nota al aspirante de la universidad privada y ya, cuando vio que los otros cuatro profesores estaban en contra de ella, dio su brazo a torcer y firmó el acta en la que se proponía, como primera opción de contrato, a la persona que ella tenía cruzada. A Ezequiel le daba igual quien entrara en contabilidad, pero reconocía que quizás, inicialmente, podría haber tenido algún reparo en el candidato por los argumentos que exponía Mili. Después de la entrevista, le parecía una persona educada y adecuada y con un perfil docente e investigador que podría encajar perfectamente en esa universidad.

A la hora prevista, Ezequiel se reunió con Germán y Sofía para plantear una nueva línea de investigación o un nuevo artículo en la línea que habían trabajado estos últimos años.

Sofía y Germán venían con los deberes hechos. Ya habían hablado del tema entre ellos y le proponían a Ezequiel analizar la influencia del género en la toma de decisiones financieras en las empresas cotizadas en el mercado de valores. A Ezequiel le sorprendió el tema y la concreción del mismo, reconocía que sus compañeros habían hecho un buen trabajo de exploración de los artículos publicados dentro de esa temática que él había considerado y había desechado al no disponer de una base de datos que recopilara la información necesaria para ese tipo de análisis.

— ¿De dónde vais a obtener las variables necesarias para el estudio? Os recuerdo que en esta universidad no tenemos nada de eso y no tenemos presupuesto para comprarla.

— La idea —respondió Sofía—, es que Germán se vaya de estancia de investigación a la Universidad de Edimburgo para descargar los datos. Como allí tenemos al profesor Alan que ha colaborado con nosotros anteriormente y hemos tenido aquí a un pupilo suyo, es justo que ahora nos devuelva el favor y acoja a Germán que, además, necesita más tiempo de estancias en el extranjero para acreditarse y ascender en la carrera universitaria.

— ¿Ya habéis hablado con Alan?

— No, esperábamos a hablar primero contigo y que fueras tú el que le pidiera la estancia, ¿cómo lo ves?

— La línea de investigación me parece bien, la idea de conseguir los datos en Edimburgo no está mal, el que vaya Germán es perfecto, el único problema que veo es que Alan o está jubilado o está a punto de hacerlo, así que, si consideráis que este es el mejor camino para publicar otro artículo, habría que enviarle un correo hoy mismo a ver qué contesta.

— Bien, pues que no se te olvide —dijo Sofía—.

El comentario no le sentó nada bien, aunque reconocía que desde hacía días se le pasaban muchas cosas, pero eso no daba pie para que Sofía se lo dijera a la cara. Además, ahora tenía el cuaderno.

— Tú ¿tenías alguna propuesta de investigación? —preguntó Germán—, porque no te hemos dejado hablar.

— La verdad es que sí, pero sería cambiar completamente de dirección. Llevo una temporada pensando en los costes de la sanidad y creo que se podría plantear como hipótesis un modelo matemático para calcular los costes de hospitalización, ambulatorio, urgencias, etc. Pero no lo tengo muy desarrollado. Había hablado con Cris, la matemática, por si quería colaborar con nosotros en este tema.

— No es mala idea. Mientras Germán está en Edimburgo consiguiendo los datos, nosotros podemos ir viendo esta otra posibilidad para escribir un artículo.

— Pero a mí no me dejéis fuera de eso —protestó Germán sin mucha convicción consciente de que en el grupo no tenían mucho peso sus opiniones. Hasta hora, le había ido muy bien hacer caso a sus dos tutores—.

— Tranquilo que no te vas a aburrir en Escocia.

— Bien, pues listo. Lo apunto en mi cuaderno para que no se me olvide nada y vamos a comer —dijo Ezequiel mirando a los ojos a Sofía por su comentario anterior—.

— Rencoroso —le dijo Sofía de broma—.

— Yo no puedo acompañaros —dijo Germán—, tenemos comida familiar en casa por el cumpleaños de mi hermana.

— Pues tú te lo pierdes, pensábamos invitarte.

— Guárdame la invitación para otro día.

— Nada, nada. Esto prescribe hoy. Saluda a tus padres de mi parte —dijo Ezequiel—.

Sofía y Ezequiel ocuparon una mesa libre en la cafetería que presentaba un ambiente cálido y se respiraba un agradable aroma a comida casera. Esperaron a que el camarero les tomara nota de la comanda para hablar.

— ¿Cómo va la investigación del asesinato de tu alumna?

— Mal. De momento, que yo sepa, no hay sospechosos y a medida que pasan los días creo que será más difícil encontrar al culpable. Además, mi relación con Aurora, la subinspectora encargada del caso se ha enfriado, como el tiempo.

— ¿Relación?

— Bueno, quien dice relación, dice conversaciones o intercambio de información.

— ¿Ha aparecido la agenda?

— No.

— Y ¿qué ha pasado entre vosotros para ese temporal de invierno?

— Digamos que yo estimaba, erróneamente, que la policía procrastinaba en la resolución del caso y me adelanté a conseguir una información para ayudar y lo que hice fue meter la pata.

— Mira que te lo dije. ¡Qué cabezón eres! ¿Qué información era esa?

— Pues era sobre el origen de unos ingresos que tenía Lucía que parece ser no son del todo legales.

— Vamos, que trabajaba en negro.

— Eso parece.

— Y ahora ya no te pasan información.

— Efectivamente. Estoy dando tiempo a ver si se le pasa el enfado a la policía y vuelvo a retomar la fuente de los datos.

— El otro día, cuando comiste aquí con ella, se te veía muy bien, bueno se os veía bien a los dos.

— Podías haberte acercado a saludar.

— No quería interrumpir el momento romántico.

Ezequiel levantó la ceja derecha e inclinó la cabeza hacia la izquierda con la expresión que decía "no me tomes el pelo".

— ¿Qué tal las entrevistas a los candidatos a la plaza de contabilidad?

— Bien, al final hemos convencido a Mili de que la persona que tiene más puntos es la que proponemos como primera opción.

— Y para eso teníais que convencerla, pero si es obvio.

— Pues, desde que hicimos la baremación, Mili estuvo empeñada en ponderar su expediente académico a la baja porque había estudiado en una universidad privada.

— Bueno, en parte, tiene razón. Todos sabemos cómo califican en determinados centros.

— Ya, pero sin pruebas no puedes hacer esa discriminación.

— En eso, también tienes razón.

— En el seminario de educación financiera ¿va todo bien?

— Ah, se me olvidaba. Una alumna, al terminar la última sesión, preguntó por la hipoteca inversa, ¿podrías hablarles de ella?

— Anda, se te olvidó, ¿por qué no lo apuntas en un cuaderno?

— Mira que eres. No me lo vas a perdonar ¿eh?

— Tardaré, tardaré. Sobre la hipoteca inversa tengo una presentación del curso que di el año pasado a la asociación de personas de la tercera edad. Así que hoy se lo explico.

Terminaron de comer, pagaron cada uno lo suyo y volvieron a la Facultad.

Al llegar al aula donde se impartía el seminario de educación financiera, lo primero en lo que se fijó Ezequiel fue en el descenso de la asistencia de los alumnos, no llegaban ni a la mitad de los habituales. Mientras cargaba la presentación en el ordenador del aula y después del oportuno saludo, preguntó por la razón de las ausencias. Dos fueron las razones que le manifestaron; al día siguiente, por la mañana, había un examen de la asignatura de riesgos financieros, una de las más importantes de la titulación y de las más difíciles, por lo que la gente aprovechaba a estudiar hasta el último día, y la otra razón era que ese día, a esa hora de la tarde, la selección española de fútbol jugaba un partido trascendental para su clasificación en el mundial. Con la primera de las razones, Ezequiel fue muy comprensivo, aunque les recordó que una parte importante de la formación universitaria era la de saber programarse, saber distribuir el tiempo y les recordó no dejar las tareas importantes para el último momento. Era una competencia que si se hacía costumbre les ayudaría mucho en su posterior vida laboral, además, les dijo que la programación del futuro a corto plazo era algo innato a los financieros. No servía de nada los acontecimientos pasados, tenían que intentar adelantarse a los que podía suceder en un horizonte cercano y analizar las ventajas y los inconvenientes dejando siempre un colchón para imprevistos. En su fuero interno el profesor sabía que lo que les estaba contando era como predicar en el desierto, pero, por si acaso, el mensaje calaba en algún alumno, él se lo contaba.

Respecto a la segunda causa de ausencia de los alumnos en el aula, Ezequiel se puso más serio y les pidió a los presentes que les contaran a los ausentes que su actitud era decepcionante por varios motivos; uno era que preferir ver un partido de fútbol, que es ocio, frente a formarse académicamente no tenía explicación racional alguna, dos, con los medios técnicos actuales podrían perfectamente haber asistido a clase y poner a grabar el partido para verlo por la noche y, de esa forma, no perderse nada y tres, el fútbol ya no era, en su opinión, un deporte, si no un negocio y como tal había que tratarlo, estaba mercantilizado y, aunque el partido fuera de la selección que se suponía menos influido por el dinero, los medios de los que disponían los países desarrollados eran muchísimo más grandes que los de los países en vías de desarrollo o infinitamente más que los subdesarrollados. Además, Ezequiel creía que el aumento de los partidos que ahora se retransmitían por televisión estaba destinado a entretener la mente de los ciudadanos para que no pensaran en cosas más importantes. ¡Pero si emitían hasta partidos de segunda y tercera división! Y lo grave es que la gente los ve. Ezequiel no lo podía entender y así se lo dijo. Decepcionante.

Se quedó a gusto con la charla que les había dado. Así que a continuación empezó con la sesión.

— Según me ha dicho la profesora Sofía alguien había preguntado, al acabar la clase anterior, por la hipoteca inversa.

Levantó la mano una de las alumnas del centro del aula.

— Fui yo. La semana pasada mi abuelo me dijo que había oído hablar por la radio de que era algo interesante para los jubilados pero que no había entendido nada y me preguntó a mí que qué era eso. Lo he buscado en las redes sociales y en mi banco y, o no hay nada o no entiendo a qué se refiere. Por eso se lo comenté a la profe.

Ya no solo era el tuteo, ahora, además, era la abreviatura lo que irritaba a Ezequiel.

— Bien, vamos a ver si con la explicación que yo os dé lo entendéis para poder explicárselo a personas que no tienen formación en finanzas. Lo primero que tenéis que saber es que la hipoteca inversa tiene como objetivo complementar la pensión de jubilación, por eso, también se denomina hipoteca-pensión.

"La hipoteca inversa es un préstamo o un crédito que la entidad financiera concede a una persona que ha de reunir una serie de requisitos de edad sobre un bien inmueble del que ya sea propietario y que constituya su residencia habitual.

"Si os fijáis, en España, hay mucha gente mayor que tiene una renta, su pensión de jubilación, baja, pero, sin embargo, disponen de un patrimonio que puede ser elevado, son dueños de una casa o un piso. La hipoteca inversa viene a revertir esta situación, lo que se pretende con este producto financiero destinado a jubilados es que puedan disponer de forma continuada, mes a mes, de un complemento a sus ingresos por la pensión.

"Pueden acceder a la hipoteca inversa las personas mayores de sesenta y cinco años o afectadas por dependencia severa o gran dependencia que tengan en propiedad un inmueble, es decir, que no esté hipotecado previamente. Es necesario realizar una tasación del inmueble y asegurarlo contra daños. Con esas condiciones iniciales, la entidad financiera concederá un préstamo o crédito por un porcentaje de la tasación que no suele ser muy alto, entre el treinta y el cincuenta por ciento de la tasación, esto es parte de la negociación del contrato.

"Una vez recibido el importe del préstamo, el jubilado debería de rentabilizar el dinero conseguido. Lo normal es constituir una renta, bien temporal o vitalicia para ir disponiendo del dinero recibido más los intereses que vaya generando. Está claro, y vosotros lo entendéis perfectamente que, si la renta es temporal, el dinero del que se va a disponer mes a mes es superior a la renta vitalicia. Si el jubilado se decide por la renta temporal se suele calcular la finalización de esta en la fecha en la que el rentista cumpla noventa años. Esto también es negociable.

"Bueno, ya tenemos al jubilado con su inmueble del que es propietario con una hipoteca de la que ha recibido un capital que ha invertido en una renta que mensualmente le generará una disposición de dinero. Con ese dinero tiene que pagar los intereses del préstamo, solo los intereses manteniendo la deuda inicial sin amortizar y lo que le quede puede destinarlo a lo que estime más oportuno. Ese resto es lo que complementa su pensión y es de libre disposición para los jubilados.

"En el momento en que fallezcan los propietarios del inmueble, es decir, los jubilados, los herederos pueden decidir dos cosas; una se quedan con el inmueble y tienen que pagar a la entidad financiera el importe del capital prestado, o dos, renuncian al inmueble y a la deuda y el inmueble pasa a estar a disposición del banco que lo subastará y cancelará la deuda."

La misma alumna que se interesó por el producto preguntó que qué pasaba si el banco, en la subasta, conseguía más dinero de lo que suponía el valor de la deuda.

— En ese caso —explicó Ezequiel—, los herederos recibirán la diferencia entre el precio de la subasta y el valor de la deuda que tenían los fallecidos.

— Y si la subasta del dinero conseguido por el banco es menor que la deuda, ¿los herederos tienen que poner pasta?

— No, en ese caso el riesgo lo asume el banco. Por esta razón, el porcentaje del préstamo que concede la entidad inicialmente es un porcentaje bajo respecto del valor de tasación.

Ezequiel les explicó cómo se calculaba la cuota que los hipotecados tenían que pagar y cómo calcular el valor de la renta que podían disponer por el dinero invertido. Después les planteó ejercicios para que los alumnos practicaran en qué casos era o no interesante solicitar este tipo de producto financiero. Y con eso, dio por terminada la sesión

Al poco de llegar a su despacho sonó el teléfono.

— Necesito tu ayuda.

— Buenas tardes-noches, Aurora —dijo Ezequiel—.

— ¿Cuándo podemos quedar para hablar y que me expliques algo de finanzas?

— Dime día y hora y, como dice la canción, a la hora que tu digas, voy.

— Déjate de chuflas que esto es serio. Dime cuándo puedes dedicarme una tarde o una mañana sin interrupciones.

— Pues mañana por la tarde no tengo clase.

— Quedamos en tu casa a las cinco.

— Vale ...

Quiso decir mucho más, pero Aurora ya había colgado. Empezó a pensar en cómo plantearía, al día siguiente por la tarde, las disculpas a Aurora y cómo le diría que estaba dispuesto a una relación sentimental con ella.

Empezó a escribir en el cuaderno las posibles alternativas a una conversación con ella, sus posibles contestaciones dependiendo de los sentimientos que podía prever que ella tuviera. Le salían muchas combinaciones, aunque, principalmente, barajaba tres; que Aurora tuviera interés en iniciar una relación sentimental con él. En ese caso todo iría rodado, como él también quería, consideraba que con solo plantearlo se entenderían, se quedarían extasiados mirándose entre ellos y pensaría que habían desperdiciado un tiempo que podían haber aprovechado para conocerse mejor. Otra de las situaciones que podían darse era que ella tuviera intención de ir muy despacio, que todavía no lo tuviera claro si quería o no estar con él. En este caso, plantear abiertamente una relación podía ser contraproducente, forzar la máquina podía llegar a griparla y podía quedarse, como se suele decir, compuesto y sin novia. La tercera posibilidad que, pensaba que podía darse, era que ella no estuviera dispuesta a una relación ni sentimental ni de ningún otro tipo con él, que únicamente le considerara una pieza del engranaje de la investigación del asesinato de Lucía, que simplemente se hubiera acercado a él para utilizarlo y porque era útil en la resolución del caso.

En cada una de las alternativas su papel variaba. En el primero, él estaba dispuesto a intentarlo y se sentiría exultante y cercano a la felicidad verdadera, en el segundo caso, corría el riesgo de perder lo que tenía y lo que pudiera conseguir con mayor paciencia y en el tercer caso, simplemente haría el ridículo delante de Aurora y ya se imaginaba sus comentarios con compañeros y amigos diciendo cómo un implicado en el caso le tiró los tejos.

Como persona aversa al riesgo que era, tanto en sus finanzas como en su vida personal, decidió quedarse con la segunda opción, no creía que Aurora estuviera coladita por él y que, en cuanto él lo planteara, ella se tiraría a su cuello y le llenaría de besos, surgieran flores a su alrededor y se oyera trinar a los pájaros con una música romántica de fondo. Tampoco tenía claro que, para Aurora, la relación fuera tan fría como planteó en el tercer caso. Tenía indicios de que no era así.; cuando ella le propuso un encuentro más que platónico y él tuvo que rechazarlo por tener clase o cuando le preguntó por sus sentimientos. Así que sí, él diría que sentía algo por ella y que estaba dispuesto a intentarlo si a ella le apetecía.

Al llegar a casa no tenía hambre, así que se tomó un té rojo con el resto de las pastas y bizcocho que había comprado en "Dulces Peña" y se dispuso a preparar las clases del día siguiente.

Como todos los días, cuando se levantó aún estaba oscuro, así que, antes de desayunar, revisó el correo atrasado. El mensaje más antiguo era el que Lucía le había enviado con el asunto del TFC (trabajo fin de carrera) y en el que pedía que le corrigiera el documento adjunto que no había abierto. No se sentía con fuerzas de ver lo que había escrito su alumna así que lo dejó como estaba. Aprovechó para volver a leer el informe pericial de la hipoteca multidivisa y después de unos pequeños cambios en la redacción, se lo envió a su amigo el Zurdo sabiendo que no iba a reservar para quedar a cenar con él. Era un abogado muy importante en la ciudad, incluso se hablaba, en algunos círculos que podía dar el salto a la política. Pensando en ello, no sabía catalogar de qué pie cojeaba, políticamente hablando. De joven diría que era de izquierdas o, al menos, socialista, pero últimamente, desde que había amasado una pequeña fortuna, Ezequiel estaba convencido que tiraba más al centro o incluso a la derecha. Sobre todo, en temas sociales. Si al final quedaban para cenar, le tiraría de la lengua a ver de dónde le venían los cantos de sirena políticos. Cuando iba a salir para el campus, su vecina ya hacía guardia en la ventana.

La clase de ese día de Introducción a las finanzas se desarrolló sobre la deuda pública como inversión en letras, bonos y obligaciones del Tesoro.

Ezequiel les explicó a los alumnos que la deuda pública surge por las necesidades de dinero de un país para hacer frente a los pagos de gasto o de inversión cuando se produce un desfase temporal entre los cobros a través de los impuestos y los pagos por pensiones, nóminas de funcionarios, dependencia o arreglo de carreteras, por ejemplo. Cuando existe ese desfase temporal es cuando los estados emiten títulos de reconocimiento de deuda con diferentes vencimientos. Así, tenemos letras del Tesoro que pueden emitirse a un vencimiento mínimo de tres meses hasta dieciocho, aunque ya desde hace tiempo el plazo máximo de este producto se ha fijado en doce meses. También se emiten bonos con un vencimiento entre tres y cinco años y obligaciones del Estado con vencimiento hasta cincuenta años.

Las letras del Tesoro tienen un interés implícito, esto es, su rendimiento se calcula por la diferencia entre el precio de venta menos el precio de compra. Se adquieren por un valor inferior al nominal y, en el vencimiento se recupera el nominal. El nominal de cada letra siempre es de mil euros. En cambio, los bonos y las obligaciones del Estado tienen un interés explícito. Se adquieren por el nominal de mil euros y se van percibiendo los intereses con carácter periódico. En el vencimiento el inversor vuelve a percibir el nominal. En el caso de que un inversor tuviera que pagar comisiones o gastos a la hora de adquirir o vender estos títulos, la forma de calcular el tipo de interés efectivo sería a través de la fórmula de lo que se entrega se iguala a lo que se recibe. Además, fiscalmente, las letras del Tesoro no están sujetas a retención del impuesto sobre la renta, lo que no quiere decir que no se tribute por sus beneficios, si no que no se anticipa el pago del impuesto lo que permite obtener una mayor rentabilidad financiera anual al poder reinvertir el importe total sin la mordida del impuesto, en cambio, los bonos y las obligaciones sí que tienen retención del impuesto por los intereses percibidos.

Después de la explicación teórica, Ezequiel resolvió varios ejercicios y les planteó a los alumnos otros para que practicaran hasta el final de la clase.

Ese día se fue a casa a comer, pero, como no había pasado por la tienda de ultramarinos de la que era cliente asiduo, solo se preparó una ensalada de lechuga, tomate y huevos cocidos. Estaba impaciente por la visita vespertina de Aurora.

Capítulo 13. Tarjeta revolving

Pasados diez minutos de las cinco de la tarde, la subinspectora Escribano llamó al timbre del apartamento de Ezequiel. Al oírlo, el profesor se secó las manos en los pantalones y fue a abrir. Estaba nervioso y el corazón le palpitaba más deprisa que en un redoble de tambor.

— Buenas tardes, Aurora.

— Hola Ezequiel.

— Pasa, ¿quieres tomar un descafeinado?

— No, acabo de tomar uno.

— ¿Te apetece otra cosa?

— No, gracias. Vengo de visita oficial.

— Pues, entonces, sí que me das miedo. ¿He hecho algo malo?

La mirada de la policía a los ojos del profesor le borró la mueca de sonrisa que asomaba en su rostro.

— No sé si has hecho algo malo, pero ahora puedes hacer algo bueno.

— Tú dirás.

— Necesito entender, con una explicación sencilla, cómo se blanquea dinero a través de los paraísos fiscales.

— Bueno, lo intentaré, ¿puedes darme más datos?

— De momento, no.

Ezequiel se puso en modo profesor y empezó a explicar a Aurora, mientras esta tomaba notas en una libreta, que el blanqueo de dinero también se conoce como lavado de dinero o de capitales o de activos. Normalmente los fondos a blanquear provienen de rentas obtenidas de forma ilegal y lo que se pretende es convertir esos recursos ilegales en otros con apariencia legal. El origen de esta actividad no está claro, algunos piensan que viene de cuando la Iglesia declaró pecado, entiéndase delito, el cobro de intereses, más concretamente, la usura. Otros, en cambio, sitúan el lavado de dinero, aunque no con ese nombre, antes incluso de que existiera el dinero como tal. En definitiva, es una actividad muy antigua. Lo del paraíso fiscal viene de cuando entre los siglos XVI y XVIII los piratas empezaron a frecuentar la sociedad y a querer mezclarse con la nobleza, pero no podían hacer ostentación de sus riquezas obtenidas ilegalmente, por lo que los banqueros que hacían de intermediarios financieros de la época dejaban gran parte de su patrimonio donde lo habían generado, en los países del Caribe. De ahí viene lo de paraíso fiscal, del buen tiempo de esa parte del mundo y de que no se pagaban tributos por las rentas obtenidas. Por lo que se refiere al término de lavado de dinero tiene su origen en los Estados Unidos de América, donde las mafias hacían su agosto en la época de la ley seca de principios del siglo XX y para declarar esos ingresos como legales los hacían pasar por ingresos procedentes de negocios de lavanderías industriales que tenían en su propiedad. Así cobrando y pagando en efectivo era muy complicado demostrar que los ingresos procedían de una actividad delictiva. En los años setenta del siglo pasado los narcotraficantes y otra gente de mal vivir se dieron cuenta de que podían ingresar dinero directamente en las entidades financieras y gestionarlo moviéndolo de país a país y de banco a banco ya que muchas entidades hacían la vista gorda y facilitaban esos movimientos. Es muy comentada la leyenda urbana o no, real o ficticia, de que, en los años setenta, las entidades financieras gallegas convivían y facilitaban el blanqueo de los ingresos procedentes del contrabando de tabaco y la droga en esa época.

El método de blanqueo es sencillo. Una vez obtenido el dinero, vamos a llamarle negro, que no podemos utilizar en actividades legales o que es de un gran volumen porque procede de un negocio delictivo, pongamos la venta de droga, lo declaramos como legal haciendo pasar ese dinero negro como si hubiera sido generado en una empresa legal. Por ejemplo, alguien tiene un bar con unos ingresos legales de cien, pero vende droga con unos beneficios de ochocientos, entonces, como la mayoría de sus clientes pagan en efectivo, declara que vende cafés por valor de novecientos y está blanqueando los beneficios precedentes del tráfico de drogas. Es cierto que, en ese caso, está tributando por la totalidad de lo que recibe y pagará impuestos, pero siempre podrá utilizar los novecientos para actividades legales como comprar un piso, por poner otro ejemplo, que, de otra forma, no podría justificar ese desembolso únicamente con los ingresos legales del bar.

Si el volumen de dinero es mucho más grande y no se quiere o no interesa declarar esos ingresos y tributar por ellos, entonces, puede decir que el dinero lo ha obtenido en un paraíso fiscal donde también tiene el domicilio fiscal del bar y donde no paga impuestos o son mucho más bajos que aquí. De esta forma se evita la tributación del blanqueo.

Otra técnica de lavado de dinero es a través de los juegos de azar. Había un político valenciano que le tocaba siempre la lotería y además grandes cantidades. ¿Cómo se lleva a cabo esa técnica?, fácil. Si yo tengo dinero negro me pongo en contacto con las personas a las que les ha tocado un premio, que no tributa o muy poco, y les compro, por un importe superior al premio, el décimo de la lotería premiado. Me sale un poco más caro, pero me compensa. De esta forma, además, traslado el riesgo de tener dinero ilegal a la persona a la que he comprado el décimo o boleto.

Otra forma de blanquear dinero es comprando activos físicos que luego se puedan vender y recuperar el efectivo una vez lavado. Por ejemplo, si alguien tiene dinero negro del tráfico de armas, compra una casa por quinientos que paga, si no todo, la mayoría, imagina que paga trescientos, con ese dinero obtenido de forma ilícita, con esto está trasladando el riesgo del dinero negro al vendedor. Después tiene que vender la casa incluso por el mismo precio y ha blanqueado esos trescientos, aunque tiene que tributar por el supuesto beneficio en la venta de trescientos, pero, a partir de entonces, lo puede utilizar sin riesgo ...

— Vale, vale, ya lo he entendido. Y ¿dónde se sitúan los paraísos fiscales?

— Fundamentalmente en el Caribe, por aquello de los piratas y el buen tiempo, pero yo creo que Europa se lleva la palma de las operaciones de este tráfico ilegal.

— En Europa ¿hay paraísos fiscales?

— No por el calor y las playas, sino por la elusión fiscal. Suiza, Andorra, Gibraltar, Malta, San Marino, Liechtenstein, Isla de Man del Reino Unido, incluso Chipre, aunque algunos de estos países se han comprometido a mejorar la información y la transparencia para evitar el blanqueo de capitales. Los más activos son Islas Caimán y Jersey en Estados Unidos.

— A ver si lo he entendido, para poder utilizar legalmente un dinero obtenido ilegalmente se aumenta el volumen de las ventas de un negocio, por ejemplo, una lavandería, o un bar, o un club de alterne. Y si se quiere evitar pagar impuestos por ese blanqueo se llevan a un paraíso fiscal donde no tributan.

— Es un buen resumen —dijo Ezequiel—.

— Ya.

Aurora quedó pensativa y el profesor no se atrevía a preguntar, aunque lo intuía, si la policía ya había realizado una intervención en el Club Cupido y cuál había sido el resultado.

Por otro lado, no dejaba de pensar que no podía desaprovechar la ocasión para hablar con Aurora de su relación sentimental. En qué situación estaban, qué iba a pasar a corto plazo y en el futuro. Ella seguía pensando.

— Lucía trabajaba en el Club Cupido.

La frase cayó como un mazazo sobre los pensamientos de Ezequiel rompiendo la débil esperanza que tenía de que no fuera así.

— ¿Seguro?

— Segurísimo, tenemos imágenes de ella.

— ¿Trabajaba como chica de alterne?

— No. Trabajaba para Dito en una oficina del centro de la ciudad. Suponemos que era una especie de enlace de los negocios del gerente mafioso con los abogados y asesores para el blanqueo del dinero de la droga y la trata de personas que se movía en el Club.

Esta información le sobrecogió al profesor y le causó un profundo penar. ¿Qué era mejor, que se hubiera dedicado a chica de alterne o que estuviera participando en un delito contra la salud pública y contra las personas? Él lo tenía claro, si se hubiera dedicado a chica de alterne por su voluntad, sin estar coaccionada, sin ninguna imposición, únicamente por ganar más dinero, lo hubiera preferido a esta otra situación. ¿Cómo era posible que Lucia fuera una delincuente?, ¿cómo era posible que él no lo hubiera visto? No podía fiarse de lo que veía. ¡Qué inocente había sido! La imagen de Lucía se estaba desmoronando como un castillo de arena asaltado por las olas. No iba a quedar nada de ella. Y pensar que, en algún momento, llegó a sentir una leve atracción física por ella. Estaba empezando a detestarla. ¿Cómo se había metido en esas actividades ilegales? Podría entender que hubiera colaborado en algún tipo de fraude fiscal, esconder patrimonio, manejar dinero negro, aumentar gastos, pero esto...No lo comprendía.

Aurora seguía callada y mirando a la mesa del salón sin atreverse a fijar sus ojos en los de Ezequiel que se había dejado recostar la espalda en el sofá y miraba fijamente la moldura del techo.

— Ahora sí que me apetece ese descafeinado que me ofreciste antes.

— ¿Puedes preparártelo tú, por favor?

— Claro —dijo Aurora levantándose para ir a la cocina—. Tú ¿quieres tomar algo?

— Aceite de ricino para purgar.

— No sé dónde lo guardas.

— Déjalo.

— ¿Te preparo un té?

— Bueno, pero deja que ya voy yo.

En la estrechez de la cocina, mientras uno se preparaba un té rojo y la otra un descafeinado, chocaban insistentemente hasta que Ezequiel se paró, tomó la cara de Aurora entre las manos y la besó.

El atrevimiento de él la pilló distraída. No se esperaba esa reacción y, en un primer movimiento instintivo, intentó separarse al pensar que podría ser una acción violenta. Al instante, entendió lo que realmente era y sujetando a Ezequiel por la cintura le devolvió el beso. Cuando terminaron de besarse llevaron las bebidas al salón en silencio y las tomaron sin decir una palabra.

Cada uno estaba dándole vueltas a lo que acababa de pasar. El estado de ánimo de Ezequiel había mejorado ostensiblemente. Mostraba una media sonrisa bobalicona que le hacía gracioso. Aurora, aunque no estaba seria, tampoco es que se riera.

Después de un rato en silencio, empezaron a hablar a la vez y, galantemente, Ezequiel le cedió la palabra a la subinspectora.

— Ayer tuvimos la intervención policial en el Club Cupido. Lo que te voy a contar es estrictamente confidencial, si sale algo a la luz o se publica cualquier información me juego el puesto, ¿está claro?

— Meridiano.

— Incautamos drogas de todo tipo de sustancias, colores y sabores. Tenían retenidas a tres menores de edad de los países del este, seguramente rumanas a las que pensaban subastar su virgo entre los clientes más asiduos. Algunas de las chicas extranjeras estaban explotadas sexualmente al tener que trabajar para pagarse el billete desde su país de origen hasta aquí. No tenían ni pasaporte ni documentación alguna. Creemos que este local pertenece a una red, así que hemos puesto un cartel de obras para no perjudicar otras actuaciones en otras ciudades, incluso en otros países.

"Lucía, normalmente no estaba en el Club. Trabajaba, como ya te he dicho, preparando la documentación, facturas y contabilidad, para el blanqueo de dinero. Era un poco la encargada de la oficina del gerente. Además, se están mirando con lupa sus movimientos bancarios y sus operaciones en la oficina donde hacía prácticas por si hubiera alguna relación y el banco estuviera involucrado. De momento, no hay nada en esa dirección.

— Y ¿tendrán relación estas actividades delictivas con su asesinato?

— Todavía es pronto para llegar a alguna conclusión. Podría ser. Cuando la alumna tuya y examiga de ella la vio entrar en el local debió de ser una casualidad. Siempre estaba en la oficina del centro, la tenemos localizada en varias cámaras. No iba todos los días, pero sí siempre a la misma hora, de madrugada. Otros días, pronto, antes de abrir los bancos, llevaba documentación a un bufete de abogados y con mayor frecuencia a un asesor que ahora le están investigando.

—¡Qué decepción! Y yo tratando de beneficiarla en todo lo que podía dentro de la legalidad pensando que la pobre no podían pagarse la matrícula. Acercando a su casa artículos para el trabajo fin de carrera para que no perdiera tiempo y pudiera terminar lo antes posible la titulación. Así estaba tan cansada, por la falta de sueño. ¡Será desgraciada!

—Sería. Está muerta.

—Ya, es verdad, no sé lo que digo. No soy capaz de pensar con claridad. Entonces, al final, tenía yo razón en que no la veía de chica de alterne en un club, que era contable.

—Tengo que reconocer que, en este caso, tenías razón y que yo hubiera apostado a que ejercía de puta. La verdad es que hay muchas estudiantes de la universidad que, de forma más o menos encubierta, ejercen la profesión.

—No lo quiero ni imaginar. ¿Por qué me has preguntado por los paraísos fiscales?

Ezequiel estaba alargando la conversación sobre el tema para no entrar en el pantanoso terreno sentimental. Le daba miedo tocar esa parte.

—Es que los asuntos relacionados con delitos económicos los lleva una brigada especial que tiene su sede en la central. Aquí no tenemos capacidad para ocuparnos de investigar este tipo de delitos y quería tener información contrastada para saber por dónde pueden ir las investigaciones.

"Como te decía, sobre el asesinato de Lucía con esta intervención, si te soy sincera, no creo que haya relación alguna. Tiene pinta de que ella y Dito se llevaban bien y no creo que ella quisiera terminar la relación o forzar un aumento de sueldo mediante un chantaje que podría haber desembocado en una reacción violenta del gerente. De todas formas, se investigará por si aparece alguna conexión."

— Entonces estamos en el mismo punto que el primer día. Sin sospechosos.

— Espera a ver qué dice el gerente en los interrogatorios y la coartada que presenta.

— Oye, y el "relaciones públicas" que me atendió a mí el otro día, ¿también está implicado en los delitos?

— Sí, era el conseguidor de las chicas. Al tener un aspecto bonachón infundía la tranquilidad necesaria para que las chicas confiaran en él.

— La verdad es que sí que infundía confianza y además tenía buena labia y sabía convencer.

— Díselo a las pobres chicas.

Los dos se quedaron en silencio y los pocos segundos que pasaron fueron una eternidad.

— ¿En qué punto estamos, Aurora? —se atrevió Ezequiel a preguntar—.

— No lo sé, tú me dirás.

— Yo estoy dispuesto, si tú quieres, a dar un paso adelante e iniciar una relación contigo. Me gustas, me atraes, quiero y me apetece conocerte mejor.

Aurora callaba.

— Ya no somos unos adolescentes para andar a salto de mata —dijo Ezequiel—. Y tampoco tendremos, sobre todo yo, muchas oportunidades de encontrar personas que merezcan la pena conocer, tú ¿qué piensas?

— A mí las relaciones me duran muy poco, me canso enseguida, por eso, no quiero comprometerme muy en serio contigo y luego dejarte tirado. Pero, es verdad que también me atraes, si no, no estaría aquí.

— ¿Y?

— Y nada. Déjame que lo piense, aunque ...

El sonido estridente del móvil de la subinspectora llenó el salón. Después de hablar brevemente con su interlocutor, Ezequiel intuyó que Aurora iba a marcharse.

— Tengo que irme. Parece ser que Dito quiere hacer una declaración, ha dicho su abogado.

Se levantaron a la vez del sofá y Aurora le volvió a besar con pasión. Ezequiel estaba eufórico.

Al cerrar la puerta de la calle y quedarse solo, el profesor analizó lo que le había pasado esa tarde y se dio cuenta de que había hecho un recorrido desde el alivio, porque Lucía no era una prostituta, a la decepción de que trabajara cometiendo delitos, para terminar en la euforia con Aurora.

Al levantar la persiana, el nuevo día estaba oscuro y despejado. La fluorescente luz de la luna permitía ver lo que ocurría en la calle y en el edificio de enfrente. En el piso de su vecina había mucho movimiento y estaban las luces de las habitaciones encendidas. Al mirar hacia abajo se dio cuenta de que había una ambulancia estacionada en la acera para no interrumpir el tráfico de la calle. Pensó que quizás su vigilante podía haber tenido algún tipo de urgencia. Los pensamientos se le fueron a la cantidad de acontecimientos que ocurren en la noche sin que nos demos cuenta; urgencias médicas, recogida de basuras, fabricación de pan. Había gente que vivía y trabajaba de noche, como las lechuzas.

Se fue al salón-despacho para preparar la sesión del seminario sobre educación financiera. Al abrir el ordenador, la agenda le recordó que hoy tenía una Junta de Facultad a mediodía, revisó el correo en el que le convocaban y al leer el orden del día observó que no había asuntos que le incumbieran a él directamente. Dudó entre asistir o no y, al final, decidió ir ya que consideraba como una obligación docente asistir cuando estaba convocado, aunque la decana actual no le caía muy bien, era del área de organización de empresas y la consideraba una prepotente a la que se le había subido el cargo a la cabeza. De todas formas, acudiría.

Durante el paseo de casa a la Facultad, cuando ya empezaba a despuntar la claridad anaranjada del día, empezó a repasar las investigaciones sobre el asesinato de Lucía. Mental y cronológicamente fue haciendo memoria. Primero el propio asesinato, recordó lo que le dijo su amigo el Zurdo sobre lo que ignoraba de la forma en que el asesino o asesina había cometido el crimen. No sabía a qué altura del cuerpo le había asentado la puñalada con las tijeras, no sabía ni siquiera si había sido más de una puñalada, ni la profundidad de esta, lo que denotaba la fuerza del atacante. Suponía que la policía sí que habría tenido en cuenta estos detalles para establecer el posible perfil del asesino. El asesino, ¿era sólo uno o podían haber sido varios?, ¿hombre o mujer?, ¿había habido forcejeo o lucha dentro del piso o Lucía conocía a su agresor?, ¿habían revuelto el piso buscando algo o simplemente entraron, la mataron y se marcharon?, ¿por qué abrió la puerta? Suponía que Lucía conocía al agresor, si no, no era posible que ella abriera sin más a un desconocido. ¿Qué motivo podría tener el asesino para matarla? Normalmente, en las novelas y el cine se cita como causas de un asesinato los celos o las relaciones personales, la ira o la obnubilación de la mente y, sobre todo, el dinero en sus diferentes variantes: deudas, herencias, chantaje, ruina, … ¿cuál era, en este caso, el motivo principal? En este apartado sí que había analizado el asunto. Desde el novio Borjita, menuda pieza, que quedó descartado por su coartada, hasta sus examigas que la amenazaron o él mismo que fue el primer sospechoso, su hermana tarambana. Todos habían sido exculpados. Parecía que solo quedaba la baza de su trabajo para el Club Cupido, un antro de actividades ilegales, según Aurora, pero que las ocultaban muy bien a sus clientes más ingenuos como él. Esperaba, incluso estaba convencido de que en el interrogatorio del gerente saliera algo que pudiera esclarecer el caso. Inmerso en estos pensamientos llegó a la Facultad y, sin cruzarse con ningún compañero madrugador se fue a su despacho. Apuntó en su cuaderno todas las preguntas que le habían ido surgiendo por el camino para, si se presentaba la ocasión, planteárselas a Aurora.

Sofía llamó a la puerta para saludar a Ezequiel y preguntarle si iba a solicitar las aulas de informática para hacer prácticas con sus alumnos.

— No he recibido ningún correo sobre el tema del Decanato.

— Lo mandaron hace más de quince días y suponía que las habías reservado ya que tú siempre haces prácticas con la hoja de cálculo con tus alumnos. Acaba el plazo mañana —le informó Sofía—.

— Pues se me ha pasado o no he recibido ese correo. Esta tarde lo reviso por si lo mandé a la papelera sin darme cuenta o fue al *spam* directamente. ¿Vas a ir esta mañana a la Junta de Facultad? —le preguntó a la profesora—.

— Me lo estoy pensando, no hay ningún asunto importante que nos afecte.

— Yo sí voy a ir.

— Bueno, pues como tienes que pasar por delante de mi despacho, me das un toque y vamos juntos.

— De acuerdo. Nos vemos luego, entonces.

La mañana la pasó Ezequiel leyendo y revisando revistas científicas sobre finanzas para estar al día en lo que hacían y sobre qué investigaban sus compañeros de área en otras universidades. Cayó en la cuenta de que cada vez había más artículos firmados por investigadores chinos. Ellos habían cogido el testigo de los norteamericanos de los años anteriores. China había despertado y las finanzas estaban allí.

La reunión de la Junta de Facultad era en el Salón de Actos donde se podían sentar los más de doscientos miembros que la componían. Era una sala que tenía las butacas distribuidas en anfiteatro con una pala para poder hacer anotaciones que se recogía en el brazo derecho. Si escribías con la izquierda tenías que hacer contorsiones para poder utilizarla. Toda la decoración presentaba un tono naranja de los años ochenta que fue la última vez que se tapizaron los asientos y se colocaron estores en las ventanas. La verdad era que ese espacio se utilizaba poco y no había tenido un mal envejecer.

Sofía, Ezequiel, Germán y algunos alumnos se sentaron juntos. Era curioso ver los diferentes grupos que se formaban. El personal de administración y servicios era como una piña y no se mezclaban con el resto. Los alumnos se dividían en varios grupos según su simpatía o empatía con otros profesores y los profesores se juntaban por departamentos y áreas, pero solo si se llevaban bien, en caso contrario, el área se subdividía para dar lugar a nuevos grupos informales y siempre había algún verso suelto. Así ocurría en finanzas, el grupo de Ezequiel no combinaba con el grupo de Noelia que ese día repartía besos y saludos a todos los que llegaban y, además, tenía unas palabras en privado con ellos.

— Ya está tu futura jefa haciendo campaña —comentó Ezequiel mirando a Sofía—.

— No es mi jefa y sobre la campaña debería parecerte bien que gane las elecciones al Rectorado.

— No he dicho que me parezca mal que haga campaña.

— Lo has dejado entrever por el tono.

— Germán, tú que eres imparcial, ¿de verdad que ese era mi tono?

— Yo creo que sí, Ezequiel. Pero yo te apoyo. ¡Anda que no tendrá tiempo de convencer a la gente para que la vote!

— No te creas que queda tanto –comentó Sofía–.

— ¿No habéis tenido ninguna reunión para preparar la campaña?

— La han tenido la candidata a Rectora con los posibles vicerrectores. Yo solo he tenido una reunión con Noelia para que me explicara en qué iba a consistir el puesto que se supone ocuparé.

— ¿Te gusta lo prometido?

— De momento, todo es muy bonito y no me va a llevar mucho tiempo, según ella.

— Conociéndote, luego te implicarás más de la cuenta y el tiempo se te irá como el agua entre las manos. Ya verás, Germán, qué bien vamos a estar en la Facultad cuando esta esté todo el día en el Rectorado.

—Bien que me vais a echar de menos. Que ninguno de los dos sabe estar sin mí.

Ezequiel tenía que reconocer que, en este último comentario, Sofía tenía toda la razón. La iba a echar de menos.

La decana empezó la reunión solicitando la aprobación del acta de la sesión anterior, que se aprobó por asentimiento. Nadie hizo ningún comentario. En el resto de los puntos del orden del día hubo más debate como en la composición de las nuevas comisiones de biblioteca, calidad o promoción de estudios. El cambio de horarios y de aulas del presente curso tuvo que votarse a mano alzada al coincidir intereses contrapuestos entre los profesores que lo proponían y los alumnos que eran los afectados. Ganaron los alumnos. En el penúltimo punto del orden del día, antes de los asuntos de trámite y los ruegos y preguntas de los asistentes, la decana tuvo unas palabras sobre el asesinato de Lucía manifestando públicamente su pesar por lo sucedido, su rechazo a los actos violentos y dando el pésame a la familia. El resto de los asistentes se sumaron a esas palabras de duelo.

Ezequiel se sorprendió, después de lo que sabía de su alumna, de que no hubiera sentido nada de lo manifestado por la decana y, aunque lo sentía por los padres de Lucía, ya no se le encogía el corazón ni el estómago al pensar en ella.

— ¿Estás bien? —preguntó Sofía siempre atenta a las reacciones de su compañero—.

— Sí, vámonos.

Se levantaron y cada uno fue a su despacho.

Ezequiel empezó a preparar la sesión de la tarde, pero lo dejó cuando le llamó uno de los actuales vicerrectores para, si podía, comer con él. Ezequiel aceptó con la condición de que la comida tenía que ser pronto. Quedaron en el edificio del Rectorado para ir a un restaurante cercano.

El vicerrector Sebastián era físico y se encargaba de las infraestructuras y compras de activos de la universidad. Era un peso pesado del actual equipo de dirección de la Universidad y la mano derecha del Rector. Se llevaba bien con Ezequiel, incluso habían coincidido hacía años en un proyecto interdepartamental.

Después de las galanterías y saludos preceptivos y de comentar temas intrascendentes, sentados a la mesa de un restaurante italiano, el vicerrector le planteó el motivo real de su encuentro sin anestesia.

— Queremos que vengas como vicerrector en nuestro equipo en las próximas elecciones.

La sorpresa y el asombro de Ezequiel le hizo levantar y retirar la cabeza a la vez que miraba fijamente a Sebastián.

— No te asombres, sabemos de tus capacidades de trabajo, organización y dirección de personas y queremos que te encargues de la parte económica, presupuestos y control interno en el nuevo mandato.

Ezequiel dejó pasar unos segundos antes de responder para que le diera tiempo a pensarlo, analizarlo, valorarlo y tomar una decisión.

— Sebas, me halagáis con vuestro ofrecimiento y no te niego que tendría varias ideas para mejorar la contabilidad, los costes, el presupuesto y, sobre todo, el control interno o la auditoría de la Universidad.

— Además, queremos que lleves las negociaciones con las entidades financieras. Queremos afrontar nuevos proyectos de inversión para los que requeriremos de financiación externa bien bancaria o de patrocinadores o mecenas.

— ¿Qué proyectos son esos para necesitar más dinero de lo que la universidad recibe de los presupuestos públicos?

— Perdona que no te lo diga hasta que no tenga tu compromiso de unirte a nuestro equipo.

— Lo entiendo.

— Entonces no contáis con el actual vicerrector de Economía, Felipe Murga.

— No va a continuar, aunque ganemos las elecciones, tiene un problema médico familiar y quiere dedicarse a cuidar de su familia todo el tiempo que pueda y ya sabes que los cargos de gestión no son difíciles, pero sí que te absorben mucho tiempo.

— Sabéis lo de mi compañera Noelia, supongo.

— Sí, ella no lo ha ocultado y, te soy sincero, es una de las causas de este ofrecimiento. No queremos que la Facultad de Económicas se decante, en su mayoría por ella. Sabemos que tú tienes buena imagen en el centro, que los profesores jóvenes te tienen en gran estima, respeto y predicamento y sabemos que serías un buen vicerrector que sabe trabajar en equipo y que te importa y mucho esta Universidad.

— No me dores la píldora que nos conocemos.

— No es dorarte la píldora, es la verdad. Ya ves que soy sincero y voy con la propuesta por delante. No te engaño.

— Te lo agradezco, te lo agradezco mucho. Estoy muy halagado por el ofrecimiento...

— ¿Pero?

— Pero no puedo aceptar.

— ¿Me vas a justificar con alguna razón las calabazas que me estás dando?

— Sí. Noelia ha hecho una buena jugada. Ha propuesto a mi compañera Sofía para que vaya con ella en el equipo y Sofía ha aceptado. Yo no puedo ir en una candidatura contraria. No sería ético, ni adecuado, ni conveniente.

— Pero Sofía solo iría de directora de servicio, ¿no?, es un cargo inferior a vicerrector.

— Sí.

— También la puedes llevar tú en el mismo puesto.

Ezequiel sonreía viendo al vicerrector contrargumentar a la negativa de su oferta. Tenían que ver muy claro que la Facultad no les apoyaría si iba Noelia en el equipo contrario.

— Eso no lo voy a hacer. Además, a pesar de todos los halagos que me has hecho antes, yo, en este momento, no tengo muy buena prensa.

— ¿Lo dices por lo de que la policía te llevó detenido a la comisaría?

— No me llevaron detenido, me acompañaron para hacer una declaración. Y sí, es por eso. Hay gente que todavía piensa que tuve algo que ver en el asesinato de mi alumna y me mira con recelo.

— Por eso no te preocupes, las elecciones son dentro de seis meses y esto ya estará olvidado.

— De verdad que me siento muy honrado por el ofrecimiento, pero mi decisión está tomada y es la de rechazarlo.

— Lo que sí te pediría es que seas discreto y no difundes esta conversación. No queremos que el equipo contrario sepa de nuestras estrategias de captación de candidatos.

— Tranquilo, por mí, nadie lo sabrá.

La cuenta la pagó el vicerrector y Ezequiel supuso que con la tarjeta de crédito del vicerrectorado. Se despidieron con un apretón de manos a la puerta del restaurante y el profesor volvió a su despacho de la Facultad de Económicas.

La clase estaba fría o fue la sensación que percibió Ezequiel al entra en el aula. Los alumnos, a diferencia de lo que era costumbre, estaban en relativo silencio. El ambiente que se palpaba no era precisamente de cercanía, cordialidad o afecto. Las caras largas, serias y enfadadas se multiplicaban enfrente del profesor.

Como siempre, Ezequiel cargó la presentación en el ordenador y mientras el cañón del proyector se encendía y la aplicación informática acababa de abrirse, saludó a su audiencia.

— Buenas tardes, ¿hay alguna mala noticia de la que no me he enterado?

La mayoría de los alumnos bajó la cabeza como señal de no querer responder. El delegado fue el único que se atrevió a hablar.

— ¿Puedo preguntarte una cosa?

Ni saludo ni buenas tardes, ni tratamiento de respeto. Lo habitual.

— Por supuesto —contestó Ezequiel—. Otra cosa es que yo la sepa y otra diferente que sabiéndola quiera o pueda contestar.

— ¿Qué porcentaje máximo de suspensos puede poner un profesor en un examen?

Ahora ya intuía por dónde venían las caras y el ambiente de clase. Algún compañero había hecho una escabechina en alguna evaluación.

— El cien por cien.

—¡Un profesor puede suspender a toda la clase!

— Claro. Si ningún alumno ha estudiado nada, el profesor no puede aprobar a alguien que no demuestre que sabe la asignatura. Y al contrario, lo mismo. Un profesor puede aprobar al cien por cien de la clase si todos los alumnos demuestran que alcanzan el nivel mínimo exigido por el profesor. ¿En qué asignatura habéis tenido problemas?

— En análisis contable —contestó el delegado como escupiendo el nombre de la asignatura—.

— ¿Quién es la responsable de esa asignatura, Pilar López o María Rojo?

— Nos dan las dos, una la teoría y otra la práctica.

— ¿Cuántos habéis o han suspendido?

— De setenta y tres solo cinco han aprobado y con notas no muy altas.

— Y según tú, ¿cuál ha sido la causa?

— No se entendía nada del examen, la teoría era todo comparar conceptos raros y de la parte práctica, había un ejercicio que, yo particularmente, no sabía lo que me pedía, ¡como para resolverlo! Han puesto un examen que yo creo que era para otra titulación o de otro curso. Lo que pedían no lo habíamos visto en clase.

— Y entonces, los cinco que han aprobado es que se equivocaron de aula y eran de esa otra titulación o de otro curso.

— No sé, pero no es de recibo poner un examen tan difícil.

— ¿Hay aquí algún alumno que aprobó el examen?

Dos manos se levantaron débilmente, como con vergüenza.

— Vosotras dos, ¿tenéis la misma opinión sobre la dificultad de la evaluación?

Los compañeros de las alumnas aludidas de filas anteriores volvieron la vista para ver la respuesta de las aprobadas, se podía decir que casi las coaccionaban.

De forma nerviosa, atropellada y con un tono de voz no muy alto intentaron hablar las dos que, curiosamente, se sentaban juntas.

— A nosotras sí que nos pareció un poco difícil el examen, pero no imposible de aprobar.

— ¿Copiasteis las respuestas o hicisteis algún tipo de fraude?

— No —contestaron muy alto y al unísono—.

— Entonces, estudiasteis juntas para el examen.

— Sí

— Y ¿esperabais las preguntas que pusieron?

— Sí, nosotras es la primera vez que hacemos esta asignatura y no teníamos los exámenes de cursos anteriores, así que estudiamos sin saber lo que podía caer.

Ezequiel reflexionó un momento y preguntó.

— Las profesoras, ¿han cambiado el tipo de preguntas teóricas y prácticas respecto a cursos pasados?

Un pequeño murmullo se levantó y fue, otra vez, el delegado el que tomó la palabra.

— Otros años siempre ponían las mismas preguntas tipo test y el ejercicio era muy parecido, cambiaban solo las cantidades y, el de este año, no había por dónde cogerlo.

— Ya, ahora lo entiendo. La mayoría habéis estudiado para responder al examen del curso o de los cursos anteriores, no para saber y dominar la asignatura y os habéis sorprendido con un examen diferente, pero que, estoy convencido de que estudiando los contenidos se podría aprobar sin ningún problema. De todas formas, si queréis, me informo y hablo con las profesoras, pero, por lo que me estáis contando, poco recorrido tendrá mi actuación.

— Déjalo, total en el próximo podemos recuperar la asignatura los que hemos suspendido.

— Bien, pues lo dejo. Pero como moraleja, no os fieis de las preguntas de cursos anteriores, estudiar no para aprobar un determinado examen, sino para comprender y dominar toda la asignatura. Y ahora, vamos a lo que a mí me interesa. Hoy toca hablar de las tarjetas.

Ezequiel empezó la explicación con un repaso de los diferentes tipos de tarjetas que, la mayoría de los alumnos ya conocían, bien porque las habían estudiado en otros cursos o bien porque las usaban.

Les explicó que las tarjetas de débito se usan para obtener dinero en efectivo de los cajeros automáticos y para las compras con la particularidad de que el importe comprado es cargado en la cuenta asociada a la tarjeta en el mismo momento de realizar la operación. Si no se dispone de saldo en la cuenta, la compra o la disposición de efectivo se rechaza. Normalmente es una tarjeta gratuita y se concede en el momento de abrir la cuenta a la que está asociada. Este tipo de tarjetas están personalizadas y no se permite el uso de estas por personas ajenas a su titular. Si el titular de la cuenta quiere que otra persona pueda disponer de los saldos de la cuenta, en vez de prestarle su tarjeta y código pin de acceso, debe pedir una nueva tarjeta a su nombre.

Las tarjetas de crédito funcionan como las de débito con la diferencia que no es necesario disponer de saldo en la cuenta para realizar compras o retirar dinero, lógicamente —explicó el profesor—, esta circunstancia tan favorable para el usuario o titular tiene un coste asociado, tanto si no tenemos saldo en la cuenta como si decidimos posponer el pago de las operaciones realizadas, también suele llevar un coste de emisión y renovación. El límite del crédito lo establece la entidad y el tipo de interés que aplican es, por lo general, muy alto, llegando en algunos casos a la usura que los juzgados han marcado sobre el veinte o veinticinco por ciento anual. Es un producto financiero tan caro como el descubierto en la cuenta corriente.

Después explicó las tarjetas comerciales que son emitidas por grandes superficies, cadenas de comercios, asociaciones de todo tipo e incluso equipos de fútbol. El funcionamiento es similar a las tarjetas de débito y no se suelen renovar, son perpetuas y están asociadas a algún establecimiento financiero de crédito.

El monedero electrónico es un tipo de tarjeta que ha sustituido la banda magnética por un chip donde se almacena e intercambia información. Se cargan previamente desde una cuenta y su uso se aplica a pequeños pagos. Cuando se agota el saldo se puede volver a recargar.

Parecidas a las tarjetas monedero están las tarjetas prepago que se utilizan habitualmente para comprar por internet y así se evita que *hackers* puedan acceder al total del saldo de la cuenta a la que está asociada. También, como la anterior, se recarga.

– Y llegamos a un tipo de tarjeta peligrosa. La tarjeta *revolving*. Es una tarjeta de crédito pero que tiene la peculiaridad de que, en el momento del pago de las compras realizadas, se fija un importe mensual de desembolso por parte del titular de la tarjeta. El problema que presenta este tipo de tarjetas es que, si la cantidad fijada como desembolso mensual no cubre el importe de los intereses del crédito, se forma un volumen de deuda considerable generando intereses sobre intereses, esto es, interés compuesto, lo que puede ser un grave problema para llegar a liquidar definitivamente la deuda. Los tipos de interés, al igual que en las tarjetas de crédito, son muy altos, en torno al dos por ciento mensual —el profesor remarcó la palabra mensual—, lo que equivale a una tasa anual equivalente superior al veintiséis por ciento. Así, si utilizamos una de estas tarjetas para comprar por un importe de tres mil euros y la cuota de amortización no supera los sesenta euros mensuales nos pasará que no reducimos la deuda y los intereses se convertirán en nuevo capital. Hay que tener mucho cuidado con este tipo de operaciones.

Uno de los alumnos levantó la mano para hacer una pregunta. Ezequiel lo señaló para que hablara.

– Pero, ese tipo de interés es usura, ¿no?

– La justicia ha tenido con este producto financiero sentencias dispares. Los emisores de estas tarjetas alegan que ellos están concediendo créditos sin garantías y que, por tanto, tienen que establecer un tipo de interés que les cubra los posibles riesgos de impago y que no se les puede comparar con otro tipo de créditos o préstamos. El Tribunal Supremo ha establecido que, como criterio de actuación, se fije la usura en la media de las operaciones de este tipo de tarjetas que se publica por el Banco de España y así, si esa media sube o baja, subirá o bajará el tipo de interés que se considera usura para estas operaciones. Otra moraleja, no caigáis es este tipo de créditos.

Con la explicación práctica de un par de ejercicios y el planteamiento de otro para que los hicieran los alumnos en casa y que los corregirían en la próxima clase, Ezequiel se despidió de los alumnos.

De camino a su despacho se acercó al de Pili y Mili para comentar a sus compañeras lo que le habían dicho los alumnos sobre su evaluación.

Sólo encontró a Pili y la explicación de la profesora era la que ya intuía Ezequiel. El examen que habían puesto no era difícil y así lo comprobó él sobre uno que le mostró la profesora. El problema había estado en que habían cambiado la forma de preguntar y eso había despistado a los alumnos. Estaban valorando repetir la evaluación para que pudieran aprobar más alumnos o subir nota los cinco que ya tenían superada la evaluación.

Ezequiel le agradeció a Pili las explicaciones y le comentó que era lo que suponía. Terminaron coincidiendo en que cada vez los alumnos hacían un esfuerzo menor para superar las asignaturas y ellos, cada año, eran más blandos y permisivos. Nada que ver con los niveles de exigencia de diez o quince años atrás.

Capítulo 14. Examen final

Desde el despacho Ezequiel escribió un correo de recuerdo a los alumnos que estaba dirigiendo el trabajo fin de carrera para que le enviaran el título provisional, un índice de contenidos y un pequeño resumen del tema que iban a tratar, cómo y con qué datos iban a trabajar. Recordó que Lucía se lo había enviado el día que la mataron y no había abierto el documento adjunto. Se prometió que ese día, sin falta, lo leería.

Al llegar a casa volvía a ser de noche. Su vecina no estaba a la ventana y recordó la ambulancia estacionada a primera hora de la mañana. Estará en el hospital, pensó. Al dejar la cartera vio que la luz de los mensajes del contestador automático parpadeaba. Al darle al *play* escuchó, después del aviso de un nuevo mensaje "Joder, tío a ver cuándo te compras un móvil. Te llamo al despacho y no estás, te llamo a casa y tampoco. Llámame cuando oigas esto, anda". Aunque el texto lo parecía, la voz de Aurora no sonaba muy enfadada. La llamó y enseguida ella descolgó.

— Supongo que estarías en tránsito, ¿verdad?

— Yo también te quiero, Aurora. Buenas noches.

— Buenas, Ezequiel. Te acabaré comprando un móvil, aunque solo sea para que me contestes solo a mí.

Ezequiel callaba y con eso lo decía todo.

— ¿Qué tal te ha ido el día?

— Dito ha hecho una declaración y después le hemos interrogado.

— ¿Y?

— La declaración era sobre sus actividades ilegales de tráfico de drogas y de personas. Ha reconocido que en el Club se vendía y traficaba con todo tipo de estupefacientes, ha delatado a sus camellos y, creemos que a parte de sus proveedores. A los más pequeños.

— Solo a parte.

— Sí, a los que ha delatado son, según él, los socios que le facilitaban la droga, pero los compañeros de estupefacientes creen que no tienen la capacidad de mover el volumen que manejaba él en el local, debe de tener más suministradores y más grandes, según los expertos.

— No habrá dado los datos de los suministradores grandes porque tendrá miedo de que tomen represalias contra él.

— Eso mismo pensamos nosotros. Muy bien Ezequiel, ya casi eres un policía o por lo menos piensas como nosotros.

— Era pura lógica. No tiene ningún mérito.

— También ha reconocido el tráfico de personas y la prostitución que se ejercía en su local. Ha delatado a los propietarios de otros clubes de alterne de la zona donde colocaba a las chicas que ya estaban, según su propia expresión, "muy usadas" en su local. Por lo menos, vamos a ralentizar y, en algunos sitios, eliminar esta actividad por algún tiempo.

— Las chicas en el Cupido parecían que estaban por su propia voluntad.

— Ninguna mujer puede estar en estos antros por su propia voluntad, no te equivoques. Allí si no ponían buena cara las llevaban a clubes de carretera donde serían tratadas como ganado. No les quedaba más remedio.

— Ya. Desde luego, no tiene nada que ver la imagen exterior de este tipo de negocios con lo que hay por debajo.

— Explotación de seres humanos por desalmados. Así de claro.

— Supongo que el tal Dito ha cantado para rebajar su paso por la cárcel, ¿no?

— Claro. Está bien asesorado. A ver si crees que vio la luz en el calabozo y se arrepintió de todos sus pecados. Reconociendo los delitos y delatando a otros extorsionadores seguro que el fiscal reducirá convenientemente la solicitud de penas.

— Y sobre el asesinato de Lucía, ¿dijo algo?

— Sobre ese asunto le interrogué yo. Reconoció que trabajaba en negro para él, que ella hacía de enlace con sus abogados y su asesor fiscal, que controlaba los costes de sus negocios, que estaba implantando una contabilidad en toda regla para dar una apariencia de legalidad y que no tiene nada que ver con su asesinato. De hecho, me dijo que estaba muy contento con su trabajo y dedicación.

— No me lo puedo creer —dijo Ezequiel—. Y ¿quién le presentó a Lucía?

— Me dijo que fue a través del banco donde tenía cuenta, que preguntó si conocían a alguien de confianza para llevar la contabilidad y adivina quién se la recomendó.

— Fernando, el padre de Borjita.

— ¡Bingo!

— O sea que primero recomendó a su supuesta próxima nuera al mafioso y después solicitó que hiciera las prácticas de empresa con él. No es listo ni nada el padre del capullo.

— Qué mal te cae Borja, ¿no?

— No es que me caiga mal, es que no me cae, simplemente.

— Al colocar a su futura nuera en el negocio de Dito, Fernando se aseguraba que seguía teniéndolo como cliente si además ella hacía las prácticas con él.

— Investigaréis ahora el banco donde trabaja Fernando.

— Lo estamos haciendo, pero parece que por la sucursal de Fernando solo pasaban las actividades legales. De momento, no hemos encontrado indicios del blanqueo en esa sucursal ni de otro tipo de actos ilícitos con Dito.

— Me sigue resultado raro que esas actividades ilegales no tengan nada que ver con el asesinato.

— Desde luego, la declaración de Dito a mí me ha convencido. De hecho, a día de hoy, aún no ha encontrado a otra persona que haya podido sustituir a Lucía y él tiene, para el día y la hora del asesinato, una coartada perfecta.

— No puede ser. Si es como tú dices, estamos otra vez como al principio.

— Eso tampoco es cierto, como ya te he dicho, hemos ido descartando a sospechosos, cada vez quedan menos y, por tanto, la probabilidad de que sea uno de los que quedan es muy alta.

— Ya, el problema se presentará cuando no quede ningún conocido para poder considerarle sospechoso —dijo Ezequiel resignado, pero no convencido—.

Después de un breve silencio y cambiando de tema, Ezequiel preguntó a la subinspectora si iba a ir a cenar esa noche con él con la esperanza de que dijera que sí y que pudieran avanzar en su relación o, por lo menos, que acabaran en la cama, que ya tenía ganas. Aurora rechazó la cena, tenía trabajo burocrático que terminar de las declaraciones del traficante y proxeneta, pero no descartó que, aunque tarde, se pasara por su casa. Esa respuesta le llenó de esperanza.

Aunque Ezequiel estuvo despierto hasta tarde, Aurora no llegó. Se habrá entretenido con el papeleo del detenido, pero podía haber llamado, pensaba el profesor que, a las tres de la mañana, somnoliento y decepcionado se fue a la cama.

Se despertó a la misma hora que siempre, temprano, sin sol. Al asomarse a la terraza pudo comprobar que, con independencia de lo que marcara el termómetro, la sensación térmica era de mucho frío y, además, se escapaban de las nubes partículas de agua congelada que, al mirar al cielo, se clavaban como agujas en la cara y en la calva.

No sabía nada de Aurora. Se preguntaba si tenía que sentir celos en una relación que aún no había empezado. Por otro lado, ya se lo había advertido la policía que sus relaciones duraban poco, pero aquello era menos que poco y no se podía considerar una relación aún. Se puso a trabajar.

Al abrir el ordenador comprobó que tres de los cuatro alumnos a los que dirigía el trabajo fin de carrera le habían enviado lo que les había pedido y se puso a revisarlo, comentarlo y sugerir modificaciones. Estaban en una etapa inicial y aún quedaban muchos meses para defender ante un tribunal el esfuerzo realizado y los resultados obtenidos.

Al terminar abrió, por fin, el fichero adjunto que le había enviado Lucía el día de su asesinato. Pensaba que así, cerraba la herida sentimental que ahora le escocía. Creyó que leyendo sus últimas palabras con su planteamiento del trabajo y sus hipótesis de partida podría cicatrizar esa herida y arrinconar un poco la presencia de su alumna en la que se había centrado demasiado últimamente.

El trabajo que planteaba Lucía no tenía nada que ver con lo que habían hablado, ni sobre el título, ni los objetivos ni los contenidos. Así que la primera reacción fue de sorpresa y enfado. Para qué se había molestado él en seleccionar los artículos, buscar datos, en establecer hipótesis iniciales, si luego ella escribía y proponía algo totalmente diferente y que, además, era muy difícil de tratar, donde los datos no podían ser oficiales. Pensó en mandar a la papelera el correo junto con el archivo.

De la sorpresa y el enfado inicial pasó al asombro. Lo que planteaba Lucía no estaba mal, se notaba que había indagado en las corrientes teóricas del tema y, aunque lo que presentaba como metodología era solo un caso concreto, podría haber resultado un trabajo fin de carrera más que decente.

Al terminar de leer el documento se quedó pensando, su cerebro estaba en pleno desarrollo y ebullición. Era como una máquina de engranajes perfectamente sincronizada y lubricada. De repente abrió mucho los ojos, se levantó atropelladamente y comenzó a pasear por el salón-despacho mientras la claridad del día se abría paso entre la lluvia que empezaba a empapar la ciudad.

Llamó a Aurora.

— Ya sé quién mató a Lucía.

Capítulo 15. Calificaciones

— Buenos días, Ezequiel. No me has dado los días.

— Buenos días, Aurora. ¿Me has oído?

— Cómo no te voy a oír si me has gritado —contestó la policía mientras bostezaba ruidosamente—.

— Sé quién es el asesino.

— Eso ya me lo has dicho antes. Y vas a tener a bien contármelo o me dejas con la intriga hasta el próximo capítulo.

— Es Fernando, el padre de Borjita y director de la sucursal donde Lucía hacía las prácticas.

— ¡No me jodas!

— Eso quisiera yo —dijo creyendo que se hacía el gracioso—.

— ¿Tienes pruebas?

— Sí.

— Me visto y voy a tu casa ahora mismo.

Mientras esperaba a Aurora, Ezequiel empezó a ordenar las ideas para convencerla. Estudió la estructura de cómo contárselo. Reconocía que lo de las pruebas era un farol, pero tenía que justificarlo.

Dejó todo preparado para que, cuando llegara la subinspectora pudieran tomar un té y un descafeinado con leche. Lo único que encontró para acompañar fueron unas galletas.

A los veinte minutos de haber colgado el teléfono Aurora llamaba a la puerta de Ezequiel.

— Vamos a ver esas pruebas que tienes —fue el saludo—.

— Buenos días, Aurora. ¿Quieres un café?

— Sí, descafeinado con leche.

— Solo tengo unas galletas como complemento.

— Pero tendrás pan, ¿no?

— Sí, ¿quieres unas tostadas?

— A falta de otra cosa como churros, por ejemplo, pueden valer.

— Pues, al venir, podías haberlos comprado tú.

— En eso también tienes razón. La próxima vez cuenta con unos churros y unas porras.

La alusión a un próximo encuentro por la mañana le alegró a Ezequiel que afrontó el desayuno con más ánimo.

— Cuéntame cómo has llegado a la conclusión de que Fernando Pedregosa es el asesino y qué pruebas tienes.

— Espero que no tengas prisa.

— Hasta la tarde no entro de turno. Al lío.

Ezequiel puso en antecedentes a Aurora.

— Como ya sabes, yo dirigía el trabajo fin de carrera a Lucía. El tema que ella me había propuesto, dentro de mis líneas de investigación, y que yo había aceptado era el de analizar las causas que llevaron a la desaparición de las cajas de ahorro haciendo una comparación con el resto de los países de la Unión Europea. El título aún no estaba muy perfilado ni concretado, pero iría en ese sentido. Así que yo le facilitaba otros trabajos de autores reconocidos que habían analizado el mismo tema o algún tema afín para que ella tuviera una amplia base sobre la que partir a la hora de plantear el marco teórico y la metodología que tenían que aplicar. Artículos sobre ese tema fue lo que le llevé precisamente el día del asesinato a su casa.

— Sí, creo haber visto fotocopias de temas bancarios en alguna parte del piso de Lucía.

— Ella, ese mismo día, después de que yo estuviera en el piso, me envió un correo que yo le había pedido con la propuesta para el título, el índice de contenidos y un pequeño resumen sobre el trabajo, cronología, metodología y planteamiento de las hipótesis iniciales. Cuando estuve con ella no me dijo nada. Bueno, sí, se quejó de su falta de tiempo, que el trabajo le consumía mucho. Ahora ya sabemos las razones de esa falta de tiempo. Cuando estuve con ella en su casa, no me dijo nada del cambio de tema, imagino que para que yo no me enfadara o la recriminara más. Al día siguiente recibí, por correo electrónico, supongo que enviado después de que yo me marchara, lo que le había pedido del trabajo fin de carrera en un archivo adjunto. Aunque abrí el correo, el texto no aclaraba nada del contenido del archivo adjunto que no miré hasta ahora. En concreto esta mañana, aprovechando que había pedido lo mismo al resto de alumnos a los que dirijo el trabajo fin de carrera.

"Iba a eliminar el mensaje de Lucía cuando por curiosidad y deformación profesional se me ocurrió abrirlo.

"Las ideas que me mandó Lucía sobre el trabajo fin de carrera no tienen nada que ver con el tema que habíamos quedado y en el que, estaba convencido, estaba ella trabajando. Lo que me ha enviado es sobre el esquema Ponzi.

— ¿Qué es el esquema Ponzi?

— El esquema Ponzi es una estafa piramidal. Eso supongo que sí sabes lo que es —Aurora asintió con la cabeza mientras comía el resto de la tostada—. El esquema es simple. El estafador convence a inversores ingenuos con altas rentabilidades si él gestiona su dinero, pero no hace ningún tipo de gestión, lo que hace es pagar los intereses de los antiguos inversores con los desembolsos de los nuevos. El esquema funciona mientras sigan entrando inversores nuevos y nadie pida el reembolso de sus inversiones. Durante un tiempo, no muy largo esto se puede mantener, pero llega un momento en el que, o bien no entran nuevos inversores o entran pocos o la mayoría pide que se les devuelva su dinero y es ahí donde el esquema hace aguas y se descubre todo el tinglado.

— ¿Por qué se llama esquema Ponzi?

— Porque a principios del siglo XX, en Estados Unidos, puso en marcha este esquema piramidal Carlo Ponzi que tuvo una gran repercusión mediática y, por eso, pusieron su nombre a la estafa. Aunque, en realidad, ya en el siglo anterior, una española, Baldomera Larra, hija del escritor, había hecho lo mismo en la sociedad madrileña con una especie de caja de ahorros donde prometía una rentabilidad del treinta por ciento mensual.

— Y todo esto, ¿qué tiene que ver con el asesinato de Lucía?

— Paciencia. Cuando hoy he abierto el archivo adjunto y me he encontrado con el planteamiento del trabajo fin de carrera de Lucía basado en el esquema Ponzi, me cabreé porque sentía que, en esto también, me había tomado el pelo. Pero al seguir leyendo, he visto que documenta un esquema piramidal tipo Ponzi o Baldomera que se está produciendo en la oficina donde hacía las prácticas y de la que Fernando es su director. Aporta fotos de certificados de depósitos de inversores hechos a mano, movimientos de cuentas a bancos en Suiza y, en todos, aparece como firma una F y una P mayúsculas. Fernando Pedregosa.

— Y eso es todo lo que tienes.

— Sí. Te parece poco.

— Me parece débil. De todas formas, como no tenemos a ningún sospechoso, voy a intentar que me den autorización para registrar la sucursal del banco, no solo por el asunto del Club, sino, también para este caso. Y si fuera posible, la casa de Fernando a ver si hay suerte y el juez entra al trapo. Tienes que hacerme una copia de lo que te envió Lucía.

Ezequiel le enseñó una memoria USB donde estaba toda la información. Aurora lo cogió y plantándole un beso en los labios se marchó dejando a Ezequiel en un limbo y con una sonrisa bobalicona y el desayuno sin recoger.

— Llámame cuando sepas algo —gritó el profesor cuando ya hacía varios segundos que la subinspectora había cerrado la puerta y no podía oírle—.

Pasaron dos días sin que Ezequiel supiera nada de Aurora. Miraba las noticias locales casi constantemente para comprobar que no se había publicado nada en relación con el asesinato de Lucía. Los únicos momentos que no estaba pendiente del ordenador eran cuando iba a clase y así y todo reconocía que estaba algo distraído, que no estaba centrado en lo que estaba haciendo. En un par de ocasiones, Germán le fue a preguntar sobre una nueva metodología para detectar el fracaso empresarial en pequeñas empresas a través de la mediana y él le despachó con generalidades que no le servían para nada, por lo que, al final, tuvo que recurrir a Sofía.

Ezequiel no entendía por qué Aurora, aunque no tuviera noticias sobre el caso, no le llamaba simplemente para hablar o por qué no se pasaba por su piso para estar un rato juntos. Esa falta de comunicación le causaba desazón al no atreverse él a dar el primer paso por temor a la reacción de ella.

El domingo por la tarde, a la hora de la siesta, le llamó Aurora.

— Hemos detenido a Fernando.

— Me alegro —dijo Ezequiel medio dormido y bostezando—. Buenas tardes, Aurora.

— Buenas tardes, cariño.

Ezequiel se despejó de golpe. Le había llamado "cariño". Un sentimiento de alegría le inundó el pecho y la sonrisa la hubiera podido ver Aurora a través del teléfono si hubiera sido posible.

— ¿Se ha declarado autor del asesinato de Lucía?

— No. Le hemos detenido por estafa, falsificación de documentos y blanqueo de capitales. De momento, en lo de Lucía no hemos entrado. Seguimos intentando conseguir pruebas que lo sitúen en la escena del crimen. Pero lo tenemos cogido por los delitos económicos. El juez, de momento, no nos ha autorizado el registro de su casa. En la oficina hemos encontrado más documentación de la estafa piramidal.

— Así que el trabajo de Lucía ha resultado decisivo.

— Sí. Gracias a ella empezamos a investigar más en profundidad y, efectivamente, estaba utilizando una estructura piramidal con clientes vulnerables, sobre todo con gente mayor que no movía mucho ni se preocupaba por su dinero. Confiaban en lo que él hiciera. Les sacaba el dinero bien convenciéndoles o bien falsificando su firma para supuestas inversiones con altas rentabilidades, parte lo destinaba a pagar a los anteriores inversores y parte lo desviaba a su cuenta numerada en Suiza. Pero, es curioso que, a pesar de las evidencias de la estafa, algunos clientes todavía le disculpan o no se acaban de creer que Fernando estuviera haciendo eso, cuando muchos de ellos acabarán perdiendo parte de sus ahorros si la entidad financiera no asume la responsabilidad de su empleado.

— En el caso de que la entidad no quiera hacerse cargo de la responsabilidad subsidiaria de Fernando, los afectados lo que tienen que hacer es mucho ruido mediático. A una entidad financiera no le interesa que se conozcan este tipo de comportamientos de sus empleados que demuestran falta de vigilancia por su parte. Al final es un riesgo reputacional lo que les puede provocar un descenso considerable de accionistas y de clientes al poner en duda la gestión de sus ahorros.

— Pues en esto estamos. A ver cuándo me dejan interrogarle sobre el asesinato de tu alumna.

— Espero que tengas suerte y puedas cerrar el caso. ¿Tienes mucho trabajo o te puedes venir a descansar y relajarte un poco?

— No puedo, tengo que hacer un montón de comprobaciones y estoy pendiente del interrogatorio. A ver si a media tarde puedo acercarme.

— Aquí te espero. ¿Quieres que te prepare la cena, por si vienes?

— Si me hicieras una tortilla de patata te lo agradecería en el alma. Además, eso se puede comer frío.

— Cuenta con ella.

— Un beso.

— Otro para ti.

Ezequiel se puso con la tortilla. Pero como no sabía los gustos de Aurora hizo cuatro: una poco cuajada sin cebolla, otra igual, pero con cebolla, otra muy cuajada sin cebolla y la última muy cuajada y con cebolla. Así no se equivocaba.

Avanzada ya la noche, Aurora llamó al timbre. Ezequiel volvía a estar somnoliento y con un libro en el pecho.

— Buenas noches, ¿es muy tarde?

— Ezequiel echó de menos el "cariño" que le dijo por teléfono.

— No, te estaba esperando —dijo Ezequiel mientras se daban un beso no muy apasionado—.

— Se nos ha alargado el interrogatorio.

— Ya imagino que no querrá colaborar mucho.

— No colabora nada y su abogado es un petardo.

— ¿Cómo se llama?

— ¿Quién?

— El abogado.

— Es un tal... Izquierdo.

— Es amigo mío. Es bastante bueno.

— De momento, como te dije, lo tenemos bien cogido por los delitos económicos. A ver si dice algo del asesinato.

— Pero ¿tenéis algo de dónde tirar?

— La altura, la fuerza necesaria, la relación con la víctima y el móvil cuadran bien. Esperamos los datos de geolocalización y mañana agentes uniformados irán a preguntar por el barrio de Lucía a ver si hay suerte y alguien lo sitúa, al menos, en el lugar del crimen.

— A ti, ¿te parece que es culpable?

— Viendo que ya ha delinquido, comprobando que tenía relaciones comerciales con el hampa de Dito y observando su manera de actuar que parece que está por encima del bien y del mal, el ritmo de vida que llevaba y que si Lucía sacaba a la luz sus trapicheos se le acababa el chollo, no me parece un mal sospechoso, más cuando seguimos sin tener a nadie que pueda encajar como tal.

"Lo que es verdad es que el banco se ha puesto a disposición total de colaborar con nosotros y quiere, como tú decías, tapar lo antes posible las repercusiones mediáticas de la actuación de su empleado. Al parecer, mañana se pondrán en contacto con todos los afectados para ir dándoles una solución a la estafa.

"El juez también nos ha autorizado a registrar, por fin, la vivienda de Fernando. A ver qué sale."

— Yo acusando a su hijo y, al final, era el padre el delincuente.

— La vida da muchas sorpresas. ¿Me puedo comer otra tortilla?

— Claro, para eso están. Como no sabía cómo te gustaban te he hecho cuatro con, sin cebolla y más o menos cuajada.

— A mí, la tortilla me gusta hasta con chocolate.

— Me alegro. ¿Puedo hacerte una pregunta?

— Si es del caso, ya te he contado todo lo que podía contarte.

— No. Es sobre ti. Me gustaría saber algo más de ti.

— Como qué.

— Dónde vives, con quién, cuándo es tu cumpleaños para que estemos en igualdad de conocimientos en este apartado, qué aficiones tienes, si eres o no religiosa, a qué partido votas, de qué equipo de fútbol eres hincha, si sabes andar en bicicleta, … y más cosas que ahora no se me ocurren.

— Eso es más de una pregunta.

Aurora se quedó pensando un rato.

— Vivo sola, no soy religiosa, no voto, sí sé andar en bicicleta, moto, coche, camión y excavadora, no me gustan los deportes en general, aunque podría soportar un partido de la selección de baloncesto. El día antes de mi cumpleaños te avisaré y vivo sola a tres calles de aquí. ¡Ala! Y por hoy se ha cerrado el interrogatorio. Y ahora me voy a mi casa que tengo prisa, tengo que ducharme, cambiarme y volver a la comisaría.

— Te diría que ducharte lo puedes hacer aquí, aunque no creo que puedas ponerte mi ropa, creo que no somos de la misma talla.

— No me tientes. De todas formas, muchas gracias por el ofrecimiento.

Aurora cogió la cara de Ezequiel con las dos manos y, ahora sí, le dio un beso muy cálido antes de marcharse.

El lunes amaneció inquieto para Ezequiel. El cielo despejado mostraba una luna brillante y un rocío intenso. Mientras el profesor se afeitaba recordó el día que supo de la muerte de Lucía y fue repasando mentalmente todos los acontecimientos que habían ido sucediendo, todos los sentimientos nuevos que había experimentado, la ira, la decepción o la nueva relación con Aurora. Esperaba y, en el fondo lo deseaba, que Fernando fuera el culpable y se pudiera cerrar el caso.

En el transcurso del camino a la Facultad fue pensando que había sido buena idea incluir en el seminario de educación financiera el concepto de estafa. Para próximas ediciones pensó en incluir un tema completo para tratar cómo surgen, cómo y por qué se alimentan, cómo se reconocen y cómo terminan. Incluso les podía proponer a los alumnos que inventaran una. Desde luego, en la época actual, las nuevas estafas tendrían que estar relacionadas con las nuevas tecnologías, aunque el timo del tocomocho seguirá funcionando mientras exista gente que se quiera aprovechar de otros.

Al entrar en la Facultad, se le acercó el conserje que difundió el bulo de su arresto y propagó la noticia de que era el responsable de la muerte Lucía al verle salir del edificio acompañado por la policía.

— Señor Mansilla, ¿se ha enterado que han detenido a un empleado de banca por una estafa?

— Buenos días, sí algo he oído.

— Y ¿se puede hacer algo para recuperar el dinero?

— ¿Usted tenía dinero en ese banco?

— Yo no, pero mis padres, sí.

— Pues yo que usted, hablaría con un abogado si es que la entidad no se pone en contacto con sus padres. De momento, puede llamar o enviar un correo a la oficina de defensor del cliente de la entidad a ver qué les dicen. ¿Les han estafado mucho dinero?

—Mis padres han trabajado con ese banco toda la vida y tienen ahí todos sus ahorros.

— ¿Firmaron algún documento?

— Creo que no.

— Pues, si no han firmado nada y se demuestra que Fernando falsificó sus firmas será más fácil que puedan recuperar lo que les falte.

— No, si faltarles, no les falta nada.

— Pues si no les falta dinero, no hay estafa.

— No, si yo lo que le pregunto es si se puede ir al banco a retirar todo el dinero que se tenga.

— Sus padres pueden retirar el saldo que tengan disponible. Por lo que sé Fernando ya está detenido.

— ¿Quién es Fernando?

— El director de la sucursal donde se ha descubierto la estafa.

— No, el director de la sucursal de mis padres es don Eugenio.

— Entonces, ¿sus padres no tienen el dinero en la sucursal donde se ha destapado la estafa?

— No, pero sí es el mismo banco.

— Entonces sus padres no tienen ningún problema con su dinero.

— Y ¿no lo tienen que sacar por si acaso?

— Lo pueden sacar si quieren, pero no tienen ningún riesgo de caer en la estafa de la que hablan las noticias.

— Gracias, profesor.

— De nada.

Cuando Ezequiel iba a abrir su despacho, Sofía se le acercó.

— ¿Ya sois amigos el conserje y tú?

— Buenos días, Sofía. Yo no he dejado de ser amigo de nadie, que conste.

— Como te he visto despachar tan amigablemente con él, he supuesto que habíais hecho las paces.

— Ya te he dicho que por muchas mentiras que dijera sobre mí, yo no me he enfadado con él y ahora, lo único que hemos tenido es una especie de diálogo de sordos. Yo hablaba de una cosa y él de otra. ¡Qué le vamos a hacer!

— ¿Te enteraste de la estafa?

— Sí, estoy al corriente.

— Quién lo iba a decir. Además, tenía firmado un convenio con la Facultad para hacer prácticas.

— Ya. Era la oficina donde estaba haciendo las prácticas Lucía.

— ¡Anda! Vaya casualidad, ¿no?

— Quizás no sea tanta casualidad.

— ¿Qué quieres decir?

— De momento, no quiero decir nada.

Germán se acercó casi corriendo.

— ¿Os habéis enterado de la estafa piramidal que había aquí?

— ¡Otro que viene con noticias frescas!

— Buenos días, Germán, precisamente estábamos hablando de ello.

— Parece ser que el banco va a asumir todas las pérdidas.

— Es lo menos que puede hacer para no incurrir en riesgo reputacional.

— A mí me viene bien para la clase de riesgos —dijo Germán—. Voy a pedir a los alumnos que evalúen cuánto podría ser el montante de las pérdidas por ese riesgo en función de diferentes escenarios.

— ¡Qué buena idea, Germán! Poniendo casos reales consigues que los alumnos se interesen por temas actuales y relacionen la realidad con la teoría que explicas.

A mediodía Ezequiel recibió una llamada de Aurora.

— Hola, cariño.

Otra vez "cariño". Esta relación iba bien.

— Hola, Aurora.

— Fernando ha confesado el asesinato de Lucía.

Una sensación de descanso, satisfacción y tranquilidad recorrió el cuerpo del profesor. Ya estaba todo acabado.

— ¿Cómo ha sido?

— No comentes nada. Todavía estamos investigando, pero esta mañana, a primera hora, hemos encontrado la agenda de Lucía escondida en un altillo de un armario de la casa de Fernando. Cuando le hemos mostrado la agenda y que habíamos confirmado que su móvil se encontraba en la zona del lugar del crimen el día de autos y que más pronto o más tarde algún vecino de Lucía lo reconocería, se vino abajo y confesó. Al parecer Lucía quería sacar esa estafa a la luz porque le daba pena de la gente mayor a la que estaba quitando el dinero. Te dejo que me espera mucho papeleo y quería terminar pronto esta tarde. ¿Cenamos juntos?

— Por mí, estupendo. Así me cuentas más despacio cómo ha ido todo.

— Vale, vente a mi casa sobre las nueve.

— Bien, pues dame la dirección exacta, solo sé que está cerca de la mía.

Después de anotar la dirección en el cuaderno y recuadrarla como importante, la sonrisa no se le desdibujaba de la cara de Ezequiel.

A media tarde fue a comprar una botella de vino que quería llevar a la cena y se fue a casa para acicalarse, arreglarse y vestirse adecuadamente de forma que Aurora quedara impresionada.

A las nueve menos cinco minutos estaba llamando a la puerta de Aurora.

— Llegas pronto —le recibió la subinspectora con un delantal—.

— Buenas noches, he traído una botella de vino por si marida con la cena.

— ¡Caray! ¿Vas a algún evento esta noche?

— Claro, el evento es venir a cenar a tu casa.

— Pasa y ponte cómodo mientras termino de preparar la mesa y acaba de hornearse el pescado. ¿Te gusta el pescado al horno?

— Por supuesto, yo como de todo, sobre todo si está rico —le dijo Ezequiel guiñándola un ojo—.

— Pues hoy, entonces, te chuparás los dedos.

Mientras Aurora iba a la cocina, Ezequiel se quedó haciendo la inspección ocular del salón-comedor. Llamó su atención el enorme televisor de plasma que ocupaba un tercio del mueble y la escasa colección de libros que podía revisar. El sofá parecía cómodo y el ventanal daba a un parque con árboles sin hojas. Echó de menos no tener enfrente un edificio con una vigilante como su vecina discapacitada.

— Tienes un piso muy acogedor —dijo Ezequiel cuando Aurora entraba cargada con unas copas, el vino que él había traído y una cesta con trozos de pan.

— No está mal. Es de alquiler y los muebles van incluidos. Así no tengo que comprar nada.

— Pues está muy bien.

— Si quieres, mientras se termina de hacer el pescado, te cuento lo de Fernando Pedregosa.

— Perfecto. Te escucho.

— Eso espero. Verás. Como te adelanté encontramos la agenda de Lucía en casa de Fernando. Al parecer quería deshacerse de ella cuando encendiera la chimenea porque en ella Lucía había anotado importes y fechas de la estafa y, además, según las anotaciones de tu alumna le implicaban en el blanqueo de capitales de Dito, el del Club Cupido. Aunque esto último está sin confirmar.

— Pero Lucía no iba a denunciar a Fernando por blanqueo, ella también estaba implicada.

— Pero ella no había firmado nada y se suponía que estaba en prácticas no colaborando con un delito, al fin y al cabo, él tenía la responsabilidad de las operaciones de la sucursal. No descartes que en las intenciones de Lucía se incluyera el despecho si se había enterado de que su novio se estaba tirando a su examiga.

— ¿Por qué la mató?

— Nos dijo que el día del asesinato había sospechado de Lucía al verla tomar notas del cuaderno donde él llevaba el registro de la estafa y estaba haciendo fotos a los justificantes que había falsificado y fue a su casa a pedirle explicaciones y para que le devolviera todo. Al parecer, según su versión, Lucía le dijo, inocentemente, que no iba a denunciarle pero que lo quería para un trabajo de la Facultad. Él se lo prohibió, se enzarzaron, vio unas tijeras y, con la mente ofuscada, se las clavó en el corazón.

— Así que el crimen no fue premeditado.

— No, premeditado no fue, pero después borró sus huellas del piso, las fotos del móvil de Lucía y se llevó su agenda para hacerla desaparecer, pero un día por otro y esperando que su mujer no estuviera en casa, lo fue dejando. Y eso es todo.

— Tiene un buen abogado. El Zurdo le conseguirá un acuerdo o aprovechará lo del ofuscamiento temporal para decir que fue un arrebato o incluso negociará para implicar al Club o dirá que es un problema del banco que no vigiló adecuadamente. Con los abogados nunca se sabe. Lo que está claro aquí es que la que ha perdido la vida es Lucía y a los que ha destrozado el futuro es a sus padres.

— Ya, pero más de veinte años le caen, seguro.

— Pues yo me quedo más tranquilo, ya puedo cerrar este episodio dantesco que me tenía preocupado.

Aurora sirvió vino en las copas.
— Por nosotros.
— Por nosotros
Ezequiel miró a los ojos de Aurora.
— Yo hoy no tengo prisa.
— Pues yo no llevo bragas.

Pobladura del Bernesga (León),
11 de enero de 2023

ÍNDICE

F1-3